강준희 인생수첩

〈꿈〉

강 준 희

국학자료원

책머리에

달은 발이 없어도 하늘을 걷고,
바람은 손이 없어도 나무를 흔든다.

참 기막힌 절창이다.
한데도 이 기막힌 절창의 작자가 누구인지 몰라 안타깝기 그지
없다. 오, 생각느니 나는 언제쯤 이런 절창 한 편 쓸 수 있을까.

원시(原詩)
월무족이 보천(月無足而步天)
풍무수이요수(風無手而搖樹)

지난날엔 도도삼강(盜道三綱)이라 하여 도둑들도 과부와 고아,
효자와 열녀, 신당(神堂)과 절간은 도둑질을 하지 않았다. 그런데
지금은 왕후장상(王侯將相)도 도둑질을 하니 세상 참 많이 발전(?)
했다. 이거 춤을 춰야하나, 침을 뱉어야하나?
최대의 범죄는 욕망에 의해서가 아니라 포만(飽滿)에 의해 야기된다.

삼권(三權. 입법, 사법, 행정)을 한 손에 쥐고 고을을 다스렸던 목민관들은 그 세도와 권한으로 대단한 치부를 했다. 그러나 청백했던 목민관들은 이두이변(二豆二邊)이라 하여 밥상에 국, 김치, 간장, 된장의 네 가지 이상의 반찬은 올려놓질 않았다. 뿐만이 아니라 흉년이 들거나 나라에 무슨 변고가 생기면 임금은 몸소 근신하는 뜻으로 수라상에 음식 가짓수를 줄였다. 이를 감선(減膳)이라 한다.

청백한 선비는 작록(爵祿)으로 얻을 수 없고, 절의(節義) 있는 선비는 형벌이나 위엄으로 위협할 수 없다.

모세의 율법이 가장 문란했을 때 저 유명한 솔로몬의 사원이 세워졌고, 가톨릭이 결정적으로 부패했을 때 저 웅장 화려한 베드로 성당이 세워졌다.

나는 초인(超人)인가 치인(癡人)인가, 아니면 하우불이(下愚不移)인가. 부재(不在) 부재(不在), 아무도 없는 텅 빈 세상!

이번 책 「강준희 인생수첩 <꿈>」은 1900년대 말에서 2000년대 초에 쓰인 것으로 말하자면 밀레니엄 북이다. 이 책엔 수필이 스무 남은 편 실렸고 나머지는 칼럼인데 수필 칼럼 모두 발표한 것들이다.

바라건대 이 책이 모쪼록 불우하거나 불행하거나 역경에 처했거나 복장이 터져 견딜 수 없는 이들이 읽어 아주 조그마한 햇귀나 볕뉘만큼의 위안을 받고 얼마의 카타르시스와 함께 통쾌무비를 느낀다면 더 바랄 게 없겠다.

감히 일독을 권한다.

2017년 어느 소슬한 가을
어초재(漁樵齋) 몽함실(夢含室)에서
저자 강준희(姜晙熙)사룀.

차 례

옥스나드 가는 길

미국을 여행할 때의 일이다.

그날 나는 교포 독자 K형과 함께 로스앤젤레스에서 북북서로 약 66마일 떨어진 옥스나드 벤츄리 해변을 가고 있었다. 물론 K형의 자동차로였다. 그곳엔 K형의 막역지우 L씨가 살고 있었고 우리는 그 L씨의 곡진한 초대를 받아 가는 길이었다. 그날은 8월답게 햇볕이 쨍쨍 퍼부었고 흰 구름은 파란 하늘에 뭉게뭉게 피어올랐다. 전형적인 여름 날씨에 전형적인 해변 날씨였다.

나는 기분이 장히 상쾌해 차창을 활짝 열어 제처 시원한 공기를 마음껏 들이마시며 광활하게 전개되는 일망무제의 파노라마에 눈을 주었다. 그러며 "가자 가자가자 바다로 가자"라는 폴카 풍의 경쾌한 가요 <바다의 교향시>를 콧노래로 흥얼대다 휘파람으로 바꿔 불었다. 미지의 이국 풍경을 일망무제로 바라보며 노래한다는 게 여간 즐거운 일이 아니었다.

여행은 역시 즐거운 것이었다.

그러기에 영국의 수필가이자 비평가인 해즐릿은 '이 세상에서 가장 유쾌하고 즐거운 일 중의 하나가 여행이다'라고 자신의 글 <여행길>에서 말했을 터이다. 오소백(吳蘇白)도 그의 글 <단상(斷想)>에서 '여행량(旅行量)은 인생량(人生量)이다'라고 설파하며 여행의 중요성을 강조했다.

우리는 소년처럼 들떠 희희낙락이었다. 웃고 떠들고 노래하며 101번 국도를 씽씽 달렸다. LA에서 옥스나드 벤츄리 해변까지는 1시간30분 거리라 했다. K형은 차를 몰면서도 구매구매 운전대를 손으로 탁탁 쳐 "으이 좋다. 얼씨구"하며 흥을 돋워 추임새를 메겼다.

이렇게 얼마를 달렸을까.

아마 한 40여 분쯤 달렸을까 싶은 지점에 이르렀을 때 우리는 차를 멈추었다. 앞서 달리던 차들이 일제히 멈춰 섰기 때문이었다. 우리는 영문도 모른 채 차를 세우고 밖을 내다보았다. 앞에는 여남은 대의 차들이 일정한 간격을 유지한 채 죽 늘어서 있었다. 물론 뒤의 차들도 계속 멈춰 서서 차의 행렬은 순식간에 끝이 안 보일 정도였다.

그래도 누구 한 사람 경적을 울리거나 왜 차를 세우느냐며 소리치는 사람이 없었다. 우리는 이상하다 싶어 차 앞쪽으로 지적지적 걸어갔다. 신호등도 없는 데서 차들이 섰으니 도대체 왜 그러는지 이유나 알고자 해서였다.

그런데 이 무슨 희한한 변이랴. 그곳엔(차가 멈춰선 맨 앞) 생게망게하게도 한 떼의 오리가 꽥꽥 소리치며 뒤뚱뒤뚱 길을 건너고 있었다. 오리는 모두 여섯 마리였는데 다섯 마리는 새끼였고 한 마리는 어미인 듯했다. 어미는 몸이 달아 연신 꽥꽥거리며 길 건너 쪽으로 새끼들을 몰았다. 그런데도 새끼들은 들은 체도 않고 오던 길을 다시 가고 가던 길을 다시 오고하며 우왕좌왕 말썽을 부렸다. 저희들 멋대로였다. 그러자 어미 오리는 더욱 몸이 달아 긴 목을 한껏 빼들고 꽥꽥 울부짖었다. 그것은 마치 "얘들아! 이 천둥벌거숭이들아. 그리 가면 위험해 안 된다. 이리 가야 된다."하고 나무라는 듯했다. 그래도 새끼들은 오불관언으로 막무가내였다. 도무지 고집불통의 벽창우였다. 어미는 안 되겠다 싶었는지 뭐라고 꽥꽥거리며 새끼를 한 마리씩 길 건너로 물어다 놓기 시작했다. 그런 어미의 표정은 불안과 놀라움에 사색이 돼 있었다.(내 눈엔 적어도 그렇게 보였다) 이때 차를 세운 수많은 사람들이 이 신기하고 진기한 광경을 웃음 띤 얼굴로 바라보며 일제히 '브라보'를 외쳤다. 박수를 치면서… 나는 숨을 죽이고 이 광경을 지켜보았다.

한 마리 두 마리 세 마리.

어미는 마침내 다섯 마리의 새끼를 길 건너로 안전하게 물어 나르는데 성공했다.

"오! 오!"

수백 명의 사람들이 감탄사와 함께 함성을 지르며 박수를 쳤다. 나도 물론 있는 힘을 다해 박수를 쳤다. 그런데 나는 이상스레 명치 끝이 아리고 콧날이 시큰했다. 그리고 왠지 자꾸 눈물이 났다. 알 수 없는 일이었다. 이는 어쩌면 어미 오리와 함께 미국인들의 행동이 눈물을 흘리게 했는지도 모를 일이었다.

생각해보라!

오리가 안전하게 길을 건너가도록 하기 위해 차를 세운 그들의 배려를. 차도 어디 1~2분 동안 세웠는가? 차를 세운 시간은 좋이 20여 분은 되었을 것이다. 20여 분이면 얼마나 먼 거리를 달릴 수 있는 시간인가. 시간관념에 철저하게 길들여진 그들로서는 20여 분의 시간은 우리의 하루와 맞먹는 시간일 수도 있다. 그럼에도 불구하고 단 한 사람 불평 없이 오리를 위해 장시간 희생(?)을 한 것이다.

우리는, 아니 나는 새삼 '그레이트 아메리카(Grate America)'를 발견했다. 오늘 잠깐 오리를 대하는 미국인들의 자세 하나만 봐도 미국은 그레이트 아메리카 소리를 듣기에 충분한 나라요 국민이었다.

나는 여기서 잠시 한국을 떠올려 보았다. 만일 이 오리 소동이 미국 아닌 한국에서 발생했다면 어찌 되었을까를. 모르긴 해도 이 사건이 한국에서 생겼다면 그 많은 차량들이 서로 빵빵대며 요란한 경적과 함께 입에 담지 못할 욕설을 퍼붓고는 "저 망할 놈의 오리 새끼 땜에 일 망치는군! 쌍놈의 오리 새끼!"가 아니면 "아이구, 바빠 죽겠는데 별놈의 게 다 속을 썩이고 자빠졌네." 어쩌고 하면서 광조 병에라도 걸린 듯 야단법석을 떨었을지 모른다. 아니다. 어쩌면 오리를 깔아뭉갠 채 달렸을지도 모른다. 사람을 깔아뭉개고도 도망치는 뺑소니 사건이 비일비재한데 그깟 미물의 오리 새끼쯤 무에 그리 대수이겠는가.

나는 그날 20여 분이라는 짧지 않은 시간을 할애하면서도 불평

한 마디 없던 그들의 행동에 고개가 숙여졌다. 아니 되레 여유로운 미소로 오리 떼를 지켜보며 열렬한 박수로 환호하던 그들에게 가슴 뭉클한 그 무엇을 느꼈다. 그것은 감동이었다. 그리고 그 감동은 곧 또 다른 감동의 오리 고사(古事)로 이끌었다.

　명나라의 태조 주원장이 장사성 군대를 맞아 강소라는 곳에서 대진하고 있을 때의 일이다. 주원장이 적의 후방을 포위하고자 어느 협곡에 은신할 때 난데없이 알을 품고 있는 오리 한 마리와 마주쳤다. 일찍 부모를 여읜 채 빈농으로 자란 주원장은 어릴 적 한 때 절에 의탁 동승(童僧) 생활을 한 바 있었다. 그때 주원장은 산 생명을 해치면 화를 입고 더욱이 새끼 품은 짐승을 해치면 반드시 그 원혼이 업보라는 해코지로 돌아온다는 것을 굳게 믿고 있던 터라 진군을 포기한 채 오리가 새끼를 깔 길을 비켜줄 때까지 기다리기로 했다.

　그런데 이게 웬일인가?

　십여 일 동안 싸움을 유예한 채 알을 품은 오리가 얼른 알을 부화시켜 길을 내주기만을 기다리고 있는데 뜻밖에 적의 부장(部將)들이 대거 군사들을 이끌고 투항해 오기 시작했다. 이유는 간단했다. 큰 전쟁을 하는 큰 장수가 보잘것없는 미물인 오리 새끼 한 마리의 생명 때문에 전쟁을 연기한다면 이것 하나만으로도 그의 인자함을 알 수 있으므로 휘하에 들어가는 편이 옳다고 믿어 대거 투항을 해온 것이다. 이 얼마나 멋진 일인가. 그리고 얼마나 기막힌 감동인가.

뉴질랜드의 작가 조이 카울러가 쓴 <대포 속의 오리>라는 동화도 앞의 경우처럼 우리를 감동시키고 있다. 사연인즉 이렇다.

작은 도시가 있었다. 어느 날, 이 도시를 점령하려고 적군이 쳐들어왔다. 사람들은 각자 자기 일을 하다 말고 자기의 삶터를 지키기 위해 모였다. 적진을 향해 진지를 쌓고 대포를 끌어다 놓았다. 그 대포는 그 동안 쓰기 않던 대포였다. 적진을 향하여 대포가 설치되자, 장군이 발포를 명령하였다. 그러나 포수가 달려와 대포를 쏠 수 없다고 하였다. 이유를 물으니 대포 속에 오리가 알을 품고 있다는 것이었다. 장군이 달려가 포신을 들여다보고 오리에게 먹이를 주며 불러내어도 오리는 꼼짝하지 않았다. 장군이 큰 소리로 외치며 공갈협박을 해도 오리는 꼼짝 않고 그 자리서 알을 품고 있었다. 어미 오리는 필사적으로 새끼들의 생명을 지키려고 했던 것이다. 할 수 없이 장군은 도시로 내려가 다른 대포를 구해보았다. 그러나 모두 낡아서 쏠 수가 없었다. 장군은 생각 끝에 오리 알이 부화할 때까지 3주간 휴전을 선포하였다. 그런데 그 사이에 병사들에게 지급할 급료가 바닥나고 말았다. 장군은 시장에게 찾아가 의논을 한 끝에 작업복을 받아왔다. 병사들은 군복을 벗고 작업복으로 갈아입은 채, 도시를 아름답게 가꾸기 시작하였다. 공공건물에 새로 페인트칠을 하고, 골목을 말끔히 쓸었다. 하수구와 시궁창을 깨끗이 씻어내어 누가 보아도 함부로 휴지를 버리지 못하도록 하였다. 시장은 병사들에게 감사의 성금을 전달하였다. 병사들은 사기가 올랐다. 많은 돈을 벌어 다시 전장으로 돌아왔다. 그 사이 오리는 알을 부화시켰다. 병사들이 돌아왔을 때 오리는 여덟 마리의 새끼오리를 데리고 푸른 풀밭을 거쳐 연못가로 행진을 하는 것이었다. 장군도 병사도 모두 아이들처럼 손뼉을 치며 기뻐하였다. 먼 곳에서 이 모습을 지켜보던 적군은 이렇게 평화스러운 도시를 쳐부술 수가 없다고 생각하게 되었다. 그리하여 적군은 모두 물러가 버렸다. 지휘관의 인내심이 부하들의 희생 없이 평화를 가져온 것이다.

줄거리는 뭐 대강 이런 것이지만 이도 앞서의 두 경우에 비해 결코 손색이 없는 감동이다. 결국 이날의 옥스나드 가는 길은 감동의 길이었다. 그때 나는 그 날의 즐거운 여행도 L씨의 융숭한 대접도 아름다운 벤츄리의 해변도 오리의 감동에는 비할 바 아니다 싶었다.

아, 오리! 오리 만만세

1998. 5.

레뒤 마을과 위제 마을

야만인이 야만인이며 문명인이 문명인인 것은 그의 태생에서
오는 것이 아니라 그가 참여하고 있는 문화에 의한 것이다. 이 문
화의 성질의 궁극적 척도가 되는 것은 그곳에 번영하는 예술이다.
                                    — J 듀이 <경험으로서의 예술>

내가 바깥세상을 여행하다 받은 감동과 충격은 하나 둘이 아니
지만 그중에서도 벨기에의 '레뒤 마을'과 남 프랑스의 '위제 마을'
에서 받은 감동과 충격은 너무나 크고 값진 것이어서 좀처럼 잊을
수가 없다.

레뒤는 벨기에의 조그만 산간 농촌 마을로 인구가 고작 4백여 명
밖에 안 되는 전형적인 유럽풍의 아담한 전원마을이다. 그런데 이
조그마한 산간 마을 레뒤에는 놀랍게도 서점이 물경 스물네 군데
나 있고 이 스물네 군데의 서점에 진열된 장서가 또 물경 60여만 권
에 달하는 사실이다. 내가 감동과 함께 충격을 받은 것은 바로 이점

이었다. 그리고 또 다시 놀라움을 금치 못하게 하는 것은 스물네 군데의 서점에 진열된 60여만 권의 장서 중에서 소위 말하는 베스트셀러는 단 한 권도 없고 모두가 고서인 헌 책으로만 진열되어 있다는 사실이다. 이 조그마한 산간 마을에 서점이 많고 장서가 많다는 것도 놀라웠지만 베스트셀러는 단 한 권도 갖춰 놓지 않은 채 고서만을 진열했다는 게 더 놀라운 일이어서 우리와는 딴판인 기현상이었다. 베스트셀러라면 출판사가 환장을 하고, 베스트셀러 작가라면 사족을 못 써 한심한 삼문문사(三文文士)의 서푼짜리 삼문문학도 흥분한 채 마구 찍어 내고 서점들도 덩달아 제일 좋은 자리에 책을 깔아 놓고 호객(?)을 하는데 딱하게도 독자들까지 이에 현혹돼 충동구매를 서슴지 않는다. 참으로 딱하고 한심한 노릇이다.

각설하고, 인구가 4백여 명 밖에 안 되는 조그마한 산간 농촌마을에 책방이 스물네 군데나 되고 장서 또한 엄청나 60만여 권에 이르러 세계 제일을 자랑하게 된 것은 몽셀로라는 사람에 의해 착안됐다 하는데, 몽셀로는 당초 작은 마을에 서점이 많고 책이 많으면 사람들이 열광할 뿐만 아니라 세계적인 명소가 돼 관광객도 그만큼 많아질 게 아니냐면서 헌신 노력했다 한다. 대학가에 있는 서점들이 문을 닫고 그 대신 술집과 의상실, 그리고 유흥가와 위락시설 등이 앞 다퉈 생기는 우리네와는 너무도 대조적이어서 부럽기 짝이 없었다. 그러나 부러운 건 레뒤 마을만이 아니었다. 세계적인 미항으로 이름난 베니스와 나폴리, 또는 시드니와 리우데자네이루보다 더 아름답다는 남프랑스의 지중해 연안 도시 니스의 위제 마을에 갔을 때도 나는 부러움과 함께 진한 감동을 느꼈다.

아, 역시 프랑스로구나!

나는 감탄사를 연발하며 프랑스 국민들의 높은 문화의식에 고개가 숙여졌다. 왜냐하면 아파트 이름이 랭보, 카뮈, 지드, 보들레르 등 당대 프랑스를 대표하는 시인 소설가들의 이름으로 돼 있었기 때문이다.

그랬다. 산꼭대기 언덕에 성채처럼 서 있는 고풍스런 위제 마을에는 4~5층 규모의 아담한 아파트 단지가 있었는데 이 아파트 이름들이 하나 같이 프랑스의 세계적인 문인 이름을 가지고 있었다.

아아!

나는 탄성을 발하며 산꼭대기 언덕에 성채처럼 서 있는 아파트를 쳐다보았다.

과연 프랑스로구나!

나는 새삼 프랑스인들의 예술지상주의에 경의를 표했다. 그리고 권력과 금력만이 절대요 최고인 우리 풍토에 환멸 했다. 권력이 아니면 금력, 금력이 아니면 권력을 가져야 행세하고 대우 받는 이 한심한 권력지향주의와 금력만능주의에 절망했다.

햇빛과 바다와 시인과 소설가가 함께 어우러져 숨 쉬는 위제 마을. 여기서 위제 마을 사람들은 시를 읊고 소설을 이야기 하며 아름다운 지중해 연안을 굽어 볼 것이다. 그런데 이들에 비하면 우리는 얼마나 멋대가리 없는 민족이며 예술을 모르는 민족인가. 그저 끽해야 서울에 세종로, 퇴계로, 충무로, 원효로가 있고 시인으로는 소월로가 유일하지 않은가. 다른 게 있다면 세종문화회관이 고작일 뿐이다.

그 나라의 수도는 물론이지만 지방도시에도 그 지방이 낳은 훌륭한 문화예술인들의 이름을 본 딴 건축물이 있어야하고 도로가 있어야 한다. 그래야 명실상부한 문화의 나라 예술의 나라가 될 것이다. 우리에게는 자랑할 만한 문화 예술인들이 많다. 학자도 어느 나라 못지않게 많아 마음만 먹으면 당장이라도 학자, 문화 예술인들의 이름을 딴 건물, 다리, 아파트, 거리 이름 등을 붙일 수가 있다. 서점만 해도 그렇다. 국가가 다른 데 쏟는 정열, 예컨대 개발이다 스포츠다 하고 정신 차릴 수 없을 만큼 퍼부어 대는 열과 성과 돈을 반의반만 쏟는다면 우리는 명실상부한 문화국민으로 발돋움 해 그렇게도 원하고 그렇게도 바라던 선진국으로 성큼 올라설 것이다. 무엇이 문화며 무엇이 선진인가. 알량한 도로와 지하철, 그리고 본 때 없이 획일화된 천편일률적인 건물만 세운다고 문화국이 되고 선진국이 되는가? 아니다. 결코 아니다.

저 프랑스를 비롯한 유럽 여러 나라들처럼 다릿발 하나에도 조각품을 새기고 건물 하나에도 예술품을 깃들여 작품을 만들어야 문화국이요 선진국이다. 여기에 또 우선 책을 많이 읽어야 한다. 책 없는 민족, 책 안 읽는 국민은 아무리 잘 살아 하늘을 찌른 마천루에서 주지육림과 산해진미에 파묻혀 산다 해도 절대로 문화인이나 문화국민이 될 수 없다.

이렇게 볼 때 지난날의 우리 선조들이 차라리 문화인이요 예술인이었다. 남자는 모름지기 다섯 수레의 책을 읽어야 된다 했고 집을 지을 때도 덩그런 솟을 대문과 함께 네 귀의 추녀가 하늘을 향해 날아갈 듯 날렵하게 지어 선의 멋과 아름다움을 최대한 드러냈기 때문이다.

남의 것도 좋은 것은 본받아야 한다. 우리는 언제나 저 벨기에의 레뒤 마을이 생기고, 프랑스의 위제 마을처럼 아파트 이름을 혀 꼬부라진 남의 나라 말이 아닌 아름다운 우리나라 말로 지을 것인가. 훌륭한 분들의 이름을 따서…

1998. 5. 10.

그 때 그 시절 그리운 시절

그립습니다.

그립습니다.

진달래꽃 눈물겹던 뒷동산에서 동무들과 꽃술을 맞겨루어 당기며 꽃쌈하던 그 때가 그립습니다. 아지랑이 아른대는 들녘 저편 산자락 밑으로 졸졸졸 흐르는 실개천에서 물 오른 버들가지 꺾어 호드기 만들어 불던 그 때가 그립습니다. 오디 따먹고 들판 달리고, 찔레 순 꺾어 먹고 말 타기하고, 버찌 따먹고 자치기 하고, 산딸기 따 먹고 노래 부르던 그 때가 그립습니다. 남의 울안에 몰래 들어가 앵두 따먹다 벌에 쏘여 입술이 당나발만 하던 때가 그립고, 말 안 듣다 어머니께 종아리에 피멍 맺히게 맞던 싸리나무 회초리가 그립습니다. 울 너머로 구름처럼 핀 살구꽃이 그립고 산자락 언덕 위에 졸 듯이 피어 있던 분홍빛 복사꽃도 그립습니다.

앞내에 나가 고기 잡고, 동구의 느티나무에 올라 매미 잡고, 풀섶

잔디에서 방아깨비 잡아 "아침 방아 찧어라. 저녁 방아 찧어라" 하던 시절이 그립습니다. 멱 감고 자맥질 하고 감자 서리 참외 서리하며 주인한테 들킬까 봐 간 졸이며 해가는 줄 모르고 뛰어 놀던 시절이 그립습니다. 별똥이 찌익 포물선을 그으며 저쪽 산 너머로 떨어지면 그것을 주우려고 동무들과 구르고 넘어지고 자빠지고 엎어지며 온 산을 헤매던 게 그립고, 강아지 풀 뜯어 뱅뱅 돌리며 놀다 날이 저물면 개울가 반석 위에 팔베개 하고 누워 쏟아질 듯 현란한 밤하늘의 별무리를 쳐다보던 때가 그립습니다.

산과 들을 헤 지르다 붉게 타는 저녁놀을 바라보며 둑길을 내닫던 때가 그립고, 무지개 잡으러 가서 허탕치고 타박타박 돌아오던 때도 그립습니다. 날이 저물면 소를 몰고 집으로 돌아오는 농부의 "이랴"소리가 그립고, 소의 목에서 댕강댕강 들려오던 워낭소리도 그립습니다.

으름 따먹고, 개암 따먹고, 알밤 따먹고, 보리수 열매 따먹고, 큰 산에 가 머루 다래 따먹으며 노루처럼 경중경중 뛰던 때가 그립고, 저 산 너머엔 누가 살까, 그리고 무엇이 있을까, 아마 저 산 너머엔 신천지 새 세상이 있을지도 모른다며 순이와 손잡고 허위단심 오르던 때가 그립고, 멀리서 들려오던 아득한 기차의 기적 소리에 까닭 없이 한숨 짓던 때가 그립습니다.

개울가 버들방천에 앉아 풀피리 불던 때가 그립고, 동글납작한 돌을 물 위로 풀풀 날려 물수제비뜨던 때가 그립습니다. 배고파 허기지면서도 뜀뛰기 내기 하던 때가 그립고, 고단하게 놀다 요에 질

편하게 세계지도 그린 다음날 아침 키를 뒤집어쓴 채 이웃집으로 소금 꾸러 가던 것까지도 그립습니다.

지천으로 날던 메뚜기를 잡아 됫병에 넣거나 꿰미에 꿰어 들고 누가 더 많이 잡았나 내기하던 때가 그립고, 환한 달밤에 문살에 일렁이던 밤나무 그림자며 바람이 우우 불면 알밤 떨어지는 소리가 여기저기서 툭툭 들려오던 때가 그립습니다. 초가지붕에 핀 하얀 박꽃이 그립고 마당가 대추나무에 가지가 휘게 오박조박 달린 진홍빛 대추도 그립습니다. 자고 나면 마당이고 장독대고 앞산이고 뒷산이고 소복소복 내려 쌓인 눈을 보고 강아지처럼 좋아하며 눈사람 만들고 눈싸움하고, 눈썰매 타던 그때가 그립습니다. 밤이 이슥토록 또드락 또드락 들려오던 다듬이 소리가 그립고, 밤 마실 갔다 오는 사람보고 컹컹 짖던 등성이 너머의 개 짖는 소리도 그립습니다.

뒷동산을 윙윙대던 밤바람 소리가 그립고, 닭이 홰를 치며 처렁처렁 울던 소리가 그립습니다. 정한(情恨)을 토하듯 바르르 바르르 떨던 문풍지 소리가 그립고, 손을 호호 불며 볏가리 고드름 따다 이를 서로 겨루던 때가 그립습니다. 저녁연기 모락모락 피어올라 골짝에 깔리고, 질화로에 잉걸불 담아 오순도순 둘러앉아 정담 나누던 그때가 그립습니다.

설빔을 만들어 놓고 손가락 헤며 설날 기다리던 게 그립고, 수수부꾸미 석쇠에 구워 막고 어머니 무릎에 앉아 듣던 옛날얘기가 그립습니다.

하지만 그리운 게 어찌 이것뿐이겠습니까. 칼칼한 겉절이(열무 또는 배추)가 그립고, 구수한 시래기 된장국이 그립고, 안반에 치대 홍두깨로 민 손칼국수가 그립고, 얼음이 둥둥 뜬 동치미가 그립습니다.

하지만 그리운 건 이것 말고도 많고 많아 사랑이 그립고, 진실이 그립고, 순박이 그립고, 정직이 그립고, 인정이 그립고, 효도가 그립고, 지조가 그립고, 절의(絕義)가 그립고, 개결(介潔)이 그립고, 경개(耿介)가 그립고, 낭만이 그립고, 풍류가 그립습니다. 아, 이 모든 것은 이제 전설인 양 까마득 멀어져 갔습니다. 그래서 가뭇없이 사라졌습니다. 참으로 기가 막히고 안타까워 엉엉 울고 싶습니다. 아니 넉장거리를 하며 땅이라도 치고 싶습니다.

아, 그때 그 시절 그리운 시절

1997. 5.

예원이

진달래꽃 눈물겨운 계절이 되면 생각나는 소녀가 있다. 찔레꽃 향기 그윽이 들녘에 퍼지면 그리워지는 소녀가 있다. 어찌 진달래와 찔레꽃뿐이겠는가. 바람에 한들거리는 코스모스며 산자락에 홀로 핀 들국화를 봐도 나는 그 소녀가 보고파진다.

어찌 또 코스모스와 들국화뿐이랴. 호드기와 산딸기, 오디와 풀피리, 으름과 개암, 대추와 알밤, 머루와 다래. 이 모든 것들을 생각할 때마다 나는 그 소녀가 보고파진다. 그리워진다.

그 소녀! 예원.

내 어린 날의 소꿉동무로서 각시였던 예원! 예원은 얼굴 희고 눈크고 목이 긴 소녀였다. 웃으면 볼우물이 옴팍 파이던 예원. 이런 예원이 내 앞에 공주처럼 나타난 것은 봄방학이 끝나 2학년으로 올라간 학기 초의 어느 날이었다. 이날 선생님은 웬 예쁜 여자 아이하나를 교실로 데리고 들어와 서울에서 새로 전학 온 학생인데 오늘부터 너희들과 함께 공부하게 되었으니 정답게 지내라며 인사를 시켰다. 박 예원이라는 이름의 소녀였다. 예원은 목이 길고 살결이 하얬다. 그리고 눈이 유난히 크고 검었다. 나는 그때 소녀의 눈이 산머루처럼 검다고 생각했다. 선생님은 교실을 둘레둘레 살피더니 저어기 가 앉아 하고는 내 옆자리를 가리켰다. 순간 나는 몸이 그대로 굳어지는 듯했다. 선생님은 왜 하필 그 소녀를 내 옆에다 앉히려 하는지 모른다 싶었다. 소녀는 입가에 보일 듯 말 듯 미소를 지으며 내 옆자리에 살포시 앉았다. 그런 소녀의 볼에 살짝 볼우물이 파여 졌다. 소녀의 몸에선 향긋한 냄새가 풍겨왔다. 그건 흡사 호두 나뭇잎을 으깼을 때 나는 냄새 같기도 하고 아까시나무꽃 향기 같기도 했다. 다른 여자 아이들한테서는 한 번도 맡아보지 못한 향기였다. 나는 그만 얼굴이 화끈 화끈 달아올랐고 가슴이 자꾸 콩콩 뛰었다. 아이들이 이런 나를 쏘아보는 것 같아 몸 둘 바를 몰랐다. 아닌 게 아니라 아이들은 신기한 눈으로 소녀를 바라보며 나에게도 간간 눈길을 돌렸다. 아이들은 화사한 옷에 해맑은 표정으로 앉아 있는 소녀를 마치 천국에서 온 천사처럼 넋을 잃고 바라봤다. 아이들은 하나 같이 참 예쁘다, 난 언제 저런 옷 한 번 입어보지 하는 선망의 눈길로 소녀를 바라봤다. 이는 남자 아이들보다 여자 아이들이 더 했다.

소녀는 참 예쁜 옷을 입고 있었다. X형으로 멜빵을 한 고동색 주름치마에 빨간 장미가 수놓인 보라색 털 셔츠를 입고 있었다. 아이들은 특히 여자 아이들은 소녀의 예쁜 얼굴과 화사한 옷차림에 잔

뜩 주눅이 들어 있었다. 그저 고작 무명 치마저고리가 아니면 광목 치마저고리, 좀 낫다 해야 옥양목에다 까치독사처럼 알록달록 물을 들여 입었을 뿐 명주 옷 하나 입은 아이가 없었다. 게다가 아이들은 거의 무릎이나 궁둥이 또는 팔꿈치를 다닥다닥 기워 입은 옷이었고 발은 발등만 덮은 다 해진 목달이를 신고 있었다. 양복(학생복)입고 양말 신은 아이는 반 전체에서 나 하나뿐이었다.

예원의 출현은 우리 동네 두메산골 아이들에겐 커다란 사건이었다. 사건도 그냥 단순한 사건이 아니라 신비롭고 경이로운 사건이었다. 이는 아이들뿐만 아니라 어른들에게도 마찬가지였다. 어른들은 서울에서 우리 동네로 집만 한 채 빌려 이사 온 예원 네를 이상하게 생각했다. 그것은 예원네가 서울에서 떵떵거리고 살던 집안이라는 점 때문이었다. 사람들은 박 씨(예원 아버지) 춘부장께서 도지사까지 지냈고 박 씨도 대학까지 나와 학식이 아주 많은 사람이라 했다. 그런데 그런 집안이 어째서 이런 두메산골로 이사를 왔는지 모르겠다는 것이었다. 사람들은 이들이 필시 무슨 곡절이나 사연이 있어서 이사를 왔을 거라고들 했다. 피접 아니면 피신을 온 것인지도 모른다 했다. 그렇지 않고서야 이 두메산골로 들어올 리 만무라는 거였다. 박 씨네는 막내로 아들이 하나 있을 뿐 위로 딸만 주르르 넷이라고 했다. 그런데 그 네 딸이 하나 같이 귀태스럽다고 했다. 박 씨도 훤칠한 키에 고운 살결이 범상한 사람이 아닌 것 같다고들 했다. 그리고 그의 부인도 요조한 행동거지로 봐 본데 있는 집안의 양반임에 틀림없을 거라고들 했다.

어디서 어디까지가 참말인지 알 수 없어도 하여간 박 씨네 출현은 마을의 화젯거리였다. 소문은 삽시에 꼬리에 꼬리를 물고 이 무료하고도 단조로운 한촌(閑村)에 메아리처럼 퍼져나갔다. 사람들은 둘만 모여도 박 씨네의 이야기로 화제를 삼았다. 이럴 즈음 우리 교실에 나타난 것이 예원이었다.

내게 있어 예원은 공주요 천사였다. 아니 신데렐라요 베아트리체였다. 그런가 하면 예원에게 있어 나는 왕자요 공자요 백마 탄 기사였다. 우리는 메밀 벌 마냥 붙어 다녔다. 꽃 고개 동산에 참꽃(우리는 진달래를 참꽃이라 불렀다.)이 피면 꽃술을 맞결어 꽃쌈을 했고, 장승백이 등성이에 찔레꽃이 피면 찔레꽃을 따서 수없이 냄새(향기)를 맡았다. 길가에 하늘거리는 코스모스를 보면 서로 따서 옷깃에 꽂아주었고, 산자락에 외로이 핀 들국화를 보면 불쌍하다며 한숨지었다. 봄이면 호드기 만들어 불며 산딸기와 오디를 따 먹었고, 여름이면 풀피리 불며 가까운 산 계곡에 들어 으름을 따 먹었다. 가을엔 개암 대추를 따 먹으며 어른들을 따라 큰 산으로 머루다래도 따러갔다. 소꿉놀이를 할 땐 나는 언제나 왕자로서 신랑이었고 예원은 언제나 공주로서 각시였다. 학예회를 할 때도 나는 왕자 호동이었고 예원은 낙랑의 공주였다. 낙랑공주(예원)는 적국(고구려)의 왕자 호동(나)을 사랑했으므로 그(나)를 위해 나라와 부왕을 배반하고 적군이 쳐들어 올 때마다 스스로 운다는 자명고(自鳴鼓)를 찢어 호동으로 하여금 낙랑을 정복할 수 있게 했다. 나(호동

왕자)는 그때 하도 감격해 예원(낙랑공주)을 으스러지게 껴안았다. 그러며 생각했다. 아아 나는 지금 이대로 죽어도 좋다고… 이 생각은 예원이도 마찬가지였는지 "학예회 한 번 더했으면 좋겠다. 호동왕자와 낙랑공주 말야. 그치?" 했다. 예원이도 아마 나와 같은 생각을 하고 있었던 모양이었다.

우리는 등교를 같이 했고 하교를 같이 했다. 하교를 한 다음엔 들과 산을 돌아치며 때론 무지개를 쫓았고 때론 새 세상을 찾아 산 너머까지 가곤 했다. 산 너머엔 꼭 아름답고 신기한 세상이 있을 거 같아서였다. 그러나 우리는 무지개도 못 잡고 새 세상도 못 찾은 채 번번이 허탕만 쳤다.

"무지개가 왜 안 잡히지? 새 세상이 왜 없지?"

안타깝도록 아름다운 일곱 색깔의 무지개가 분명 저 산자락에 꽂혔다 싶어 헐레벌떡 쫓아가면 무지개는 간 곳 없고, 틀림없이 새 세상이 있을 거라 믿고 허위단심 넘은 산엔 또 첩첩 산만 보이자 예원은 그 큰 눈에 눈물을 글썽이며 퍼질러 앉기 일쑤였다.

"그러게 말이야. 무지갤 꼭 잡을 줄 알았는데, 새 세상이 꼭 있을 줄 알았는데… 그렇지만 우리 힘 내. 담날 또 해보자 응?"

나는 깜냥에도 사내꼬투리라고 예원을 위로까지 했다. 그러며

"자, 업혀, 다리 아픈데. 내가 업고 갈 게" 하고 등을 들이댔다. 그러면 예원은

"아이 몰라. 창피하게 어떻게 업혀. 남자한테"

하고 도리질을 했다.

"그래도 아픈 거 보다야 낫지 뭐. 자 업혀 빨리!"

나는 반강제로 예원을 들쳐 업기 예사였다.

"몰라, 몰라!"

예원은 내 등을 콩콩 쥐어박으며 소리쳤지만 내리진 않았다. 아마 싫지 않은 모양이었다. 나도 싫지 않아 두 손으로 예원이 엉덩이를 바짝 추켜올렸다. 왜 그런지 무척 좋았다. 말랑말랑한 예원의 둔부가 내 손 끝에 느껴지자 나는 학예회 때처럼 또 죽어도 좋다 싶었다.

"무겁지? 힘들지?"

예원이 씨근거리는 내가 안 됐는지 이렇게 물을라치면 나는

"아아니. 무겁지도 힘들지도 않아"

하고 능청을 떨었다. 그러나 나는 무겁고 힘들어 죽을 지경이었다.

예원이 서울로 이사를 간 것은 다음 다음 해, 그러니까 우리가 4학년이 되던 해 초가을이었다.

"우리, 서울로 이사 가!"

앞 냇가 버들방천 풀밭에 앉아 목화송이처럼 피어오르는 뭉게구름을 보고 있는데 예원이 불쑥 이런 말을 했다.

"이사?"

나는 예원이 이사라는 말에 가슴부터 덜컥 내려앉았다.

"…응!"

"언제?"

"몰라. 그치만 곧 갈 것 같애"

예원이 삘기를 뽑아 잘근잘근 씹으며 먼 하늘가로 눈을 주었다.

"이사, 안 가면 안 돼?"

나는 이때 죽고 싶은 심정이 되어 예원을 쳐다봤다.

"난 가기 싫어. 그치만 어떡해. 어른들이 하는 일인데…"

예원은 그 크고 검은 눈에 그예 눈물을 글썽이었다.

"가기 싫다고 막 울어 봐. 그럼 혹시 알아? 이사 안 갈지"

나는 애가 타 마른 침을 꼴깍꼴깍 삼키며 예원의 곁에 바짝 쪼그려 앉았다.

"그래도 안 될 것 같애"

"그래도? 그럼 어떡하지?"

"편지 자주 할 게. 그리구 방학 때 서로 오고 가면 되잖아"

"싫어. 난 싫어. 편지가 만나는 것만 해? 만나는 게 같이 있는 것만 해?"

나는 그만 내 머리통만한 돌멩이를 들어 냇물에 냅다 던지고는 풀밭에 벌렁 누워버렸다. 생각할수록 기가 막혔다.

"예원이가 서울로 이사를 가다니. 나를 두고 서울로 이사를 가다니. 안 돼! 못 가! 절대로 안 돼! 절대로 못 가!"

나는 너무도 기막히게 슬퍼 죽을 것 같았다. 그러나 예원네는 추석을 며칠 앞둔 어느 날 그예 서울로 이사를 가고 말았다. 나는 이 날 학교도 안 가고 산골길 사십 리 기차 정거장까지 타박타박 걸어내려 예원을 전송했다. 예원과 나는 정거장에 다다를 때까지 싸우기나 한 듯 서로 말이 없었다. 우리가 말을 한 것은 역 광장에 닿아

코스모스 하늘거리는 화단 가에 앉고 나서였다. 화단엔 코스모스를 비롯해 칸나 백일홍 채송화 글라디올러스가 경염을 벌이듯 다투어 피어 있었다.

"그만 가아. 내 곧 편지할 게!"

예원이 울먹이는 소리로 말하며 코스모스 이파리 하나를 따 뱅글뱅글 돌렸다.

"겨울방학 때 우리 만나, 응? 그때 꼭 서울 와? 내가 마중 나갈 게"

이때 개찰이 시작되는지 승객들이 개찰구를 빠져나가는 게 보였다. 그러자 금테 모자를 쓴 조역이 타블레트를 들고 플랫포옴으로 나갔다.

"이제 가아. 그 머언 사십 리를 어떻게 걸어가지?"

예원이 눈물이 핑 돌며 내 손을 잡았다.

"내 걱정은 말어. 그리구 이거 가다가 차에서 먹어. 내가 먹기 좋게 돌멩이로 바수어 놨어!"

나는 주머니에서 개암 한 움큼을 꺼내 예원이 손에 들려줬다.

"고마워. 자알 먹을 게. 자, 이거 받어. 편지야. 이따가 집에서 읽어 봐!"

예원은 코스모스와 들국화를 곱게 싼 꽃 편지 한 통을 내 손에 쥐어주곤 도망치듯 출찰구를 빠져나갔다. 나는 닭 쫓던 개 지붕 쳐다보듯 한동안 예원의 뒷모습만 바라보다 출찰구 쪽으로 달려갔다. 이때 기차가 들어오는지 시그널이 뚝 떨어졌다. 그러자 잠시 후 기차가 요란한 기적소리와 함께 산모퉁이를 돌아 거대한 몸체를 드러낸 채 돌진하듯 플랫포옴으로 진입했다.

나는 예원이를 태운 기차가 꽤액 하는 소리와 함께 시커먼 연기를 토하며 칙칙폭폭 떠나자 그만 기차를 향해 돌팔매질을 했다. 그러다 기차가 시야에서 가뭇없이 사라지자 기차 쪽을 향해 팔뚝 욕을 해댔다. 그러며 소리쳤다.

"저 쌍놈의 기차, 가다가 굴러버려라!"하고. 그러다 생각하니 기차에는 예원이가 타고 있어 구르면 안 될 것 같았다. 나는 두 다리를 뻗고 울고 싶었다. 나는 얼마를 사라져간 기차 쪽에 눈을 주다가 타박타박 발길을 돌렸다. 갑자기 세상이 텅 빈 듯 허전해 걸을 수가 없었다. 갑자기 세상에 혼자 있는 것 같아 걸을 수가 없었다. 아아, 난 이제 어떻게 살지? 예원이 없는 세상에 어떻게 살지? 나는 그만 길가에 허물어지듯 주저앉아 예원이 준 꽃 편지를 꺼내들었다. 그러나 읽지 않았다. 편지에 뭐라고 썼는지 궁금해 당장 읽어 보고 싶었지만 꾹 참았다. 그러며 생각했다. 이 편지는 예원이 보고플 때만 읽어보자고. 보고파 견딜 수 없을 때만 읽어보자고. 아니아니 이 편지는 가슴에 묻어둔 채 읽지 말자고.

이렇게 생각하고 소중스레 간직한 예원의 편지를 그로부터 30년이 되던 해 가을 나는 읽었다. 아니 읽을 수가 없었다. 편지는 오랜 세월 동안 수천 번을 만져서인지 접힌 곳과 가장자리가 곰삭아 오소소 떨어졌고 글씨는 연필로 써서인지 자형이 희미해 알아볼 수 없을 만큼 퇴색해 있었다. 아니 글씨 자체가 희미해져 도무지 알 수가 없었다.

아아, 이럴 수가! 이럴 수가!

나는 오소소 떨어져 나간 편지의 낙장을 맞춰 이리 보고 저리 봤지만 무슨 자가 무슨 잔지 알 수가 없었다.

아아, 이럴 줄 알았으면 진작에 읽어볼 것을. 진작에 읽어 볼 것을…

나는 그 자리에 퍼질러 앉아 소리쳤다.

"예원아! 예원아!"하고….

1990. 10.

내 마음의 이마고

— 영원한 베아트리체

    우연의 일치겠지만 그것은 참으로 기묘한 일이었다. 자전소설 '이카로스의 날개는 녹지 않았다'(상, 중, 하)를 쓰기 시작하던 날 나는 파리의 예원으로부터 에펠탑이 그려져 있는 예쁜 그림엽서 한 장을 받았다. 그리고 이 글을 다 쓰던 날도 나는 예원으로부터 예쁜 그림엽서 한 장을 받았다. 먼저 것은 내가 몽매에도 그리던 예원을 파리의 오페라 하우스(오페라 좌) 앞에서 만나 샹젤리제 거리의 카페 부케에서 차를 마시고 미라보다리를 건너 저녁노을 붉게 타는 5월의 세느 강변을 거닐다 머문 벤치, 그 벤치에 앉아 써 보낸 것이라 했고, 뒤의 것은 예원이 음악의 도시 비인(비엔나)에 갔다가 타는 듯 노을 지는 황혼의 오렌지 빛 도나우강(다뉴브강)이 하도 아름다워 꿈을 꾸듯 도취돼 써 보낸 것이라 했다.

5월의 눈부신 태양 아래 그녀와 나는 누가 먼저랄 것 없이 와락 부둥켜안았다. 그 유명한 파리의 오페라 하우스 앞에서. 그녀와 나는 6.25전쟁 때 헤어졌고 그리고 38년 만에 극적으로 만났다. 그녀는 어깨를 들먹이며 섧게 울었고 나는 눈이 흐려와 하늘을 자꾸 쳐다봤다. 이런 우리를 파리장과 파리지엔느들이 신기한 듯 바라봤다. 웬 동양 남녀가 저리도 열정적으로 포옹하느냐는 표정으로… 그래도 우리는 개의치 않고 으스러지게 껴안았다. 얼마나 그리던 사람인가. 얼마나 보고 싶던 얼굴인가.

그녀는 많이도 변해 있었다. 얼굴이며 목소리며 자태에 이르기까지 그녀는 이미 옛날의 그녀가 아니었다. 목 희고 눈 크던 소녀, 단발머리 나풀대던 아름다운 소녀, 그 소녀는 이미 아니었다. 아, 그렇다면 나도 이미 그때의 그 관옥 같고 깎은 밤 같아 미소년 소릴 듣던 그 소년은 아닐 게 아닌가. 오, 설운지고 애통한지고.

이날 우리는 하도 반갑고 너무 감격해 메뚜기처럼 폴짝폴짝 뛰며 닭똥 같은 눈물을 뚝뚝 떨구었다. 앉으나 서나 잊지 못해 오매불망 애태우다 한 세대도 훨씬 지난 38년 만에, 그것도 이국의 하늘 밑 파리에서 만났으니 어찌 눈물이 안 날 수 있겠는가. 이날 우리는 엄마한테 매 맞고 쫓겨나 굴뚝 뒤에 숨어 앉아 흑흑 느끼는 아이처럼 그렇게 서럽게 마음을 추스르며 만났다. 생각하면 너무도 기가 막혀 엉머구리처럼 엉엉 울어야 할 그런 만남이었다.

그녀!

내 어린 날의 마음 속 깊이 자리한 그녀. 그녀는 내 마음의 엘도라도요, 유토피아였다. 그리고 아틀란티스요, 우타가쿠르였다. 그래서 그녀는 내 희망이었고, 이상이었고 이마고(자기 마음속에 이상형으로 생각하고 그리는 어떤 존재나 대상 또는 사물)였다. 아, 그러나 우리는 그 망할 놈의 6.25 전쟁으로 지남지북 헤어져 생사 유무를 모른 채 마음 졸이다 오랜만에, 너무도 오랜만에 파리의 오페라 하우스 앞에서 해후를 했다. 햇살이 보석이듯 찬란한 5월의 어느 날에…

우리가 이렇듯 극적으로 만난 것은 그녀가 파리의 한국 대사관에 갔다가(그녀는 파리에 살고 있다) S신문에 당선된 내 글과 프로필, 그리고 당선 소감을 보고 득달같이 편지를 보내왔기 때문이었다. 우리는 너무나 벅찬 환희와 감격에 할 말을 잊었다. 그래 얼싸안고 얼굴을 비비다 메뚜기처럼 폴짝 폴짝 뛰다 하면서 닭똥 같은 눈물을 뚝뚝 떨구었다. 생각하면 신파극의 한 장면이듯 얄궂어 무슨 운명의 장난 같았다.

그렇잖은가.

그 긴 세월 동안 못 잊어 애태우며 가슴 속 보물이듯 고이고이 간직한 채 언젠가는 만나겠지 일구월심 그리다 거짓말처럼 불쑥 만났으니 이 어찌 얄궂은 운명의 장난이 아닐 수 있겠는가.

이날 우리는 너무도 유명한 샹젤리제가의 카페 푸케에서 차를 마셨고 미라보 다리를 걸었고 자유의 여신상이 있는 벤치에 앉아 노을지는 오렌지 빛 세느강을 바라보았다. 놓칠세라 손을 꼬옥 잡은 채.

하지만 이게 무슨 소용이랴.

그녀는, 내 마음의 영원한 이마고 그녀는 이미 프랑스에 귀화해 그쪽 사람이 된 것을. 그리고 남편 또한 그쪽 사람으로 눈 파랗고 머리 노오란 코쟁이 파리장인 것을.

그녀의 남편은 명문 소르본느 대학의 교수였고 그녀는 그런 남편에 의해 파리지엔느가 되어 있었다.

나쁜 계집애, 망할 계집애.

나는 괜히 심통이 나 그녀를 마구 때려주고 싶었다. 눈앞이 캄캄하고 억장이 무너져 내려 가슴에서 돌 구르는 소리가 났다.

나쁜 계집애, 망할 계집애.

나는 그녀 부부의 곡진한 저녁 식사 초대를 받고도 분하고 서러워 말할 수 없는 배신을 느꼈다. 그래 속으로 마구 욕을 해댔다. 왠지 아깝고 속상해 욕을 하지 않을 수가 없었다. 그녀가 눈 파랗고 머리 노오란 코쟁이한테 시집간 게 분하고 억울해 견딜 수가 없었다. 나쁜 계집애, 망할 계집애. 왜 하필 눈 파랗고 머리 노오란 코쟁이야 그래. 한국 사람도, 머리 검고 얼굴 펑퍼짐한 한국 사람도 쌔고 쌨는데.

나는 그녀의 통역으로 저녁 식사를 맛있게 하라는 남편의 말도 건성으로 들으며 고급하다는 프랑스 정통 요리를 고양이 밥 먹듯 깨작이기만 했다. 본시 입이 걸어 아무 음식이나 잘 먹는 내 식성은 그러나 이날따라 모래알 씹듯 까실거려 넘어가질 않았다.

하지만 어쩔 것인가.

분하고 속상하고 억울하고 안타까워도 이제는 엎질러진 물이어서 도리가 없는 것을…

그렇다.

이제는 엎질러진 물이다. 그러므로 이제는 모든 게 운명 지어졌다. 그런데도 나는 자꾸 화가 치밀어 도망치듯 자리를 뛰쳐나와 택시를 잡아타고 몽마르트르 언덕의 계단으로 달려가 그 계단 꼭대기에서 네온불 휘황한 일루미네이션의 파리 시가지를 내려다보며 이 나쁜 계집애야, 이 망할 계집애야 라고 소리쳤다. 그런 다음 몽마르트르 언덕 밑 환락가 피갈에서 이름 모를 독한 양주를 마시고 비몽사몽의 환각 속에서 호텔로 돌아왔다. 그리고 이날 밤 나는 잠 한 숨 잘 수가 없었다.

망할 계집애, 나쁜 계집애.

나는 내 마음 속 깊은 곳에 무지개보다 더 아름답게 자리하고 보석보다 더 소중히 간직된 그녀를 끄집어내 소르본느대학 캠퍼스 바닥에 사정없이 패대기치고 싶었다. 잘 먹고 잘 살아라 소리치면서. 아니 그래도 설분이 안 될 것 같았다.

하지만 이 또한 무슨 소용이랴. 눈을 크게 뜨고 보면 모두가 부질없어 한낱 덧없는 무상산(無常山) 쇠모산(衰耗山)인 것을…

그래, 잘 살아라. 부디 행복하게 잘 살아라. 기왕에 한 결혼이니 여봐란 듯 살아야지. 후회 없이 살아야지.

나는 입술을 깨물며 그녀의 행복을 빌었다. 그러며 속으로 이렇게 뇌었다. 그래도 우리의 어린 시절, 그 가식 없이 아름답던, 그래서 눈물겹던 그 시절만은 절대로 잊지 말자고. 그런데도 왜 그런지 나는 자꾸 눈물이 났다. 이는 아마도 지난날의 그 아름답고 눈물겹던 많은 사연들이 내 기억의 회랑을 돌아 파노라마처럼 나라타즈되었기 때문일 것이다. 그래, 그때는 참으로 아름다웠어. 너무나 아름다워 눈물겨웠어.

나는 중병 앓듯 마음을 앓으며 파리의 하늘 아래 외로운 에트랑제가 되어 베거번드처럼 떠돌다 문득 정신을 차렸다. 그리고는 현실로 돌아와 귀국하는 기내에서 지중해 푸른 바다를 하염없이 내려다 봤다. 그러며 다른 의미의 그녀를 생각하고 단테와 신곡(神曲)을 떠올렸다.

그래, 그렇다!

나는 무릎을 쳤다. 단테는 '신곡'에서 베아트리체를 영원한 여인으로 생각했다. 단테는 그녀를 위해, 그녀에게 바치기 위해 불후의 명작 '신곡'을 썼다. 그녀가 피렌체의 귀부인으로 바르디의 아내였음에도 불구하고…

그렇다면 나도 예원을 위해 무엇인가를 할 수 있지 않은가. 그녀가 비록 눈 파랗고 머리 노오란 이방인 파리장과 결혼해 남의 아내가 됐을지라도…

그래, 그렇다.

그렇다면 나는 그녀를 위해 무엇을 해야 하나. 내 마음의 영원한 이마고 예원을 위해 무엇을 해야 하나. 이카로스와 다이달로스처럼 밀랍으로 만든 날개를 달고 태양을 향해 날아오를까? 그러다 태양열에 날개가 녹아 이카리아 바다에 떨어져 죽더라도.

아니다.

우리는, 그렇다. 우리는 큐피드의 화살을, 아킬레스건을 피한 큐피드의 화살을 베누스의 가슴에다 쏴야한다. 애정의 심장으로 대표되는 하트에다 정조준 해 쏴야 한다.

아, 그러나 내 마음의 영원한 베아트리체 이마고야! 이제 우리는 탄탈로스의 비극처럼 눈앞에 물이 있어도 마시지 못하고 머리 위에 과일이 있어도 따 먹자 못하는 영원한 기갈(飢渴) 속에서 살 수밖에 없구나.

베아트리체 이마고야!

뭐라고, 뭐라고 말 좀 해다오. 말 좀!

이후 내가 그녀를 위해 쓴 것이 자전소설 <이카로스의 날개는 녹지 않았다> 3권(상, 중, 하)이다.

1995. 4.

어느 화창한 봄날에

깎은 밤처럼 잘 생긴 청년 하나가 조붓한 산길을 휘이휘이 걸어 가고 있다. 길은 조붓한 오솔길이었으나 앞이 탁 트여 고갯마루가 한 눈에 들어왔다. 청년의 나이는 스물 네댓쯤 돼 보였고 키는 훤칠 해 180은 실해 보였다. 청년은 뭐가 그리 좋은지 연방 싱글벙글 희 색이 만면해 화장걸음을 걸었다. 그러며 파아란 하늘을 쳐다보고, 햇귀에 반짝이는 연초록색 나뭇잎도 쳐다보고, 산기슭 밭두둑에 지천으로 흐드러진 진달래 개나리 조팝꽃도 쳐다보고, 두어 마리 씩 짝을 지어 이 나무 저 가지로 포록포록 날아다니며 청아하게 우 짖는 산새 소리에 귀를 기울이기도 했다. 그런가 하면 청년은 또 큰 소리로 노래를 부르며 두 손바닥을 박수치듯 탁탁 마주치기도 했 다. 뭔가 기분이 좋은 모양이다. 아니 그냥 괜히 좋은 모양이다. 청 춘이니까 고민도 많겠지만 그냥 괜히 좋기도 할 나이다. 여기다 꽃 피고 새 울어 계절의 여왕이라는 만화방창의 호시절이니 어찌 좋지 않을 수가 있는가. 이런 계절에 고개 너머 어디쯤에 애젓하게 그리운 연인을 만나러 가기라도 한다면 얼마나 마음 설레겠는가.

청년은 휘파람을 불다 손뼉을 치다 허밍으로 아리아를 부르다 하며 나부끼듯 표표히 녹음 속으로 잦아들었다.

좋을 것이다. 청춘이니까. 그러니까 실컷 즐기고 실컷 만끽하라. 한 번 밖에 없는 청춘, 순식간에 지나가 버리는 청춘이다. 그것은 찰나요 수유다. 그러나 이는 안타깝게도 젊을 때는 모른다. 청춘은 언제나 청춘인 줄 안다. 늙고 병드는 건 나와는 전혀 무관한 일로 안다. 하지만 아니다. 청춘은 누구에게나 있고 늙음 또한 누구에게나 있다. 그래서 앙드레 지드는 말했을지 모른다. '아아, 청춘! 사람은 그것을 일시적으로 소유할 뿐 나머지 시간은 그것을 추억하는 것이다'라고.

어찌 앙드레 지드뿐이겠는가. 셰익스피어도 햄릿에서 '청춘은 하여간 자기에게 모반하고 싶어 하는 것, 옆에 유혹하는 사람이 없더라도…'했을는지 모른다.

우보(牛步) 민태원은 '청춘예찬'이란 글에서 '청춘! 이는 듣기만 하여도 가슴이 설레는 말이다. 청춘! 너의 두 손을 가슴에 대고 물방아 같은 심장의 고동을 들어보라. 청춘의 피는 끓는다. 끓는 피에 뛰노는 심장은 거선(巨船)의 기관과 같이 힘이 있다. 이것이다. 인류의 역사를 꾸며 내려온 동력은 꼭 이것이다.' 민태원은 청춘의 피는 끓는다 했고 끓는 피에 뛰노는 심장은 거선의 기관과 같이 힘 있다 했다.

청춘이여!

듣기만 하여도 가슴 설레는 청춘이여! 그대들은 참 좋은 시대에 살고 있다. 교육 문제 취업 문제 결혼 문제 등 하고 많은 난제들이 중첩해 하루하루가 여간 괴롭지 않아 절망하고 고뇌하고 그러다 혹자는 자기 제어를 못해 우주와도 바꿀 수 없는 귀중한 목숨을 버리는 기막힌 경우가 있지만 젊은이들아! 이 어찌 가당키나 한 일인가. 아무리 고뇌하고 절망해도 살아야한다. 인생은 사는 그 자체가 목적일지도 모른다. 그대들이 아무리 어렵고 괴롭고 고뇌에 찬 삶을 산다 해도 저 보릿고개 때의 암울하던 시대, 더 구체적으로 말하면 나라와 말과 글과 성과 이름까지 모조리 빼앗겨 종살이를 하던 참혹한 일제 식민 치하의 고통에야 비교할 손가. 일제는 우리 한민족을 모두 죽이고, 모두 불태우고, 모두 빼앗아 가는 정책을 쓰면서도 이를 세 가지 빛나는 정책이라 하여 삼광정책(三光政策)을 자행했다. 이런 압박과 설움과 고통과 질곡 속에서 우리는 초근목피로 연명을 했고 그러느라 요즘 소년 소녀들이 다 겪는 질풍노도는 물론 사춘기조차 모르고 살아왔다. 그런데 젊은이들아!

그대들이 아무리 어렵고 아무리 괴롭고 아무리 힘들어도 우리가 겪은 보릿고개 때의 참혹한 식민시절 만이야 하겠는가. 요즘 젊은이가 아무리 어렵고 힘들어도 라면은 먹고 핸드폰은 거의 가지고 있지 않은가. 아니 집집마다 TV도 있고 냉장고도 있고 세탁기도 있고 승용차(자가용)도 상당수 가지고 있을 터이다. 이러고도 못살겠다면 그럼 저 사우디아라비아의 국왕이나 왕자가 외국에 가 최고급 호텔에서 하룻밤 잠자는 값만 몇 천만 원씩 지불해야 잘 사는 것인가?

정신 차릴 일이다.

취업만 해도 그렇다. 반드시 대기업에 들어가야 성공하고 출세하는가. 자신의 눈높이에 맞춰 취업을 하면 취업난은 큰 문제가 없다. 그런데 눈은 높고 마음은 크나 재주(실력)가 따르지 못하는 안고수비(眼高手卑)의 백수 룸펜이 얼마나 많은가. 지금 중소기업은 구인난으로 사람을 구할 수 없어 애를 먹는다 한다. 이러고도 취업난 취업난 하니 이런 딱한 일이 어디 있는가. 발명왕 에디슨은 이런 말을 한바 있다. '인생에 있어 성공하려거든 견인불발(見忍不拔)을 벗으로 삼고, 경험을 현명한 조언자로 하며, 주의력은 형(兄)으로 삼고, 희망을 수호신으로 하라'는…

젊은이들이여!

내 인생의 선배로서 한 마디 하거니와 고대 그리스의 비극 시인 소포클레스는 작품 '오이디푸스 왕'에서 '찾으라 얻을 것이다'했다. 그리고 레오나르도 다빈치는 '원차 단편(斷片)'에서 '노력을 다 하라. 숙명적인 노력을'했고 괴테는 파우스트에서 '항상 좋은 목적을 잃지 않고 노력을 계속하는 한 최후에는 반드시 구제된다.'고 말했다.

젊은이들이여!

견인불발하라! 그리고 질풍경초(疾風勁草)하라! 견인불발이 무엇인가? 굳게 참고 견뎌 마음이 흔들리지 않음이 견인불발이다. 그렇다면 질풍경초는 무엇인가? 질풍에도 꺾이지 않는 굳센 풀이라는 뜻으로, 아무리 어려운 일을 당해도 뜻이 흔들리지 않는 사람을 비유적으로 이르는 말이 질풍경초다. 그리고 또 청년들아! 백절불굴(百折不屈)하고 칠전팔기(七顚八起)하라. 백절불굴이란 어떠한 난관에도 결코 굽히지 않음을 말함이요 칠전팔기란 일곱 번 넘어지고 여덟 번 일어난다는 뜻으로, 여러 번 실패해도 굴하지 않고 꾸준히 노력함을 이르는 말이다.

청년들아!

저 1960년대 막품팔이 노동판에서 하루 임금이 얼마였는지 아는가? 놀라지 말라. 하루 종일 코에서 단내 나게 일해도 품값은 고작 8~90원이었다. 그때 쌀 한 말에 250원이었고 품값은 하루 8~90원이어서 사흘을 죽어라 일을 해야 겨우 쌀 한 말을 벌었다. 한데 요즘엔 일거리도 많고 품값도 비싸 하루 일당이 돈 십만 원이고 조금만 기술이 있으면 하루 쌀 한 가마니 값 이상을 번다니 금석지감도 이런 금석지감이 없다. 그런데도 그때는 하루 품값 8~90원이 하늘같았다. 그래 쌀은 언제나 봉지쌀을 사 먹었는데 쌀값이 비싸 보리쌀을 사먹었다. 막노동이라도 어디 흔한가. 어쩌다가 일거리가 생기면 이게 턱없이 고마워 현장 감독이나 십장을 하늘 같이 우러렀다. 감독이나 십장한테 밉보이면 그날부터 일을 못하니 십장이나 감독이 호랑이만큼 무서웠다. 그래 우리(나)는 봉지 담배 풍년

초를 종이에 말아 나팔담배를 피우면서도 십장이나 감독에겐 구메구메 백양담배나 아리랑 같은 최고급 담배를 몇 갑씩 사주곤 했다. 하루 8~90원이라도 못 벌면 밥솥에 거미줄 치기 십상이니 도리가 없었던 것이다. 요즘은 모두 용역회사를 통해 일자리를 얻지만 그때는 본인이 직접 일자리를 구해야 했으므로 막노동 품파는 것도 여간 어려운 일이 아니었다.

일만 해도 그랬다. 요즘에야 인부들이 해가 하늘 위에 솟아야 자가용 몰고 일하러 가지만 그때는 날이 새기 무섭게 십 리고 이십 리고 현장까지 걸어가 해가 돋기 급하게 일을 시작했고 해가 넘어가 주위가 컴컴해야 일이 끝났다. 그러니까 그 센 노동을 하루 열두세 시간씩 해 코에서 단내가 나고 오줌을 누면 버얼건 피오줌의 혈뇨가 나왔다. 이래도 우리(나)는 불평 한 마디 없이 일했다. 보리죽이라도 먹는 게 어디냐 싶었기 때문이다. 우리(나)는 오뉴월 긴긴 해에 죽도록 일을 하다 쉬는 시간이면 삼삼오오 모여 앉아 담배를 태우며 "아이구, 저놈의 해는 품도 안 팔아봤나?" 하고 해를 쳐다봤다. 아무리 쳐다봐도 해는 요지부동 그 자리에 있었기 때문이다.

이러던 어느 날이었다. 나는 다시 동사무소에서 자조근로사업(自助勤勞事業)의 취로증(就勞證)을 발급 받아 밀가루 공사의 취로를 나갔다. 이 자조근로사업이란 미공법(美公法) 제 480호 2관(款)에 의해 외원 양곡보조(外援糧穀補助)로 시행되는 속칭 '실업자 일'이라는 것인데 이것은 시(市) 사회과나 동사무소에서 취로증을 발급받는 자에 한해서만 취로를 할 수가 있었다. 취로 기간은 대개 10

일 내지 7일로 돼 있으며 노임은 하루 밀가루 3.6kg이었으나 보통 5.4kg내지 7.2kg의 밀가루를 받을 수 있었다. 그런데 수단 좋은 사람들은 몇 달이고 계속 취로를 나가고 더 재주 좋은 사람들은 숫제 취로를 나가지 않고 가만히 놀면서도 밀가루를 또박또박 타 먹었다. 하지만 나같이 재주 없고 수단 없는 사람들은 몇 달 가도 취로증 하나 얻을 수가 없었다. 이 취로증 발급받기란 하늘의 별따기인데다 발급에도 부정과 정실이 개재되거나 뇌물(검은돈)이 오가고 행정감독에게(현장에는 작업을 감독하는 작업감독과 취로증의 노임을 조정, 서류를 담당하는 행정감독이 있음)적당히 쓱싹하고 숫제 작업장에 코빼기 한 번 내밀지 않고 밀가루만 타 먹는 자들도 있었다. 나는 취로증이 없다느니 다음에 오라느니 하는 동 직원과 실랑이를 하다 간신히 열흘 치의 취로증을 발급받아 지게에다 바소쿠리를 얹어 지고 이십 리도 실한 마지막재 넘어 종민동(宗民洞)이라는 데로 일을 나갔다. 일은 신작로를 닦는 것이었는데 재수 없게도 우천으로 나흘을 까먹고 엿새밖에 일을 못했다. 그러나 일을 도급으로 맡아 열심히 했기 때문에 밀가루 30여kg을 탈 수 있었다. 나는 단박에 부자가 된 기분이었다. 이곳의 갑부가 누군지는 모르지만 지금의 나만은 못할 것이었다. 나는 천하가 내 것인 양 아무것도 부럽질 않았다. 그래 귀봉(龜峰) 송익필(宋翼弼)의 '족부족(足不足)'이란 시를 소리 높이 읊조렸다.

부족지족매유여(不足之足 每有餘)

족이부족상부족(足而不足常不足)

(부족하더라도 넉넉하게 생각하면 늘 넉넉하고, 넉넉하더라도 부족하게 생각하면 늘 부족한 법이다)

젊은이들아!

나는 종민동이란 데서 신작로 닦는 일을 마치고 다시 취로중을 발급 받아 취로를 나갔다. 이번엔 20일 기간으로 열흘씩 두 군데서 일을 했는데 한군데는 달천강둑을 쌓는 일이고 다른 한군데는 C여자상업고등학교 진입로를 넓히는 일이었다. 두 군데서 이십여 일 동안 바지게로 져 나른 수천 짐의 흙 돌짐과 수만 번의 괭이질과 삽질(어쩌면 수십만 번이었을지도 모를)덕에 밀가루 몇 포를 탄 나는 이중 한 포를 팔아 쌀을 사다놓고 J군청 청사 증축 공사장에 일을 나갔다. 그런데 이 무슨 재수 옴 붙은 노릇인가. 일은 며칠 만에 사고가 나 중단하고 말았다. 사고도 아주 끔찍해 두 사람의 생떼 같은 젊은이가 죽은 것이다. 나와 함께 세 사람이 사고가 나 나만 살고 두 사람은 죽은 것이다. 같은 공사판에서 일을 하면서도 이름도 모르던 그들이었다. 다만 성이 묘하게도 두 사람 다 서(徐) 씨라는 것과 한 사람은 이곳 C시가 집이요 다른 한 사람은 청주가 집이라는 것만 알뿐 더는 아는 게 없었다. 이 외에 아는 게 있다면 C시의 서 씨는 내 또래의 30대 초반의 젊은이요 청주의 서 씨는 40대 중반의 장년이라는 것뿐이었다. 사고는 일순이 돌발사였다. 나는 질통에 회반죽(콘크리트를 물에 이긴 것. 레미콘)을 퍼 담아 지고 2층으로 올라갔다. 내 뒤엔 두 서 씨가 질통을 지고 따라 오르고 있었다. 요즘이야 2층이 아니라 5층 10층, 그 이상의 고층도 펌프카를 사용하기 때문에 운반에 별 문제가 없지만 그때는 2층 이상은 모두 등짐으로 져 올렸기 때문에 여간 힘 드는 게 아니었다. 그래 녹초가 된 인부들은 등짐 한 번 져 올리고 하늘 한 번 쳐다보고 등짐 한 번 져 올리고 하늘 한 번 쳐다보곤 했다. 그런데도 장대처럼 긴 오뉴월 해는 붙들어 맨 듯 하늘 복판에 붙박여 요지부동이었다. 그날의 사고는 지상과 옥상을 연결해 만든 판자로(板子路)가 너무 약해 생긴 사고였다.

아, 이젠 죽었구나!

나는 질통을 진 채 떨어지면서 일순 이런 생각이 번개처럼 뇌리를 스쳤다. 그리고 얼마나 지났을까. 나는 누운 채로 눈을 떠 주위를 살폈다. 그런데 이게 대체 어찌 된 일인가. 내 곁에 널브러져 있는 두 서 씨. 그들은 코로 입으로 푸푸 선지피를 뿜어대며 죽어가고 있었다. 뭐가 뭔지 엉망으로 으깨진 몸은 어디가 어딘지 분간할 수 없는 피범벅이 돼 있었다. 두개골이 파열되고 팔다리가 찢어지고 그래서 선혈이 분수처럼 콸콸 분출돼 땅을 붉게 물들이고 있었다. 아마 깨진 벽돌과 못 박힌 각목 따위에 몸이 사정없이 부딪고 찔려 저리 된 모양이었다. 그런데도 나는 멀쩡해 다친 데라곤 없었다. 다친 데가 있다면 왼쪽 발목 삔 것과 오른 쪽 팔꿈치가 조금 벗겨진 것, 그리고 엉덩이의 응혈뿐이었다. 나는 처음 내가 죽은 게 아닌가 싶어 내 살을 꼬집어보니 아파서 살았구나 했다. 나는 눈을 들어 하늘을 쳐다봤다. 구름이 서서히 흘러가고 있었다. 어디선가 쩍쩍 참

새우는 소리도 들렸다. 느티나무에서였다. 군청 앞마당엔 수령 5백 년이 넘는다는 큰 느티나무 몇 그루가 서 있었다. 사람들이 웅성거리며 바삐 돌아쳤다. 나는 왠지 두 서 씨한테 죄를 지은 느낌이었다. 그것은 내가 크게 다쳐 팔다리가 뚝 부러졌거나 머리라도 깨져 피가 철철 난다면 덜 느낄 죄의식이었다. 그런데 나는 멀쩡하고 저들만 죽어가고 있으니 어찌 죄의식을 느끼지 않을 수 있겠는가.

그들은 죽었다. 한 사람은 현장에서 다른 한 사람은 대동연합병원(이 병원은 C군청 가까이 있었는데 후일 병원에서 호텔<중앙호텔>로 바뀌었다 지금은 유료주차장이 되었음)에서. 밀크덩한 꽁보리밥으로 점심을 때우던 그들. 파랑새(최하급 담배. 한 갑에 6원) 꽁초를 손가락이 노랗게 타들어가도록 태우던 그들. 일이 끝나면 목로에 앉아 막소주 몇 잔으로 고달픔을 잊던 그들. 그러면서도 말끝마다 하느님 하느님 하면서(아마 그들은 기독교신자였는지도 모른다) 본심만 지키면 구원을 받는다고 지론처럼 말하던 그들. 이런 그들이 죽어갔다. 나는 이들의 주검이 지기지우를 잃은 것만큼이나 슬퍼 몹시 괴로웠다. 무엇인가 형언할 수 없는 분함과 억울함이 명치를 치받아 견딜 수가 없었다.

도대체 산다는 게 무엇인가?

그리고 죽는다는 건 또 무엇인가?

아니 삶과 죽음은 무엇인가? 얼마 전까지 살아 있던 그들이, 본심만 지키면 하느님의 구원을 받는다던 그들이 죽어갔다. 왜 어째서, 무엇 때문에 그들은 죽어갔나. 돈, 돈 때문에 죽어갔다. 일당

150원(이때는 임금이 올라 8~90원에서 150원이 됐다) 때문에 죽어갔다. 인간이 만들어 놓은 돈 때문에 그 인간이 죽어갔다. 이는 저 악명 높은 판도라의 궤가 열린 후부터 우리 인간이 겪는 불행이다. 어찌 판도라의 상자뿐이랴. 탄탈로스의 비극도, 카인의 살인도 그렇다. 인류는 이런 것들이 있고부터 잠시도 비극과 불행에서 해방되지 못했다. 그러므로 이는 인류가 멸망하는 그날까지 영겁 회귀할지도 모른다. 사실 인생의 알파와 오메가는 희극보다는 비극이, 행복보다는 불행이, 화목보다는 불화가, 평화보다는 전쟁의 수레바퀴 속에 허우적대다 사라지는 존재인지도 모른다.

생각해보라. 사람이 날 때와 죽을 때를. 시(時)의 고금 양(洋)의 동서를 막론하고 지상의 모든 인간이 어머니 뱃속에서 낙지할 때 질러대는 고고의 제일성이 무엇인가? 그것은 울음이다. 울음은 무엇인가? 그것은 슬픔과 괴로움을 뜻하는 것이다. 슬프지 않고 괴롭지 않으면 절대로 울지 않는다. 우리 인생이 진정 즐겁고 행복하기 위해 세상에 태어난다면 고고의 제일성은 응애 하는 울음이 아니라 으하하 하는 웃음일 것이다. 그러나 우리 인생은 불행히도 울고 나왔다. 이 울음과 눈물이 있는 곳에 어찌 즐거움과 행복을 바랄 수 있단 말인가. 한데도 우리 인생은 이 비극과 불행을 애써 감춘 채 슬퍼도 기쁜 체 불행해도 행복한 체하며 그 '체'로서의 인생을 살아가고 있다. 그러기에 슬픔도 고통도 억지로의 웃음으로 행복한 체 껄껄댄다.

이렇게 볼 때 본심만 지키면 하느님이 구원한다던 저 서 씨들의 죽음을 나는 다시 한 번 생각하지 않을 수 없다. 그들은 한결같이 하느님을 믿었고 말끝마다 하느님을 찾았다. 어째서였을까. 이것은 그들이 너무 약하기 때문이다. 너무 힘이 없기 때문이다. 그것뿐이다. 그들에겐 힘이 필요하고 의지처가 필요했다. 그래서 절대자가 있어야 했다. 무소불능(無所不能)하고 무소불위(無所不爲)하고 무소부재(無所不在)하고 무소부지(無所不至)해 전지전능(全知全能)한 절대자를 만들어 의지해야 했다. 그러니까 이를 뒤집어 말하면 인간이 신의 피조물이 아니라 신이 인간의 피조물이 되는 것이다.

전지전능하다는 하느님!

우리는 그 하느님을 우리들 스스로가 만들어 절대한 힘을 부여시켜 놓고 거기에 의지해 위로받으며 구원의 대상으로 절대시 하는 것이다. 때문에 하느님이란 본질과 실체를 넘어선 존재자체(存在自體)며 동시에 인간의 궁극적 관심에 대한 신비적 명칭인 것이다. 하느님의 존재가 먼저 존재해서 그것에 대한 인간의 궁극적 관심을 의미하는 것이 아니라 인간이 궁극적으로 관심을 가지는 대상이 하느님으로 해석될 수 있다는 것이다.

나는 여기서 물으리라. 진정 하느님이 존재한다면, 그래서 인간을 구원한다면 왜, 어째서 두 서 씨들의 처참한 주검을 방관만 하고 있었느냐고. 하느님은 언제나 정직하고 가난하고 불쌍한 사람들의 편이라고 했다. 그렇다면 또 어째서 그들은 구원 받지 못하고 죽어야 했는가. 그들이 정직하지 못해서인가? 그럼 정직하지는 못하다 하더라도 가난하고 불쌍한 것만은 틀림없는데 구원은커녕 참혹하게 목숨을 잃었다. 여기 그 실증이 있지 않은가. 정녕 하느님은 그 아들들(성직자나 교역자)의 말대로 당신을 믿는 자만을 구원한다면 어즈버 이는 지독한 독선이요 철저한 이기요 극심한 박애정신과 코스모폴리턴적 아량이 결여된…

신학자들은 말할 것이다. 신도들도 말할 것이다. 그런 따위 말 같지 않은 소리가 어디 있느냐고. 그것은 하느님을 모독하는 불경스런 말이니 속죄하고 회개하라고. 좋다. 그렇다면 신(神)을 가지고 한 번 따져보자. 하느님 즉 가드(god)의 존재(실존)부터 말해보자. 본질부터 말해보자. 성경이 주장에 의하면 신의 존재(being)는 '사랑'이다. '하나님(하느님)은 사랑이다'라고 했고 저 유명한 신학자 발트도 '하나님은 사랑이시다', '하나님은 거룩하시다', '하나님은 우리의 주이시다', '하나님은 자유이시다'로 신의 존재 양식을 '사랑의 존재'로 규정한 것이다. 하나님의 삶은 사랑이시다가 결국 '신적 존재'요 하나님의 본질이고 신적존재다가 신의 실재라는 말인 것이다. 그렇다면 왜 저들은 저 서 씨들은 그 사랑에서 외면당했는가. 신자들은 또 말할 것이다. 그것은 전적으로 하나님 당신이 뜻이라고. 뜻? 뜻 좋아하네. 세상에 무슨 놈의 뜻이 사랑을 앞세워 놓고 죽음을 주는 뜻도 있단 말인가. 실존주의(實存主義)에서는 실존은 본질에 우선한다 하여 본질이 거의 부정되다시피 했는데 신학자들은 이상적인 존재(이상사태)를 부정하는 것은 난센스다. 이상적인 존재는 현실적인 존재가 아니기 때문에, 이상은 현실로서는 없으나 이상으로서는 있다고 했다. 그들은 또 '신의존재'를 부정하는 것은 난센스다. 신의 존재는 사랑이니까 신을 부정하는 것은 사랑을 부정하는 것과 마찬가지다 라고 주장한다. 옳은 말이다. 이상은 현실적 존재가 아니다. 이상적 존재다 라는 말은 옳은 말이다. 그렇다면 하느님은 현실적으로 존재하지 않는 이상적 존재로서의 실존본질(實存本質)이라는 말인데, 실존은 본시 본질이라는 말에 대립돼 이해되며 이는 서양 중세 스콜라철학에서 비롯된 게 아닌가. 신학자들은 또 하나님은 본질을 실존하며 인간은 본질 창조태(創造態)를 떠나서 실존 타락태(墮落態)의 실재를 가지고 있기 때문에 신의 실존을 말하는 것은 난센스라고 말하기도 한다.

나는 앞에서 신이란 본질과 실제를 넘어선 존재 자체라 하여 스콜라철학을 그 예로 들었지만 사실 존재 자체는 지식 이전의 지식, 곧 아프리오리요 주관과 객관이 분열하기 이전이 원리요 정신과 자연의 소격(疏隔) 이전의 근본적 동일성(同一性)인 것이다. 그리고 존재 자체는 모든 존재를 존재케 하는 존재의 존재로서 모든 존재가 유래하는 근원적인 힘이다. 나는 이것만은 거부하지 않는다. 그리고 존재 자체는 어떠한 객관화도 거부함을 알고 있다. 모세의 체험에 의하면 신은 '나는 나다(I am who I am)'하여 자기는 절대 의존적 존재가 아니라 자존적 존재(自存的 存在)라 했는데 이는 '내가 곧 내 원인이지 내 존립(存立)이 원인이 아닌 다른 데 있는 것이 아니다'하는 것을 강조한 말과 다름이 없다. 그러면 이제 나는 한 마디로 말을 마치리라. 있으나마나한 하느님 보다는 니체의 말대로 '신은 이미 죽었다. 필요하다면 내가 신이 되어주마'가 훨씬 더 실제적이요 현실적이라는 것을…

젊은이들이여!

어찌 보면 지금 나는 건강부회로 중언부언 지껄이며 그럴듯한 말을 늘어놓았는지도 모른다. 하지만 나는 적어도 떳떳하고 당당하게 살아왔다 자부할 수 있다. 그러므로 이왕 말이 나온 김에 나에 대해 좀더 부연할까 한다. 그러니 여러분은 여러분과 나를 비교 검토해 반면교사로 삼았으면 한다.

나는 집이 가난한 탓으로 초등학교밖에 못 나왔다. 내가 유년기 때는 집이 잘 살아 선망과 동경의 대상으로 유복하게 자랐다. 더욱이 손이 귀한 집의 외아들이었으니 그 존재는 금지옥엽이었다. 그런데 뜻하지 않게 가세가 기울어져 내가 초등학교를 나올 무렵에는 조반석죽도 끓이기가 어려웠다. 아버지가 여러 사람한테 빚보증을 잘못 서 전답 수십 마지기를 팔아 갚아주었고 엎친데 덮친 격으로 집에 불까지 나 아버지가 일본에 가 벌어온 돈이 모두 소실됐다. 그런데다 산천이 뒤집히는 대홍수의 개력이 나 논밭전지 수십 두락이 홍수에 휩쓸려 자취 없이 사라졌다. 그러자 아버지는 가대를 정리해 J군으로 이사, 이곳에서도 몇 년을 못 견디시고 다시 D군 산골로 이사, 다음 해 돌아가셨다. 나는 하루 아침에 소년 가장이 돼 어머니를 모시고 애면글면 농사일을 시작, 삼십 리 밖 읍내 장에 땔나무를 져다 팔며 주경야독 공부를 시작했다.

이렇게 소년기를 맞은 나는 하늘만 빼꼼한 산중에서 십 년을 땔나무 장수, 화전민 그리고 곤이지지(困而知之)로 독학을 하며 청년기를 맞았다. 그러나 나는 이곳에서도 더 이상 견딜 수 없어 E군 K면으로 가 도전하듯 엿장수를 시작했다. 어머니가 뇌일혈로 돌아가시는 바람에 하루아침에 천애고아가 된 나는 돌에도 나무에도 기댈 곳이 없어 산 설고 물 설은 곳으로 왔던 것이다.

이렇게 시작된 내 형극의 사력길은 가차 없이 이어져 2년 만에 C시로 옮겨 날개를 접자 막노동, 풀빵장수, 스케이트날갈이, 엽연초 재건조장의 막노동, 경비원, 인분수거부, 월부책장수, 참새구이, 포장마차, 연탄배달부 등 닥치는 대로 일을 했다. 물론 이때도 독학(공부)은 계속했다.

이렇게 또 몇 년이 흘렀을까. 누가 나를 사법대서소(지금의 법무사사무소)에 소개해주었다. 내가 속필일 뿐 아니라 글씨도 잘 쓰고 한문도 많이 아니 적격이라면서… 이렇게 몇 달을 근무하다 나는 동아일보 자매지 신동아에서 논픽션 공모가 있어 거기 응모를 했다. 지난날 엿장수 한 것을 팩션 소설로 쓴 것이다. 응모 마감이 2월 말이었는데 모집광고를 본 것이 2월 중순이었으니 집필할 시간이 십 여일 남짓 밖에 안 남아 낮에는 대서소에 나가 일하고 밤에는 날을 밝히다시피 글을 써 마감 당일 응모를 했다. (마감 당일 우체국 소인이 찍힌 건 유효했음) 그런데 이게 천우신조로 당선이 됐다. 그리고 이 당선작 '나는 엿장수외다'가 지상(신동아)에 발표(전재. 분량 2백자 원고지 400여장)되자 하루아침에 세상이 달라졌다. 이때 지성 교양지는 '신동아' 하나뿐이어서 그 반향은 가위 폭발적이었다. '사상계(思想界)'라는 지성 잡지가 있었지만 당국에 의해 폐간 조치돼 ' '신동아'가 명실 공히 최고의 지성지였다. 이 신동아는 국내뿐 아니라 동남아를 비롯해 구미 제국 저 중남미나 아프리카까지 지사가 있어 그곳 독자들이 읽고 보내온 편지는 하루에도 수십 통이어서 나는 몇 달을 들어앉아 답장 쓰기에 바빴다. 일본의 어떤 재일교포 독자는 저의 별장에 오셔서 글 쓰시는 게 어떠냐며 괜찮으시다면 그렇게 하시라며 반가운 소식주시기 바란다 했고, 미국의 어느 독자는 또 왕복 비행기 티켓을 보내드릴테니 이곳에 오셔서 푹 좀 쉬었다 가시면 어떻겠습니까? 했다. 그런가 하면 또 호주 필리핀 등지의 독자는 너무나 고생이 많으셨으니 이것으로 고기라도 실컷 사 드시고 좋은 글 많이 써 주십사며 적잖은 돈을 보내오기도 했다. 그리고 어떤 국내 독자는 또 "저는 대기업을 하는 사람도 아니고 조그마한 중소기업을 하는 사람인데 강준희 선생의 '나는 엿장수외다'를 읽고 너무나 감동, 도저히 그냥 있을 수 없어 제안하니 괜찮으시다면 고락을 함께 하실 의향은 없느냐"며 정중히 일자리를 제공해오기도 했다. 나는 이 모든 분들의 뜻은 대단히 고마웠지만 정중히 사양하고 계속 사법서사 사무실에서 일을 하다 안 되겠다 싶어 본격적인 소설 쓰기를 시작했다.

이렇게 소설 쓰기를 시작한 나는 책 천 권 독파와 소설 20편 집필을 우선 목표로 덤벼들었다. 그러니까 땔나무장수 때부터 시작한 독서와 집필까지 합치면 독서 2천여 권에 집필 30여 편이 되는 셈이다.

이렇게 또 10여 년을 공부, 모두 20 수년의 곤이지지 끝에 나는 몽매에도 그리던 소설가가 됐다. 서울신문에서 모집한 신춘문예에 '하 오랜 이 아픔을'이라는 팩션 소설이 당선, 한 달에 걸쳐 연재가 되었고(원고 길이 2백자 원고지 4백장) 뒤이어 한국 최고 권위의 문예지인 현대문학에 '하느님 전 상서'라는 풍자소설(단편)이 추천 돼 2관왕의 영예를 안았다. 그러자 나는 어제의 강준희가 아니어서 이 잡지 저 문예지에서 원고 청탁은 물론 이 단체 저 대학에서 강이 청탁이 쇄도했다. 그런가 하면 또 아이템플이라는 학원에서는 원장이 직접 찾아와 현대문 고문 한문을 강의해 주십사고 해 나는 이곳에서 한 3년 현대문 고문 한문 등을 강의, 이때 돈 없어 중학교를 진학 못하는 불쌍한 아이들을 가르치겠다며 두 팔 걷어붙이고 나선 장한(壯漢)의 청년 박종구라는 지사(志士)가 성화학원이라는 학원을 만들어 무료교육을 시키는 뜻이 하도 갸륵해 꿀꿀이죽 먹어가며 4~5년 간 가르쳤다. 이 바람에 고입 대입 검정고시에 붙은 학생들이 다수 나와 배를 움켜쥐는 주림 속에서도 만세를 불렀다. 이러고 몇 년인가 지나자 C일보에서 연재소설 의뢰가 와 수락과 동시에 '촌놈'이란 제하로 3년여에 걸쳐 연재를 했는데 뒤이어 K일보 G일보 등에서도 연재 청탁이 와 장편 '개개비들의 사계(四季)'를 동시 연재했다. 그리고 뒤이어 J매일 창간에 나를 상임논설위원으로 위촉, 주말을 뺀 매일 사설(社說)을 쓰고 칼럼은 주 1회로 강준희 칼럼을 썼다. 이러느라 나는 잠자는 시간 몇 시간만 빼고 촌음의 시간여유도 없었다. 두 군데 신문에 연재하랴, 여기 저기 강의하랴, 청탁원고 집필하랴, 밥하고 청소하고 빨래하고 볼일 보랴 정말 눈코 뜰 새가 없었다. 그래도 나는 이를 기쁘게 받아들여 이게 다 '낭중지추(囊中之錐)'로구나 했다. 낭중지추는 사마천(司馬遷)의 사기(史記)에 나오는 말로 재능이나 실력이 뛰어난 사람은 숨어 있어도 저절로 사람들에게 알려짐을 이르는 것으로, 주머니에 송곳을 넣으면 이게 옷을 뚫고 밖으로 나와 사람들이 보게 된다는 이치와 같다는 뜻이다.

젊은이들이여!

자기에게 주어진 것들을 숙명이라 생각하고 숙명은 날 때부터 타고난 것이어서 피할 수가 없으므로 받아들여야 한다며 모든 걸 체념하는 운명론자보다는 자기 운명을 자기 스스로 개척하는 운명 개척자는 될 수 없는가. 그리고 니이체의 철학에서처럼 운명을 사랑하는 운명애(運命愛)의 자세로 살 수는 없는가.

젊은이들이여!

나는 이 글에서 내가 살아온 역경과 난관과 고통과 참담을 말했지만 기실 여기서 말한 것보다 훨씬 많은 고경(苦境)을 겪어왔다. 그러면서도 나는 단 한 번 좌절하거나 실망하거나 절망하지 않은 채 살아왔다. 운명애의 자세라면운명애의 자세요 꿈을 꾸는 자세라면 꿈을 꾸는 자세다. 내 방 이름이자 서재 이름은 '몽함실(夢含室)'이다. 꿈을 먹고 사는 집(방)이라는 뜻이다. 이 방 몽함실은 서재이자 집필실이자 침실이다. 그리고 나를 찾는 모든 이들의 대화의 광장이다.

젊은이들이여!

실망하지 말라. 절망하지 말라. 언제나 꿈을 가져라. 희망을 가져라. 그러면 마침내 이루어진다. 유지자사경성(有志者事竟成)이라 했듯 뜻을 가진 자는 마침내 이루어진다. 꿈을 가지고 있는 한 언제나 꿈은 있고 희망을 가지고 있는 한 언제나 희망은 있는 법이다. 내가 꿈을 꾸지 않고 실망하고 절망한 채 운명을 저주하고 증오하며 살았다면 오늘의 나는 아니었을 것이다. 나는 지금 대단히 괴로운 상태에서 글을 쓰고 있다. 한쪽 눈의 실명(녹내장 수술로)으로 도수 높은 커다란 확대경 두 개로 글을 쓰는데도 글씨가 안 보여 2백 자 원고지에 백 자 정도로 크게 쓴다. 나는 이럴 때마다 17세기 영국의 시인 죤 밀턴을 생각한다. 그는 장님이었는데도 초인적인 의지로 대작 '실낙원(失樂園)' '복낙원(復樂園)' '투기사 삼손'을 썼다. 어찌 밀턴 뿐인가. 보헤미아의 현군 '죤'왕도 장님이었고 시성 호머, 천문학자 제랄드 크라, 역사학자 프랑시스 파크만도 맹인이었다. 그들은 실명을 의지로 극복한 이들이었다. 마크 트웨인의 말을 빌리면 잔다르크 이래 지상에 출현한 가장 훌륭한 여성, 아름답고 아름다운 현대의 성자라는 헬렌 켈러도 장님이었다. '난폭하고 완고한 발작적인 자그마한 야수였다'는 눈 먼 소녀 헬렌 켈러가 맹(盲) 농(聾) 아(啞)의 삼중고(三重苦)를 극복한 것은 설리반이라는 대단한 스승의 가르침과 자기처럼 고생하는 불행한 사람들을 위해 헌신하겠다는 희생정신의 결정이 아닌가. 나는 글씨가 안 보여 눈을 집어 뜰 때마다 이들의 고충을 생각하며 글을 쓴다. 눈만 안 보이는 게 아니라 천지가 무너지듯 질러대는 이명(耳鳴)소리와 무릎 관절이 아파 보행이 부자유스러워 하루 한 시간씩 운동하는 게 여간 힘들지 않다. 여기다 또 불면증까지 있어 이십 수년 째 수면제를 먹는다.

여러분! 젊은이 여러분!

이런 속에서도 나는 밥해 먹고 설거지 하고 청소하고 빨래하며 강의 청탁이 오면 강의하고 누가 방문하면 반겨 맞아 차 마시며 몇 시간씩 환담 나누다 칼국수로 점심을 때운다. 나는 현재까지 작품집 30권을 내놓았고 문학전집 10권이 있다. 이 10권이 문학전집에 10권을 더 보태 총 20권의 증보판을 출간할 계획도 세우고 있다.

젊은이들이여!

젊음이란 무엇인가?

젊음이란 꿈이요 희망이요 이상이요 열정이다. 그리고 용왕매진(勇往邁進)의 원동력이다. 끝으로 미국의 과학자요 교육자인 윌리엄 클라크의 명언을 남기며 이 글을 맺는다.

'젊은이여, 대망을 가져라'는 Boys be ambitious를…

1993. 5. 15.

두 소녀

자칭 내 글을 읽은 독자라며 자기소개를 한 두 소녀가 다녀간 며칠 후 편지가 왔다. 한 소녀는 김 양이었고 한 소녀는 최 양이었다. 먼저 김 양이라는 학생의 편지는 이런 것이었다.

안녕하세요 선생님?

며칠 전 선생님을 찾아 뵌 김 향숙이란 학생이어요. 기억하시겠어요? 잘 모르시겠다구요? 왜 제 친구랑 같이 갔잖아요. 선생님의 이해를 돕기 위해 저를 소개하면 저는 키가 작은(그래서 속상해요) 학생이었습니다. 이제 아시겠죠? 아셨음 본론으로 들어갈게요.

선생님!

전 사실 소설가가 되는 게 꿈이었어요. 그래서 이것저것 닥치는 대로 소설책을 읽고 노트에 소설이랍시고 써보곤 하지만 뭐가 뭔지 도무지 모르겠어요. 그러던 차에 선생님 같은 소설가가 이곳에 계시다는 걸 알고 얼마나 반갑고 기쁘고 놀라웠는지 몰라요. 왜냐하면 전 소설가라면 무조건 서울에만 있는 줄 알았거든요. 전 하느님께 감사드렸습니다. 선생님을 만나 뵙게 될 것을 생각하니 하도 기뻐서요. 전 소설가라면 선망의 대상이자 동경의 대상입니다. 그래서 제겐 소설가가 하늘같은 존재로 느껴지곤 했죠. 자기가 쓴 글(소설)을 독자들이 읽고 감명을 받았을 때, 그리고 그 감동에서 작가를 찾았을 때 이건 너무 근사해 생각만해도 황홀해요.

근데 선생님, 전 선생님한테 실망했어요. 제가 상상하던 소설가(선생님은)는 그런 것이 아니었으니까요. 왠지 아셔요? 선생님은 너무 깨끗해요. 그리고 너무 세련됐어요. 전 소설가라면 적어도 수염도 더부룩하고 머리도 엉클어져 아무렇게나 빗어 넘기는 줄 알았거든요. 그리고 방도 어수선 하고 파지도 수북이 쌓이고 재떨이에 담배꽁초도 가득 채워져있으리라(담배꽁초가 많이 쌓이긴 했지만 좀 더요) 믿었었죠. 근데 선생님은 너무 깔끔하셨어요. 액자에 담긴 선생님의 사진을 보니 거긴 수염이 덥수룩했었는데 실제의 선생님은 수염이 없으셨어요. 그날 깎으셨었나요? 방도 너무 깨끗했어요. 책꽂이의 책도 일 밀리의 어긋남도 없이 자로 잰 듯 꽂혀져 있었어요. 그런 분이 어떻게 소설을 쓰시죠? 소설가라면 외모와 형식 따위엔 신경을 안 쓰셔야 되는 게 아닌가요? 전 선생님께서 꾀죄죄한 모습으로 글을 쓰고 계신 줄 알았어요. 어쩌면 눈가에 눈곱까지 낀 채 말이에요. 근데 선생님은 그게 아니었어요. 그래서 느낀 건데요. 선생님은 댄디한 멋쟁이는 되실지 모르지만 예술가, 특히 소설가 스타일은 아니라는 걸 느꼈어요.

선생님!

제 말이 너무 당돌했나요? 당돌했다면 용서하세요. 다 선생님을 위해서 드리는 말씀이에요. 그러니까요. 오늘부터라도 수염도 좀 기르시고 헤어스타일도 아무렇게나 하세요. 그럼 누가 또 아나요? 제가 홀딱 반할지요. 그리고 아주 고독한 표정이 중요한 것 같아요. 번뇌하고 고뇌하는 모습도 근사하구요. 소설가는 보통 사람과는 달라야 되는 게 아닌가요? 어느 책에선가 읽었는데요. 작품은 적어도 상식을 넘어야 된다고 했어요. 그렇다면 소설가도 당연히 상식을 뛰어 넘는 사람이 돼야 하잖을까요? 상식을 넘는 사람이란 뭔가요? 보통 사람이 아니라는 얘기 아닌가요?

선생님!

버릇없이 너무 많이 까불었군요. 그렇지만 꼭 드리고 싶은 말인데 어떡해요. 되바라진 계집애라 꾸중하시고 용서하셔요, 네?

그럼 서생님의 만수무강을 빌며 이만 줄입니다. 안녕히 계세요.

이상이 김 향숙이라는 학생의 편지였고 다음은 최 순녀라는 학생의 편지였다.

소설가 아저씨께

아저씨, 안녕하세요? 저 며칠 전에 아저씨 댁에 갔던 최 순녀라는 학생입니다. 아저씨! 아저씬 왜 소설을 쓰세요? 저는 아저씨께서 소설을 쓰시는 게 왠지 가엾게 느껴졌어요. 아저씨께서 사시는 걸 보고 말이에요. 소설을 안 쓰시고 사업을 하셨음 좀 잘 사실 것 아녜요? 그랬음 아저씨 방이 그토록 초라해 뵈진 않았을 거예요. 그랬음 아저씨 방에 자개농도 있었을 테고 전축도 있었을 테죠. 그리구 컬러텔레비전도 함께요.

아저씨!

현대는 물질주의시대라고 한대요. 이 물질주의를 자본주의라고도 한다는군요. 자본주의에는 돈이 제일이래요. 돈만 있음 못하는 게 없대요. 안 되는 것두 없구요. 아저씨가 가난하게 소설을 쓰시니 그렇지, 만일 사업가로 돈이 많아보세요. 외제 자가용도 사고 거실 침실 서재 따로 따로 있을 것 아녜요? 아저씬 서재이자 집필실이자 침실인 그 방에서 주무시면서 글을 쓰시잖아요.

왜 그렇죠?

돈, 돈이 없기 때문이잖아요. 책이 아무리 많음 뭐해요. 책이 밥 먹여주나요? 아저씬 소설가라는 긍지 하나로 사실지 모르지만 현실은 그게 아니잖아요. 꿈도 낭만도 현실 앞엔 어쩔 수가 없대요. 왜 우리 속담에 있잖아요. 개 같이 벌어서 정승 같이 쓴다는 말 말예요. 전 그래도 아저씨가 최소한 전축과 컬러 TV는 갖춰 놓고 사시는 줄 알았어요. 그런데 방에 온통 출입문만 남겨놓고 책만 가득 쌓여 있어 질식할 것만 같았어요.

아저씨!

전 소설도 안 읽고 아저씨 댁에 간 것도 향숙이 때문이었어요. 향숙인 소설가가 되는 게 꿈이니까 같이 따라가 준 것 뿐이에요. 우정으로 말예요.

아저씨!

전 이담에 사업가가 될래요. 오나시스처럼 돈 많이 벌어 해상공원도 만들고 자가 비행기로 세계 일주도 해 볼래요. 여자란 핸디캡이 있긴 하지만 제가 커서 어른이 될 때쯤이면 여자도 얼마든지 세계를 누빌 수 있을 거예요.

아저씨!

사람은 꿈을 크게 가져야 한대요. 그래서 저는 꿈을 크게 가져요. 시시한 꿈은 안 가져요. 제가 얼른 커서 돈 많이 벌면 아저씨 저택 하나 지어드릴까요? 근사한 집으로 말예요. 글 쓰시다 피곤하시면 쉴 수 있는 테라스도 마련해 드리구요. 물론 정원수가 들어찬 곳에다가요. 예술가가 가난해야 된다는 건 옛말이에요. 왜 예술가가 가난해야 하나요. 잘 살면 예술 못 하나요?

예술가가 가난해야 한다는 건 핑계 같아요. 자기들이 가난하니까 합리화시키기 위해서 말이에요. 가령 예를 들면 어떤 소설가가, 어떤 소설가가 아니라 아저씨라구 해요. 아저씨께서 미국이나 유럽 어느 지역을 배경으로 소설을 쓰고 싶은데도 돈이 없음 취재를 갈 수가 없잖아요. 꼭 현지를 가서 취재를 해야 하는데도 돈이 없음 못 가잖아요. 이게 현실이에요. 그렇지만 돈이 있어 보세요. 문제는 간단해요. 이러니 왜 돈이 안 좋겠어요.

아저씨!

돈 좀 버세요. 그래서 근사한 집으로 이사 가세요. 그래야 여자도 있어요. 아저씨가 아무리 똑똑하고 잘나고 그리고 실력이 있어도 돈이 없음 안 되요. 요즘 여자들이 어떤 여자들이에요. 무식하고 못 생겨도 돈만 많으면 그게 유식한 것보다 낫고 그게 잘난 것으로 따지는 세상이래요. 소크라테스는 배부른 돼지보다 배고픈 인간이 되겠다 했지만요. 그건 그때 얘기에요. 현대는 배부른 돼지가 훨씬 나아요. 배부른 돼지가 배고픈 인간을 부리니까요.

아저씨!

죄송해요. 쬐그만 계집애가 함부로 떠들어서요. 그렇지만 용서하세요. 다 아저씨를 위해서니까 기분 나쁘게 생각마세요. 그럼 오늘은 이만 그치겠습니다. 안녕히 계세요.

1986년 4월 8일
최 순녀 올림

이상은 최 순녀라는 학생의 편지였다. 나는 이 두 여학생의 편지를 읽고 전율을 느꼈다. 특히 뒤에 소개한 최 순녀 학생의 편지에서 더욱 그랬다. 나는 눈앞이 캄캄했다. 도대체 누가, 무엇이 이 소녀를 이렇게 만들었을까. 한창 꿈을 먹고 살아야 할 소녀인데…

　뜻을 크게 가지는 걸 누가 탓하랴. 포부를 크게 가지는 걸 누가 나무라랴. 소녀는 소녀로서의 꿈이 있어야 하고 학생은 학생으로서의 뜻이 있어야 한다. 내가 깨끗하고 세련됐다 해서 실망했다는 소녀나, 내가 가난하고 초라해서 돈 벌라고 충고한 소녀나 나로선 다 같이 섬뜩하리만큼 무서운 아이들이다. 세상에 악이 뭔지, 돈이 뭔지 모를 소녀가 벌써부터 이 지경이면 커서 사회인이 되고 돈맛 아는 주부가 되었을 때, 그때는 어떡할 것인가. 생각할수록 등골이 오싹하고 모골이 송연해진다. 그리고 앞의 학생 향숙이도 생각을 고쳐야 한다. 왜 소설가가 깨끗하면 안 되는가. 어째서 소설가가 꺼벙하고 추레해야 되는가. 이것은 크게 잘못된 생각이다. 소설가(넓게는 예술가)가 꺼벙하고 추레해서 마치 폐병환자나 아편중독자 같아야 된다 함은 세기말적 감상이다. 이는 남에게 혐오감을 주면 줬지 기분 좋은 인상은 절대 못 준다. 이것은 저 1920년대나 30년대 우리나라가 일제 식민통치로 압박을 받을 때 당시 지식인을 대표하던 시인 소설가들이 암울한 시대적 상황 아래서 고뇌하고 방황하며 길거리에 쓰러지면서 혹은 피를 토하고 혹은 미쳐 날뛰며 절규하고 절망과 좌절과 실의로써 빚어진 허무주의 인생관, 이 허무주의를 잘못 인식한데서 비롯되었다. 그런데 이것을 일부에서는 멋으로 알고 낭만으로 알고 그리하여 마침내는 최고선으로까지 아는 경향이 있었다. 왜 소설가가 꺼벙해야 하는가. 소설가는 최고의 스타일리스트가 되어야 하고 최고의 로맨티스트가 되어야 한다.

두 소녀.

김 향숙과 최 순녀. 이 소녀들이 부디 여고 1학년 학생답게 꿈을 꾸며 자라나기를 나는 바란다. 이럼에도 나는 최 순녀 학생이 이악스러운 건지 영악스러운 건지 재바른 건지 아니면 경제관념이 투철해 일찌감치 웃자란 건지 당최 알 수가 없다.

1988. 1.

막심고리기(莫甚苦罹飢)와 나

　서울 친구 한구 형은 내게 편지를 할 때마다 '한국판 莫甚苦罹飢 형에게'라고 쓴다. 그리고 또 가끔은 '현대판 서해(曙海)'형에게 라고도 쓴다. 전자는 19세기 러시아 작가 막심 고리끼의 이름을 따서 부른 것이요, 후자는 우리나라 근대 작가 최학송(崔鶴松)의 아호를 따서 부른 것이다.

　한구 형이 나를 한국판 막심고리끼니 현대판 최학송이니 하는 것은 한구 형대로 그만한 이유가 있어서이다. 한구형의 말인즉 내가 막심고리끼와 비슷한 운명을 타고 났고 최서해와 흡사한 팔자를 타고 났다는 것이다. 고리끼는 집이 가난해 정규 교육은 초등학교 6개월이 전부여서 머슴, 사환, 잡시닦이 등 밑바닥생활을 하면서 작가 수업을 했고, 서해 최학송 역시 가난한 소관리(小官吏)의 아들로 태어나 부모를 일찍 여의는 바람에 노동품팔이, 두부공장 인부 등 갖은 고초를 겪으며 작가 수업을 했기 때문에 이들은 무엇으로 보나 나와 아주 유사한 점이 많다는 것이다. 그래서 고리끼는 '소시민' '어머니' '유년시대' 등 일련의 노동자계급에 접근한 프롤레타리아문학을 했고(하지만 고리끼는 프롤레타리아 작가는 아니었다), 서해는 '탈출기', '기아(饑餓)와 살육(殺戮)' '큰물 진 뒤'등 일련의 빈궁문학을 하지 않을 수가 없었다는 것이다. 한구 형은 또 말하기를 그러나 준희 형은 고리끼나 서해보다 더 기막힌 역경을 수없이 겪었으면서도 단 한 번의 타락이나 좌절도 하지 않은 채오늘에 이른 것을 보면 감탄을 넘어 도무지 이해할 수 없는 경이로움마저 인다 했다. 그러면서 한구 형은 톨스토이가 고리끼를 평한 글을 인용해 다음과 같이 말하기도 했다. '모질어질 만한 충분한 이유가 있었으면서도 그렇게 좋은 마음을 가지고 있다니, 참으로 놀랄 일일세'라고…

나를 막심고리끼니 최학송이니 하고 부르는 것은 비단 한구 형만은 아니다. 문단 일각에서도 나를 고리끼니 최학송이니 하고 부르는 이가 더러 있다. 막심고리끼는 러시아어로 '최대의 고통' 혹은 '고통의 쓰라림' 뭐 이런 뜻이라는데 한구 형은 이를 막심고리끼와 음이 같은 한문 글자를 골라 '莫甚苦羅飢'로 만든 것이다. 얼핏 보면 아주 그럴듯해 나무랄 데 없는 조어다. 막심고리끼는 그러니까 주리고 배고파 고생이 막심하다는 뜻이다. 막심고리끼는 본시 '알렉세이 막시모비치 뻬쉬코프'라는 본명이 있었는데 그의 첫 소설 '마까르 만드라'라는 책에 막심고리끼란 이름을 서명함으로써 죽을 때까지 막심고리끼로 행세하게 된 것이다.

내가 한구 형에 의해 막심고리끼니 최서해니 하고 불려진 것은 내가 이들과 흡사한 역경을 걸어왔다는 점인데 한구 형은 이를 합리화시키기 위해 이런 편지도 보내왔다.

"여보, 막심고리끼 형! 내 언젠가도 썼습니다만 톨스토이는 진짜 막심고리끼 한테 모질어질 만한 충분한 이유가 있으면서도 그렇게 좋은 마음을 가지고 있다니 참으로 놀랄 일일세' 라고 했다는데, 그렇다면 나는 막심고리끼 준희 형한테 뭐라 해야겠소. 그토록 참담 무비의 역경에도 굴하지 않고, 그토록 어처구니없는 상황에도 타협하지 않은 채 여태도 소년처럼 꿈만 먹고 사는 순정이 경이롭기만 하오하면 되겠소?

막심고리끼 형!
부디 그 꿈 버리지 마시오!'

한구 형과는 성격이 좀 다르지만 정몽주의 단심가(丹心歌)를 버리고 이방원의 하여가(何如歌)를 부르며 살라는 친구도 있다. 청주의 외우 H형이 그다. H형은 편지를 보낼 때마다 제발 하여가를 부르며 편히 좀 살라한다. 다음은 H형이 내게 보낸 편지의 일부를 발췌한 것이다.

준희 형!

단심가를 부른 포은이 되지 말고 하여가를 부른 방원이 되세요. 그렇게 해야 이 개떡 같은 세상 살 수가 있어요. 부디 소제의 말을 명심하세요.

불꽃처럼 바람처럼 살아가는 형을 생각하면 소제는 이따금 옆구리가 결려옵니다. 속절없이 피를 말리며 만신창이로 대좌하고 있을 피투성이의 형! 부디 건강하고 그리고 돼지처럼 속 편하게 쉽게 치사하게 사세요. 배고픈 소크라테스보다 배부른 돼지가 낫다하더이다.

형!

보고싶습니다. 많이. 낙척한 형을 생각하면 괜히 가슴이 저려옵니다. 배불리 먹고 따뜻한 아랫목에 여편네와 함께 편히 있는 소제가 큰 죄를 짓는 듯한 마음입니다.

형!

바람결에 형의 건강이 안 좋으시다는 소식 듣고 명치가 아려옵니다. 가슴이 아픕니다. 건강이 안 좋으신 게 정상이지요. 그숱한 나날을 형벌 받듯 사시는 형, 대체 소제가 형을 위해 무엇을 어떻게 하면 되겠습니까? 속물들이 판을 치는 세상입니다.

형!

단심가를 부른 정몽주가 되지 마시고 제발 하여가를 부른 이방원이 되세요.

형! 준희 형!

어찌 무쇠인들 배겨내겠소.

그만한 건강도 정신력이지요.

부디 몸 건사 잘 하세요. 소제는 이제 이승엔 정나미가 떨어집니다. 아주 넌더리가 납니다. 읽지도 쓰지도 못한 채 식충이처럼 밥이나 축내고 있지요. 천지개벽은 아직 감감무소식이고…

형!

제발 먼저 가지 마세요.

형!

몸이 아프거나 바람이 몹시 불면 불현듯 형이 생각납니다. 그토록 의연히, 그래서 아프게 사시는 형을 이 미친 세상이 어찌 알겠습니까. 못나서, 무능해서 그렇다고 속물들은 말합니다. 더 야박하게 말하면 병신 같아서 그렇다고 합니다. 장님이 사는 세상엔 눈 뜬 자가 병신이 되는 거지요. 굴원(屈原)의 어부사(漁父詞)를 빌지 않더라도 세상이 모두 취해있으면 따라 취해야 하는데 혼자서만 깨어 있으면 어찌 되나요. 원인이야 어찌 됐건 결과만 가지고 따지는 세상 아닙니까. 형이 도둑질을 하고 사기를 쳐서라도(원인) 잘만 살아보세요.(결과), 세상이 모두 형을 잘나 유능하다 할 것입니다.

형! 준희 형!

사기를 쳐서라도 잘 사세요. 단심가를 부르는 사람보다 하여가를 부르는 사람이 잘 사는 세상입니다.

형!

사기를 쳐서라도 여자 하나 구하세요. 그 달변 그 달필에 노래는 또 얼마나 잘 부르는데 혼잡니까? 게다가 형은 또 신언서판(身言書判)이 출중하지 않습니까. 작심만 하면, 마음만 먹으면 여자 열 명인들 없겠습니까. 형의 글을 읽고 찾아오는 여성 독자만 해도 얼맙니까? 인생이 살면 천 년을 삽니까. 만 년을 삽니까. 그 언변 그 열정 그 패기 어디다 쓰실 겁니까. 진실로 백락(伯樂)과 손양(孫陽)이 없는 세상이 한스럽습니다. 천리마(千里馬)는 저리 있는데도 말입니다.

　형! 준희 형!

　지금이라도 하여가를 소리 높여 고창하세요. 제발 제발요…

　준희 형!

　보고 싶소이다.

　언제 한 번 오세요.

　밤새워 얘기나 합시다.

　그날만은 하여가 아닌 단심가를 부르면서 말입니다.

　형! 준희 형!

　받으셔야 합니다.

　보상 말입니다.

　누리셔야 합니다.

　행복 말입니다.

　형! 준희 형!

　전국책(戰國策)에 조명시리(朝名市利)란 말이 있다하더이다. 명성을 원하는 자는 조정(정치)에 놀고 이익을 원하는 자는 시장(저자)에서 논다는 말이겠지요. 그리고 사마천(司馬遷)의 사기(史記)엔 시도지교(市道之交)란 말도 있다 하더이다. 이해관계로 맺어진 교우를 뜻하는 것이겠지요. 제발 바라노니 수불석권(手不釋卷)에서 조명시리로 바꿔 하여가를 부르셔야 합니다.

　형!

　준희 형! 그리운 준희 형!

H형의 충정어린 글월은 이런 내용이었다. H형은 나에게 단심가

를 부른 포은이 되지 말고 하여가를 부른 이방원이 되라 했고, 배고픈 소크라테스보다 배부른 돼지가 되라 했으며, 수불석권보다 조명시리와 시도지교로 살라 했지만 글쎄 내가 그런 재주라도 있다면, 있었다면 하다못해 장삼이사(張三李四) 갑남을녀(甲男乙女) 다 하는 무슨 장(長) 무슨 의원은 됐을지 모른다. 그런데 위인이 원체 시원찮아 세리지교(勢利之交)도 못한 채 노자(老子)의 지족자부(知足者富)만을 찾고 있으니 아이구 답답 송 서방이다. 하지만 사기의 말처럼 사위지기자사(士爲知己者死)라, 선비는 자기를 알아주는 이를 위해 죽고, 장부는 자기의 진가(眞價)를 알아주는 이를 위해 신명을 바친다고 한 것에 대해서만은 조금도 흔들림이 없다.

막심고리끼여!
너는 앞으로도 계속 단심가만 부를래? 아니면 하여가도 부를래? 이도 저도 아니면 하우불이가 될래?

1985. 3.

베드 사이드 스토리

이스라엘의 어머니들이 사랑하는 자녀에게 잠자기 전에 들려주는 간절하고도 간곡한 이야기. 이를 베드 사이드 스토리라 한다. 이 베드 사이드 스토리는 하느님(기독교에서 말하는 하나님) 말씀과 함께 조국애, 민족애, 충성심, 단결력 같은 것을 들려주고 혹은 읽어주는 것을 말함인데 이는 교훈과 교의(敎義)라는 뜻을 가지고 있으면서 유태인들의 정신에 커다란 영향을 끼치고 그들의 정신문화에 원천이 됐다 할 수 있는 <탈무드>가 그 주종을 이루고 있다. 그러니까 이스라엘의 어린이들은 잠자기 전 어머니로부터 밤마다 꼭 하느님 말씀과 조국에 대한 사랑, 민족에 대한 사랑, 나라에 대한 충성심과 단결력을 빠뜨리지 않고 들어 이것이 일상의 생활처럼 되어 있다. 그래서 이스라엘 어린이들은 밤마다 나라에 대한 단결력을 들려주는 어머니의 말씀을 자장가 삼아 잠이 드는 것이다. 그러므로 이스라엘 어린이들은 조국애, 민족애, 충성심, 단결력 같은 국가지상주의의 꿈을 거의 매일 밤 꾸다시피 하며 성장한다. 참 대단한 민족이라 아니할 수 없다. 이러니 자기들보다 물경 스무 배나 큰 아랍공화국을 단 6일 만에 쳐부수지.

이스라엘이 자기들보다 스무 배나 큰 아랍공화국을 이긴 것은 우연 아닌 필연이었다. 조국에 전쟁이 나자 미국이나 유럽 등지로 유학을 간 이스라엘 학생들은 조금도 지체 없이 책가방을 팽개치고 조국으로 돌아와 총을 든 채 전선으로 달렸고 아랍공화국 청년들은 주소를 이중 삼중 숨기고 몸을 피해 고비원주 달아났다. 자, 이쯤 되면 전쟁은 하나마나한 것이 아닌가. 이렇게 해 6일 전쟁은 '베드 사이드 스토리'가 이기게 했다. 때문에 이스라엘에 있어 베드 사이드 스토리는 시오니즘 정신에 다름 아니어서 그들의 고지 팔레스티나를 조국으로 부활시키고자 하는 실지(失地) 회복 운동만큼이나 큰 의미가 있다 할 것이다. 그랬기에 이스라엘이 2천년 동안 갖은 박해와 온갖 시련을 겪으며 한 많은 실지 회복 운동을 벌이면서도 신에게 선택된 유일한 민족으로 자부, 누구도 따를 수 없는 선민의식(選民意識)을 가졌을 터이다.

그렇다면 이 베드 사이드 스토리가 우리에겐 없었는가? 있었다. 있어도 아주 근사하게 낭만적으로 있었다. 그게 무엇인가 하면 여름 밤 마당에 멍석을 깔아 놓고 앉아 쏟아질 듯 현란한 밤하늘의 별무리를 쳐다보며 가족이 저녁을 먹고 난 다음에 있었다. 저녁은 대개 곱삶이 꽁보리밥에 밥밑으로 감자 또는 양대가 듬성듬성 놓였고 반찬은 울타리에 거꾸로 매달린 애호박과 귀가 쨍하도록 매운

풋고추를 넣고 끓인 토장찌개에 밭으로 뻘뻘 걸어가다시피 하는 겉절이(엄저. 또는 생절이의 벼락김치)를 고추장과 함께 썩썩 비벼 먹었는데 이때면 개똥벌레(반딧불이)가 꽁무니에 불을 밝히며 골목이 빽빽하도록 날아다녔다. 외양간에서는 소가 워낭을 댕강거리며 긴 한숨과 함께 쇠풀을 먹고…

이러고 한참이 지나 서쪽 하늘에 개밥바라기가 이울고 쪽쪽쪽 이후후 하고 건넛산에서 밤새가 울라치면 할머니(또는 어머니)는 당신 무릎에 손자를 앉히고 머리를 쓰다듬으며 효자 얘기, 효녀 얘기, 공주 열녀 충신 얘기를 한도 끝도 없이 했다. 그러면 손자는 할머니의 다 말라붙은 젖꼭지를 만지작거리며 할머니의 옛날 얘기를 듣다 잠이 든다. 그러면 할머니는

"아이구, 우리 강아지 주무시네!"

하며 손자를 안아다 방에 눕힌다. 할머니의 효자 효녀 열녀 공주 충신 얘기는 겨울철에도 변함이 없어 어디선가 또드락 또드락 다듬이 소리가 들려오고 등성이 너머 어디쯤에서 개 짖는 소리가 컹컹 들려오는 이슥한 밤이면 시작되는데, 이상한 것은 낮에 들려주는 할머니의 옛날 얘기는 귀신, 호랑이, 이무기, 구미호, 달걀귀신, 소금장수 등 아주 무서운 것으로 들려주시다가도 밤이면 꼭 효자 효녀 열녀 공주 충신 같은 장하고도 아름다운 얘기만을 들려주셨다. 이런 날 밤이면 나는 영락없이 꿈을 꾸었고 꿈을 구면 또 영락없이 효자가 되고 충신이 되고 공주나 열녀를 만나는 꿈을 꾸었다. 그 꿈은 아름답게 간직돼 어린 가슴에 설렘으로 오래오래 남아 있

었다. 그러니 이보다 더 아름다운 베드 사이드 스토리가 어디 있겠는가. 그런데 지금은 할머니나 어머니 무릎에 앉아 젖꼭지 만지며 할머니나 어머니가 들려주는 효자, 효녀 얘기와 열녀 충신 얘기를 듣는 손자 또는 아들이 얼마나 있을까. 아마 모르긴 해도 썩 드물 것이다. 그러므로 이제는 한국판 베드 사이드 스토리라 할 수 있는 할머니의 효자 효녀 충신 열녀 얘기는 들을 수가 없게 됐다. 참으로 안타깝고 슬픈 일이어서 땅이라도 치며 울고 싶다. 우리의 할머니와 어머니들은 낫 놓고 기역자도 모르고 똬리 놓고 이응자도 모르는 까막눈이었지만 위로 어른들 잘 모시고 아래로 자식들 잘 거느린 상봉하솔(上奉下率)부터 형우제공, 동기우애, 이웃화목을 사람이 행해야 할 덕목 중에서 가장 크고 옳은 덕목으로 알았다. 그랬으므로 지난날 우리의 할머니나 어머니들은 많이 배워 잘나고 똑똑하다는 요즘의 할머니나 신세대 어머니들보다 못나고 무식했을망정 적어도 손자 사랑 자식 사랑만은 훨씬 더 지고하고 지순했다. 생각느니, 이제 할머니들의 그 눈물겹게 아름답던 옛날 얘기는 영영 전설 속으로 사라지는가?

1995. 12. 5.

행복에 대하여

행복!

행복은 어디 있는가?

어느 날 한 우울증 환자가 런던의 유명한 의사 아바네시를 찾아 갔다.

"선생님! 저는 우울증이 아주 심해 극에 달해 있습니다. 제발 저의 이 우울증을 고쳐주십시오."

환자는 간절하게 말하며 의사 아바네시를 쳐다봤다. 그러자 의사가 이것 저것 몇 가지를 묻고 나서

"너무 염려마십시오. 마침 잘 됐습니다. 남을 잘 웃기기로 유명한 구리마루다라는 희극 배우가 지금 런던의 어느 극장에서 공연 중입니다. 그러니 그 희극 배우의 공연을 보세요. 그러면 당신의 우울증은 씻은 듯이 나을 겁니다. 왜냐하면 그 배우의 공연 관람이 어

떤 약보다도 효력이 있을 것입니다."

그러자 이 소리를 듣고 있던 우울증 환자가 절망적인 표정으로

"선생님! 그렇다면 큰일입니다. 왜냐하면 그 희극 배우 구리마루 디가 바로 저니까요."

오늘날 전 세계의 많은 사람들이 즐겨 부르는 <즐거운 나의 집> 즉 <홈 스위트 홈>의 작사자 존 하워드 페인은 한 번도 가정을 가져보지 못한 불행한 사람이었다. 그는 한 평생을 집도 절도 없이 물론 아내도 자식도 없이 유리표박의 방랑으로 부초처럼 세상을 떠돌다 죽을 때도 튀니스의 한 길가에 쓰러져 눈을 감았다. 그가 안주(安住)한 곳은 아이러니칼하게도 '스위트 홈'이 아닌 한 이름 없는 노변(路邊)이었다.

메텔를링크의 <파랑새>는 너무도 유명하다. 그는 <파랑새>에서 이렇게 말했다.

"뭐야, 저게 우리가 그렇게 찾고 있던 파랑새야? 우리는 아주 멀리까지 파랑새를 찾으러 갔는데 저 파랑새는 늘 여기 있었잖아!"

행복의 파랑새를 찾으러 갔다 허탕치고 돌아와 보니 그 행복의 파랑새는 바로 새장 안에 있었다.

아무리 완벽한 사람이라 할지라도 아킬레스의 뒤꿈치는 가지고 있는 법이다. 그러므로 아무리 완전무결한 사물일지라도 그 나름의 결점은 있게 마련이다.

저 산 너머 멀리 한없이 가면
행복이 깃들이고 있다기에
아, 나는 그를 따라갔건만
눈물만 흘리며 되돌아 왔네
저 산 너머 멀리 한없이 가면
행복이 숨어 있다 남은 말하네.

— 칼 부세의 '저 산 너머'

행복이란 누가 가져다 주는 게 아니다. 이는 우선 의사 아바네시를 찾아간 구리마루디의 일화에서 알 수 있고, <즐거운 나의 집> 작사자 하워드 페인에서 알 수가 있다.

사실 우리가 잘 느끼지 못해 그렇지 행복은 우리 주위에 얼마든지 있다. 건강한 것도 행복이요, 좋은 친구를 가진 것도 행복이다. 찾아갈 사람이 있는 것도 행복이요, 그리운 사람이 있는 것도 행복이다. 심지어는 정신분석학에서 말하는 '이마고 현상' 즉 마음속으로 이렇게 되었으면 하고 바라는 이상적인 어떤 존재도 행복이라면 행복이다. 그러므로 행복이란 정신적인 내재율로서의 만족을 의미한다. 그래서 행복이란 행복하다는 의식과 감정을 떠나서는 존재할 수가 없다.

이렇게 볼 때 행복이란 다분히 주관적인 것이어서 '행복감'에서 행복을 찾아야 한다. 그렇다면 송익필(宋翼弼)의 '족부족(足不足)'이란 시보다 더 좋은 것은 없을 것이다. 부족하더라도 넉넉하게 생각하면 매사가 넉넉하고, 족하더라도 부족하게 생각하면 늘 부족

하다는 부족지족매유여(不足之足每有餘)에 족이부족상부족(足而
不足常不足)을…

1997. 5. 7.

한심한 어문(語文) 정책

— 한자어(漢字語)는 외국어가 아닌 국어

우리는 지금 한자(漢字)를 몰라 언어 사용이 엉망이고 일상생활도 여간 불편한 게 아니다. 이를 볼 때마다 나는 이것 참 큰 일 났구나 싶어 눈앞이 캄캄해진다. 한자를 몰라 빚어지는 현상이 보통 심각한 게 아니기 때문이다.

언제였던가. 정부가 모든 공문서와 도로표지판에 한자를 병기하겠다 하자 한글학자를 비롯한 한글학회에서 결사반대를 했다. 까닭인즉 한자는 우리 글이 아니므로 사용해서는 안 된다는 거였다. 그렇다면 묻겠는데 영어도 우리 글이 아니니 당연히 쓰지 말아야 할 게 아닌가. 그런데 어째서 영어를 쓰지 말자는 말은 한 마디도 없는가. 한자(漢字) 즉 한문(漢文)은 누가 뭐래도 우리 말화(化)한 국어다. 그러므로 한자를 쓰되 한자가 주(主)가 되고 한글이 종(從)이 되는 한주국종체(漢主國從體)로 쓰지 말고, 한글이 주(主)가 되고 한자가 종(從)이 되는 국주한종체(國主漢從體)로 쓰면 된다. 지금 중요한 학문, 예컨대 歷史, 古典, 國語, 倫理, 論理, 道德, 科學, 哲學, 法學, 理學, 醫學, 數學, 物理, 文理, 農學, 天文, 地理, 民俗, 傳統, 歲時, 風俗 등은 어느 것 하나 한자(漢字)가 안 나오는 게 없고 한자 없이는 뜻풀이가 불가능한 게 많다. 그런데 이런 한자 어휘를 의역(意譯) 아닌 직역(直譯)으로 한자를 한글로 바꿔놓기만 했으니 뭐가 뭔지 알 수가 없다. 고급 논문이나 석 박사(碩 博士)의 학위논문은 말할 것도 없고 그 밖에 내로라하는 학자들의 연구 논문은 대부분 한자 어휘로 돼 있다. 국어사전에 등재된 우리 말은 겨우 30% 정도이고 나머지는 거의 한자이며, 설령 한자가 아니라 할지라도 한자에서 파생된 어휘들이다. 때문에 한자를 떠난 한자어(漢字語)는 소리일 뿐 말이 아니다. 한자를 몰라서 생기는 폐단은 한두 가지가 아니다. 우선 무엇보다 언어의 고저(高低) 장단(長短) 강약(强弱) 경중(輕重)을 모른다. 그리고 또 지성(知性)의 저하(低下)를 가져온다. 뿐만이 아니다. 한자를 사용하지 않으므로 언어 능력이 없어지고 사고(思考) 능력이 떨어진다. 고급 언어의 발달은 고급 문자(文字) 없이는 불가능하고, 고급 사상의 발달 또한 고급 문자 없이는 불가능하다. 표준 국어대사전에 보면 '사기'란 어휘가 자그마치 27개나 나온다. 그런데 이 27개의 낱말 중 순우리말(고유어)로 된 '사기'는 하나도 없고 모두 한자 어휘다.

　우리나라 국호 '대한민국'을 한글로 쓰면 국어가 되고 한자로 '大韓民國'이라 쓰면 중국어인가? 만약 그렇다면 이야말로 발음도용주의적(發音盜用主義的) 발상이다. 한글전용주의자들은 우리 조상들이 중국에서 들여온 한자를 사용하니 이게 마치 무슨 대죄라도 지은 듯 몰아붙이고 있다. 그러나 이는 크게 잘못된 일이다.

보라! 눈을 크게 뜨고 똑바로 보라! 세계의 일등국이자 선진국인 영국 독일 프랑스인들은 그들 자신의 문자를 만든 일이 없다. 그들은 이집트에서 연원(淵源)하고 그리스와 로마인에 의해 완성된 '알파벳'문자를 공통으로 사용하고 있다. 이런 맥락에서 본다면 한자어는 외국어가 아닌 국어인 것이다. 이는 흡사 영어가 영국 고유어인 앵글로색슨어와 외래어인 라틴어가 합쳐서 한 개의 국어 '잉글리시'를 형성하고 있는 것과 같은 것이다. 무릇 인접한 지역의 상이(相異)한 어족(語族)은 서로 영향을 받으며 낙후된 언어는 선진한 언어의 영향을 받게 마련이다. 이것이 언어선진화법칙(言語先進化法則)이다.

한자어는 중국에서 온 것이므로 우리말에서 없애야 한다는 논리는 언어도단(言語道斷)이다. 이는 마치 영국인이 라틴어는 로마에서 온 것이기 때문에 마땅히 영어에서 제외해야 한다는 논리와 같다. 그러나 영국인은 어리석지 않았다. 그들은 알파벳 폐지운동을 벌인 일이 없다. 일본은 초등학교부터 한자를 병기해 초등학교만 나와도 필담(筆談)이 가능하고 일상의 생활 한자 사용에 불편함이 없다. 그래서 언어의 고저장단과 강약 경중을 제대로 구사한다. 그런데 우리 한국은 대학까지 나와도 언어의 고저장단과 강약 경중을 하나도 몰라 눈살을 찌푸리게 한다. 여기 수천 수만의 사례 중

몇 가지만 예를 들면 길게 장음(長音)으로 발음해야 화재(火災)를 짧게 단음(短音)으로 발음하는 화제(話題)로, 장음으로 발음해야 할 화장(火葬)을 단음으로 발음하는 화장(化粧)으로 하는가 하면 장음 조선(造船)을 단음의 조선(朝鮮)으로, 장음의 정도(正道)를 단음의 정도(程道)로 발음하는 등 이루 헤아릴 수 없이 많다.

서울의 무학여고(舞鶴女高)는 말할 나위도 없이 장음으로 길게 발음해야 함에도 불구하고 짧게 단음으로 무학(無學)여고라 발음 하니 큰일이다.

생각해 보라. 무학(無學)은 '배운 것이 없다' 또는 '배운 게 없어 불 학무식(不學無識)하다'는 뜻이니 어찌 기가 찰 노릇이 아니겠는가.

바라노니 정부와 교육부는 하루 속히 초등학교 교과서부터 대학 교 교과서에 이르기까지 모든 교과서에 한글과 한자를 혼용(混用), 병용(竝用), 병기(竝記)토록 해야 한다. 그래서 대학이나 최고학부 를 나와도 '大韓民國獨立萬歲' 하나 제대로 못 쓰는 부끄러운 반문 맹(半文盲)의 절름발이식 교육 제도에서 탈피해야 한다.

2015. 1.

참으로 큰일이다.

도대체 이 나라는 나라 글과 나라 말이 있는 나라인지 없는 나라인지 모르겠다. 더 부연하면 대한민국이라는 나라의 고유한 말과 글이 있기나 한 지 모르겠다는 말이다. 생각이 조금만 있는 사람이라면, 그래서 우리 글과 우리 말을 조금이라도 사랑하는 사람이라면 지금 당장 거리로 뛰쳐나가 옥호의 간판들을 한 번 보라. 무엇이 어떻게 돼 있는가를. 무엇이 어떻게 씌어져 있는가를. 피에르 룩크, 리베, 하아니, 엔젤, 탐앤탐스, 카페베네, 지오디아, 클리오페럴, 스무디킹, 이니스프리, 유니클로, 마텔리, 로코코, 카니발, 애크미, 세레나, 몽블랑, 리스본, 에스쁘아. 이루 다 헤아릴 수 없는 혀 꼬부라진 간판들로 들어차 있어 여기가 미국인지 영국인지 혹은 그 밖의 다른 어느 나라인지 알 수 없어 박언학(博言學) 학위 안 가진 사람은 범접할 수가 없다. 그래도 한글로 쓴 간판은 나은 편이다. 어떤 간판은 숫제 영어 불어 일어 등 원어로 씌어져 있어 자국 속의타국

이방을 느끼게 하고 있다. 참 기가 찰 노릇이다. 여기가 미국이고 영국이고 프랑스고 일본인가? 영어 모르는 사람은 어떡하라고, 불어 모르고 일어 모르는 사람은 어떡하라고, 우리 나라 땅이면 우리 말을 써야지 왜 남의 나라 글 남의 나라 말을 쓰는가. 프랑스에서는 영어를 광고문에 쓰거나 공석에서 사용하면 우리 돈으로 자그마치 280만 원에 해당하는 벌금을 내도록 하는 법을 만들었고, 베트남 같은 나라에서도 영어로 된 간판을 못 걸게 해 자기 나라 국어 사랑이 돈독한데 어째서 우리는 우리 말도 제대로 못하는 어린아이들에게까지 정부나 가정이 영어부터 가르치려고 안달들인가. 세상이 하도 영어를 신주단지 모시듯 해서인지 이제는 어디를 가도 우리 말 우리 글보다 영어가 판을 친다. 굴러 온 돌이 박힌 돌을 빼는 격이다. 그래서 코딱지만 한 구멍가게 출입문에도 '열렸음' '닫혔음' 대신 open이 아니면 closed란 알림표가 달려있다. 참 기가 찰 노릇이다. 아니 차마 눈 뜨고 볼 수 없는 목불인견이다. 이러니 이를 대체 어찌해야 된단 말인가.

지난 한 때 이명박 대통령 당선인이 대통령으로 취임하기 전 인수위시절에 모든 수업은 국어만 빼고 전 과목을 영어로 수업하겠다고 발표해 국민들을 분노케 한 일이 있었다. 이는 반대가 심해 취소됐지만 하마터면 큰일 날 뻔한 아니 나라 망할 뻔한 일이었다. 도대체 한 나라의 대통령 당선인이 무슨 발상을 못해 나라 망칠 발상을 했는가. 영어수업이 맹렬한 국민적 반대에 부딪쳐 무산됐으니 망정이지 만일 당초의 시안대로 강행됐더라면 어쩔 뻔했는가. 물론 요즘 세상이 세계화 글로벌화라 해서 모든 게 그 쪽으로 흐르다 보니 여기 맞춰 발 빠르게 대처하느라 그런 것 같은데, 아무리 그래도 그렇지 국어를 뺀 모든 수업을 영어로 하겠다는 발상은 큰일 날 뻔한 발상으로 모골이 송연한 일이었다. 이 지구상에 제 나라 말과 제 나라 글을 가진 나라로 제 나라 말과 제 나라 글보다 남의 나라 말과 남의 나라 글을 좋아하는(예컨대 영어 같은) 나라는 얼마나 될까. 이는 내가 과문해서인지는 몰라도 별로 듣지 못한 것 같다. 강약부동으로 힘센 나라의 식민지가 돼 그 힘센 나라의 말과 글을 강제로 사용케 하는 경우를 빼고는…

아니 힘센 나라의 말과 글을 강제로 쓰게 해도 같은 민족끼리 모이면 구메구메 제 나라 말과 제 나라 글을 사용하며 목숨 걸고 싸워온 민족도 있지 않은가. 저 일제의 강점으로 질곡과 만행과 학정과 폭압에 몸부림치면서도 우리는 우리 말과 우리 글을 지켜온 배달민족이아니었던가. 그런데 어떻게 이런 민족이 우리 말 우리 글보다 남의 나라 말 남의 나라 글을 더 선호하는가. 제 나라 말과 제 나라 글을 가진 민족치고, 아니 제 나라 말과 제 나라 글을 지킨 민족치고 멸망한 민족은 일찍이 없었다. 이는 시의 고금 양의 동서를 막론하고 역사가 이를 증명한다.

다시 강조하거니와 세계가 글로벌 시대니 영어는 배워야 하고 사용도 해야 한다. 그러나 꼭 써야할 때와 써야할 데에 쓰자는 얘기다. 다시 말하면 적재적처에 쓰자는 얘기다. 영어가 안 들어가면 말이 안 되고, 영어가 안 들어가면 멋이 없고, 영어가 안 들어가면 촌

스럽고, 영어가 안 들어가면 세련이 안 돼 무지렁이 취급을 받는다. 그러니 촌놈 무지렁이 소리 안 듣기 위해서라도 영어를 안 쓸 수가 없다.

앞에서도 말했지만 영어는 배워야 한다. 세계가 지금 한 울타리 속에 살다시피 하니 영어를 안 쓰고 살 수가 없기 때문이다. 하지만 영어는 쓸 때 쓰고 쓸 데 써야지 아무 때나 아무 데서나 써서는 안 된다. 다시 말하면 때와 장소를 가려서 쓰자는 말이다. 영어 구사가 꼭 필요할 때, 영어 필기가 필수적일 때가 아니면 영어 아닌 우리 말 우리 글을 쓰자는 말이다.

영어를 즐겨 쓰는 것은 옥호나 상점의 간판만이 아니다. 상점이나 옥호의 간판이야 장삿속이니 시류를 따를 수밖에 없다지만(정신이 똑바로 박힌 국민이라면 아무리 장삿속이라도 안 될 일이다) 공직인이 근무하는 공공관서의 현관에 영어를 써 붙인다는 건 아무리 생각해도 얼빠진 짓이다. 그 좋은 예를 나는 어느 소방서에서 발견했는데, 어느 날 나는 어느 소방서 앞을 지나다 도무지 이해할 수 없는 희한한 광경을 목도했다. 그 소방서 현관에 'safe korea'라 씌어진 영문 표기를 봤기 때문이다. 나는 깜짝 놀라 몇 번이고 세이프 코리아를 음독하다 소방서 안으로 들어가 우리 한글로 '안전한 한국' 또는 '안전한 소방'이라면 될 것을 왜 굳이 영어로 세이프 코리아라 써 붙였느냐 묻자 한 직원이 저희는 저 상부 소방방제청에서 하라는 대로 했을 뿐입니다. 했다. 나는 이 소리를 듣자 하도 어이가 없어 아하, 이 나라가 지금 어디로 가고 있나 싶어 눈 앞이 캄캄했다. 어이가 없는 것은 그러나 지방자치단체의 브랜드 슬로건도 마찬가지다. 아름다운 우리 글과 아름다운 우리 말로 해야 될 것을, 아니 반드시 그렇게 해야 할 것을 굳이 영어로 써서 주체성도 정체성도 잃고 말았다. 여기서 몇 가지 예를 들면 이 나라 대한민국의 수도 서울의 브랜드 슬로건은 "Hi Seoul'이다. 이것을 우리 말로 '야아, 서울'이다 했더라면 얼마나 근사했을 것인가. 신라 고도 경주의 브랜드 슬로건은 'Beautiful Kyeongju'인데 '아름다운 경주'라 했으면 얼마나 좋았을 것이며, 익산의 Amazing Iksan'을 '굉장한 익산'이나 '놀라운 익산'이라 했으면 얼마나 좋았을 것인가. 대구광역시의 'Coloful Daegu'도 '다채로운 대구'나 '그림 같은 대구'로 했으면 훨씬 더 돋보였을 것이다. 하지만 자치단체의 브랜드 슬로건이 아름다운 우리 말(글)로 된 데도 있어 그나마 위안이 좀 된다. 단양 팔경으로 유명한 아름다운 고을 단양의 브랜드 슬로건은 '대한민국 녹색 쉼표'요 세종특별자치시의 브랜드 슬로건은 '세상을 이롭게 특별자치시'다. 창원의 브랜드 슬로건은 '빛나는 땅 창원'이고 성남시의 브랜드 슬로건은 '시민이 행복한 성남'이다.

우리는 주체를 가지고 살아야 한다. 다시 말하면 '얼'과 '혼'을 가지고 살아야 한다 이 말이다. 근세의 민족 지도자셨던 위당(爲堂) 정인보(鄭寅普) 선생은 그의 저서 '조선의 얼'에서 주체를 '내가 네가 아니고 네가 내가 아닌 것을 아는 것이다'라고 했다. 이는 다시 말하면 '자아(自我)가 타아(他我)가 아니고 타아가 자아가 아닌 것을 아는 것'을 말한다. 그러니까 주체를 심리학적 견해로 보면 심적

주관(心的主觀)과 지(知) 정(情) 의(意)의 작용으로 나타나는 의식적 능동적 통일을 말함이며, 철학적 개념으로 보면 객관에 대립하는 주관을 말함이다. 그러므로 주체란 의식하는 것으로써의 자아 곧 순수자아(純粹自我)가 주체인 것이다. 그런데 우리는 지금 이 순수자아 주체를 얼마나 가지고 있는가.

정신 차릴 일이다. 우리 말 우리 글을 지키는 것은 대단한 학자나 권력 가진 자들이 아니다. 굽은 나무가 선산 지킨다고, 힘없는 사람, 못 가진 사람들이 우리 말 우리 글을 지킨다. 우리 말 우리 글로 간판을 쓴 집을 보면 어떤 집들인가. 보리밥집, 칼국숫집, 순댓국집, 삼겹살집, 삼계탕집, 된장찌개와 김치찌개를 파는 집들이다. 이 식당들은 거의 우리 말 우리 글로 간판을 쓰고 있다. 가상한 일이다.

외래어 쓰는데 둘째가라면 서러워 하는 데는 아파트도 빼놓을 수 없다. 이 아파트가 초창기엔 '진달래' '목련' '사랑' 등 제법 아름다운 우리 말과 우리 글을 붙이더니 해가 지날수록 아파트 이름이 바뀌어져 지금은 아파트를 짓는 족족 영어를 비롯한 외래어 일색이다. 그래 '힐스테이트'니 '아이파크'니 '더 월드 스테이트'니 '골든 팰리스 크레시티'니 하는 이름이 판을 친다. 듣자니 아파트 이름이 영어로 바뀐 것은 시댁의 '시'자 소리도 듣기 싫어 시금치나 시래기도 안 먹는다는 신세대 주부들이 무식한 시어머니 못 찾아오게 하느라 아파트 이름을 영어로 지었다는 말까지 나돌고 있는 것을 보면 이게 아무리 지어낸 말이라 해도 보통 일이 아니다. 시어머니가 얼마나 밉고 싫었으면 이런 따위 말도 안 되는 말을 지어내는가. 여

기서 또 누군가가 지어낸 농담 한 마디. 영어모르는 시어머니 찾아
오지 말라고 이름이 영어로 된 아파트로 이사를 갔더니 글쎄 그 시
어머니가 영어 잘 하는 시누이와 함께 찾아오셨더란다. 이야 말로
혹 떼려다 혹 붙인 격이 아닐까?

　이런 와중에도 다행히, 참으로 다행히 아파트 이름을 아름다운
우리 말로 '호수 마을'이니 '달빛 마을'이니 '정든 마을'이니 '햇빛
마을'이니 하고 지은 아파트가 있고 '별빛 고은'과 '살구꽃' 마을과
'꿈에 그린 아파트'도 있어 숨통을 트이게 한다. 이럼에도 간판이나
옥호는 우리 말 우리 글보다 영어가 지배적으로 많아 압도적이다.
고언하거니와 영어가 그렇게 좋으면 미국이란 나라에 가 살 일이
다. 아니다. 미국이라는 나라에 빌고 빌어 쉰 한 번째 주정부로 편
입시켜 달라 애원해보라. 그러면 누가 아는가?　미국이 가상히 여
겨 오케이 하고 유에스에이(USA)로 받아들여줄는지. 그러면 돈 많
은 부자 나라 미국이니 먹여 살릴 것 아닌가. 그렇게 되면 가만히
앉아서 미국인이 돼 얼마나 좋겠는가. 몽매에도 그리운 영어 속에
파묻혀 살 테니…

2015. 4.

문풍지 소리

　내 어릴 적 고향집 뒤란에는 밤나무 몇 그루가 있었다. 마당 가 울타리 옆에는 대추나무 두 그루가 있었고 대추나무 옆 양지바른 둔덕에는 복숭아, 자두, 호두, 살구, 감, 배나무 등 숱한 과일나무가 있었다. 말하자면 과목의 군락대였다. 그래서 집 근처에는 한겨울 삼동(三冬)을 제외하곤 언제나 과꽃의 방향과 과일의 과향으로 그 냄새가 진동했다. 봄이면 복사꽃 살구꽃이 흐드러져 꽃 멀미가 났고, 여름이면 다람쥐꼬리 같은 밤꽃이 싸아한 방향으로 코를 찔렀다. 그리고 가을이면 마당가의 대추나무에 오박조박 가지가 휘게 열린 대추가 진홍빛으로 영글었고, 밤이 깊어 우수수 바람이라도 불면 뒤란의 밤나무에선 형제 삼형제 의좋게 들어 앉은 알밤이 투욱 툭 떨어지는 소리가 꿈결인 양 들려왔다.

　어디 또 이 뿐인가?

　달이라도 휘영청 밝아보라지. 밤나무 그림자는 문살에 일렁이고

알밤은 양철 지붕 위에 간단없이 떨어졌다. 이때 내 만일 글재주 있어 시라도 지을 줄 알았다면

양철 지붕에
밤 떨어지는 소리
밤이 새도록…

하는 5,7,5 17음의 단시 배구(俳句＝하이꾸)라도 지었으련만 그때는 영도 철도 모르던 시절, 그저 얼른 날이 밝아 풀섶에 떨어진 알밤 주울 생각으로 밤이 길었다.

겨울이 되어 일손 한가할 때면 어머니는 앞마당의 대추와 뒤란의 밤을 넣어 찰떡(일명 대추찰떡)을 해 주셨고 그러면 나는 그것을 두고두고 질화로 잉걸불에 석쇠를 올려놓고 냠냠 구워 먹었다. 이런 날 밤이면 대개 소록소록 눈이 내렸고 눈이 내리면 개 짖는 소리와 다듬이질하는 소리가 영락없이 들려왔다. 바람이 우우 불며 밤나무 우듬지를 할퀴면 바르르 바르르 문풍지 소리가 들려왔다. 밤은 하염없이 깊어가고 개는 컹컹 짖고 다듬이 소리는 또드락 또드락 전설처럼 들려오고 문풍지 소리는 바르르 바르르 정한(情恨)을 토하고…

이런 밤이면 나는 종내 잠을 못 이룬 채 이리 뒤척 저리 뒤척 서린 한 맺힌 설움을 가닥가닥 토해내는 문풍지 소리에 속절없이 귀를 기울였다. 하지만 문풍지가 아무리 서린 한 맺힌 설움을 토해내도 그 소리는 싫증나질 않았다.

싫증이라니.

오히려 호소하듯 애원하듯 울어예는 문풍지 소리가 때론 자장가가 되어 새록 새록 잠을 재워주곤 했다. 이렇게 잠이 든 밤이면 대개는 또 꿈을 꾸었다. 천야만야한 낭떠러지에서 뚝 떨어지는 꿈. 천사처럼 양쪽 겨드랑이에 날개를 단 채 하늘을 훨훨 날아다니는 꿈. 거대한 무슨 괴물한테 쫓겨 죽어라고 달아나는 꿈. 그 중에서도 가장 잊혀지지 않는 꿈은 거대한 괴물에 쫓겨 달아나는 꿈이었다. 하지만 소용없는 일이었다. 아무리 기를 쓰고 달아나도 발은 한사코 땅에서 떨어지지 않고 제자리에 있었으니까. 뒤에서는 괴물이 따라오지 발은 땅에서 안 떨어지지, 그야말로 절체절명의 초미지급이었다. 그래 사생결단 기를 쓰다 '으악'하는 비명과 함께 눈을 뜨면 아아, 옷은 땀으로 흥건히 젖어 있고 몸은 나락처럼 가아맣게 내려앉았다. 그런데도 문풍지는 여태 바르르 바르르 울고 있었다.

이것은 내 어릴 적, 그러니까 아직 밥상머리서 두 다리 뻗고 밥투정할 때의 일이다. 그때 나는 겨우 여남은 살 박이 철부지 아이였다. 그런데도 나는 나이답지 않게 사물에 대한 직관이 빠른 편이어서 꽤는 조숙해 있었다. 그래서일까 귀뚜라미 우는 소리에 슬펐고 낙엽 지는 소리에 가슴이 서늘했다. 하늘이 아슬히 높아지면 까닭 없이 서글퍼 어디론가 한없이 가고 싶었고 눈이 펑펑 쏟아지면 산 매들린 듯 작정 없이 쏘다녔다. 그러니 어찌 문풍지 소리에 있어서랴. 이는 지금 생각해도 참 잔망스런 일이었다. 하지만 나는 그것을 결코 잘못됐다고는 생각지 않는다. 잘못 되다니. 오히려 어떤 향수마저 불러 일으켜 세월이 가면 갈수록 점점 더 그리워지는 것이다. 집 떠난 이의 향수처럼. 고향 떠난 이의 회향처럼…

그리고 보니 아아, 문풍지 소리를 못 들은지도 어언 몇 십 년. 뽕나무밭이 변해 바다가 된지도 오래구나!

1886. 2. 10.

소록도의 마리안느

「가도 가도 붉은 황톳길 숨막히는 더위 뿐이더라.
낯선 친구 만나면
우리들 문둥이끼리 반갑다.
천안 삼거리를 지나도
쑤세미 같은 해는 서산에 남는데
가도 가도 붉은 황톳길
숨막히는 더위 속으로 쩔름거리며
가는 길…
신을 벗으면
버드나무 밑에서 지까다비를 벗으면
발가락이 한 개 없다.
앞으로 남은 두 개의 발가락이 잘릴 때까지
가도 가도 천리 먼 전라도 길」

위의 시는 자신이 천형(天刑)의 업보로 살이 문드러져 는적는적 떨어져나가는 문둥이의 박행한 생애를 살면서도 「나는 문둥이가 아니올시다」라고 절규, 꽃청산 봄 언덕의 보리피리와 푸른 노래 푸른 들 날아다니며 푸른 노래 푸른 울음을 울어엔다던 파랑새의 시인 한하운(韓何雲)이 나병환자 수용소가 있는 남해안의 「소록도」 황톳길을 가면서 가슴 저리게 토해낸 「전라도 길」이란 시의 전문이다. 이 시는 「소록도 가는 길」이라는 부제를 달아 소록도가 어떤 곳이라는 것을 말해주고 있다.

아기 사슴처럼 생긴 섬이라 하여 소록도(小鹿島)란 예쁜 이름으로 불려지는 이 섬은 하늘의 벌을 받고 태어났다는 이른바 천형의 한센 씨 병(나병) 환자가 1천 70여 명 수용돼 있다. 그런데 이 한센 씨 병을, 다시 말해 살이 는적는적 떨어져 나가고 손톱 발톱이 후둘러빠지고 눈썹마저 없어 모두가 피하고 싫어하는 문둥병 환자를 하루 이틀도 아닌 장장 35년을 자기 살 만지듯 어루만지며 「소록도의 어머니」 또는 「소록도의 슈바이처」로 사랑을 듬뿍 쏟은 이가 있어 우리를 감동시키고 있다.

주인공은 지난 17일 국립 소록도병원 개원 80주년을 맞아 국민 훈장 모란장을 받은 올해 62세의 마리안느스퇴거 수녀로 그녀는 이 소록도에서 35년째 나병환자를 돌보고 있다.

「소록도는 제 고향입니다!」

오스트리아가 고국인 그녀는 소록도에 인생을 걸고 오늘도 나병환자 수발에 한 몸을 던지고 있다. 그래서 잠시 잠깐 궁둥이 땅에 한 번 붙일 겨를이 없고 또 그래서 지난 94년 본국에서 준 훈장을 받으러 갈 시간이 없다며 사양, 결국 주한 오스트리아 대사가 소록도까지 찾아와 전해주었다 한다. 그녀는 62년 2월 인스부르크대 간호학과를 졸업하자마자 한국으로 달려와 감염되지 않은 나환자의 아이들을 돌보다 66년 인도에서 6개월간 나병교육을 받고 돌아와 본격적인 소록도 생활을 시작했다 한다.

「저와 같은 해에 소록도에 온 여자환자 한 분은 제 어머니와 인상이 비슷했어요. 그래서 제가 늘 어머니 어머니 하고 따랐죠」

그런데 그 환자는 3년 전 아흔셋의 나이로 그녀 품에 안겨 눈을 감았고 이런 그녀는 친어머니가 돌아가신 것만큼 슬퍼 한없이 울었다. 그런가 하면 그녀는 또 병이 완치돼 섬을 떠나는 몇몇 사람에게 자신의 재산을 모조리 털어 나눠주었고 94년에는 대구의 한 정상인 여성과 완치 단계의 환자 김모 씨(40)와의 결혼을 성사시켜주기도 해 여간 기쁘지 않다고 했다.

이런 마리안느 수녀는 5년에 한 번 3개월 휴가를 받아 본국에 가는데 이때마다 휴가를 한 달 또는 두 달 만에 반납하고 소록도로 달려왔다. 소록도의 환자들이 걱정돼 마음 편히 있을 수가 없어서였다. 이런 그녀는 마지막 소망도 이 소록도에 묻히는 것이라며 천주님이 데려갈 때까지 나환자들을 돌보며 그들과 고락을 함께 하겠다 했다. 이 얼마나 장한 일이며 아름다운 사랑인가. 아니 이는 장하거나 아름답다는 말로는 유위부족이어서 위대하고 거룩하고 숭고하고 지고하다. 그러므로 마리안느 수녀는 「소록도의 살아 있는 메시아」라 불러 마땅하다.

생각해보라!

모두가 이기와 명리(名利)밖에 몰라 조명시리(朝名市利)하는 판에 제 나라 제 민족도 아닌 남의 나라 남의 민족을 그것도 많은 사람들이 꺼리고 피하는 문둥병환자를 제 살 돌보듯 돌보며 옴살처럼 대한다는 것은 인종의 편견이나 국가적 이기심을 떠난 박애정신과 코스모폴리탄 정신의 사해동포주의(四海同胞主義)가 아니고는 절대로 불가능한 일이다. 때문에 우리는 「소록도의 슈바이처」로 불리는 마리안느 수녀를 신이 죄인인 인간에 대해 자기를 희생하면서까지 긍휼히 여겼던 사랑 「아가페」를 느끼지 않을 수 없다. 그리고 또 우리는 그녀를 「살아 있는 소록도의 메시아」로 부르지 않을 수가 없다.

벽안(碧眼)의 메시아 마리안느 수녀!

그녀가 있는 아기 사슴 같다는 소록도는 그래서 더 아름다운 섬인지도 모르겠다.

1996. 5. 22.

여기 이 여인을 보라

지난해에는 소록도에서 오스트리아 출신 수녀 마리안느(62)가 자고 나면 눈썹이 빠지고 발가락이 빠지고 손톱 발톱이 빠지고 살이 는적는적 떨어져 나가 모두가 피하고 싫어하는 한센 씨 병(나병) 환자를 장장 35년 동안 제 살 만지듯 어루만져 우리를 감동시키더니 이번에는 호주 출신의 메리 트레시 수녀(62)가 25년 동안 단말마의 고통에 몸부림치는 말기 암환자들을 밤낮 가리지 않는 호스피스 활동으로 지극 정성 돌보고 있어 우리를 감동시키고 있다.

이들은 참으로 장한 메시아들이어서 눈곱만한 선심에도 과대하게 위선을 밥 먹듯 하는 사람들에 비하면 이들의 행적은 테레사 수녀에 필적할 만큼 위대한 것이어서 가히 성녀(聖女)의 반열에 올려 놓을 만하다.

호주 멜버른 출신의 메리 수녀가 뉴사우스웨일즈 의예과에서 의사 자격증을 취득하고 한국에 첫 발을 디딘 것은 지난 73년. 의사가

부족하다는 한국에 발령을 자청한 것이 한국으로 오게 된 동기였
다. 강릉, 포천 등지의 빈민병원에서 근무한 바 있는 메리 수녀는
90년 서울 강북구 미아 9동의 한 가정집을 전세로 얻어 수녀원을
꾸몄다. 그리고는 병원에서 치료를 포기한 중증의 말기암환자들을
찾아다니며 병수발에 온 몸을 내던지고 있다.

「환자에게는 육신의 아픔보다 마음의 고통을 덜어주는 것이 더
중요합니다. 오랜 병수발로 지친 가족들과 환자의 사이가 나빠지
는 경우가 많거든요」

메리 수녀의 말이다.

그렇다. 환자에게는 육신의 고통 못지않게 마음의 고통도 크다.
긴 병에 효자 없다고 병이 길면 이를 수발하는 자식들도 소홀해지
게 마련이어서 종당에는 머리를 내젓고 만다. 피와 살이 섞인 육친
이 이럴진대 피 한 방울 살 한 점 섞이지 않은 메리 수녀의 병수발
이야말로 장함을 넘어 거룩하기까지 한 휴먼의 극치다. 소록도의
마리안느 수녀가 「한센 씨 병의 슈바이처」라면 서울의 메리 수녀
는 「암환자들의 슈바이처」다. 모두가 이기와 이득밖에 모르고 이
재와 이윤밖에 몰라 어떤 상황에서도 유물론적 사고방식과 공리주
의적 가치판단으로 모든 가치를 재려고 하는데 이들은 어찌하여
생명과 인간 정신을 가치 판단의 척도로 삼는가. 이들은 자기 나라
자기 민족도 아니어서 피 한 방울 섞이지 않은 이방인이다. 더욱이
환자들은 많은 사람들이 피하고 꺼리는 문둥병환자와 말기 암 환
자들이다. 이럼에도 이들은 살이 는적는적 떨어지는 사람들을, 고

통이 극에 달해 단말마의 절규로 몸부림치는 사람들의 손발이 돼 갖은 고생을 달게 받는 사람들이다. 이들이 고통의 늪에 빠져 절망하는 환자를 위해 헌신하는 것은 인종적 편견이나 국가적 이기심을 초월한 인류애적 박애정신과 사해동포주의(四海同胞主義)의 숭고한 정신이 아니면 절대로 할 수 없는 일이다. 그러므로 우리는 소록도의 어머니로 일컬어지는 마리안느 수녀는 물론 암환자의 메시아로 일컬어지는 메리 수녀를 「아가페적 사랑의 화신」으로 볼 수밖에 없다.

아가페란 무엇인가?

인간에 대한 신의 사랑이나, 자기를 희생함으로써 실현되는 최고선의 무조건적인 사랑이 아가페 아닌가.

메리 수녀는 아가페의 화신으로 이 땅에 나타났다. 안 그렇고야 어찌 신만이 가능한 지고지순의 사랑을 한 가녀린 여인이 실천할 수 있겠는가.

이 깊은 가을, 우리 다 같이 옷깃 여미고 메리 수녀의 거룩한 행적을 자기반성과 자기 성찰의 기회로 삼았으면 한다.

1997. 11. 12.

사람과 결혼하십시오

미혼 숙녀 여러분!

미혼 청년여러분!

여러분은 제발 사람과 결혼하십시오. 사랑과 결혼하십시오. 여러분은 제발 돈하고 결혼하지 말고 애정하고 결혼하십시오. 좀 가난하면 어떻습니까. 세력이 좀 없으면 어떻습니까. 사람다운 사람과 애정으로 결혼하면 그 이상 뭐가 더 필요하시겠습니까. 만약 여러분이 돈보고 결혼하고 세력보고 결혼했다가 돈 떨어져 파산되고 세력 무너져 몰락하면 그때는 대체 어떡하시겠습니까. 옛말에「열흘 붉은 꽃이 없고 십년 갈 세도 없다」하지 않았습니까. 이는 재물과 세월의 덧없음을 말해주는 것으로, 인간 세상에 얼마든지, 그리고 항다반사로 있는 현상입니다.

옛말엔 또 이런 말도 있지 않습니까. 어려울 때 사귄 벗은 잊지 않는다는 말 말입니다. 이를 좀 어려운 말로 표현하면 빈천지교불

가망(貧賤之交不可忘)이라 하는데 역경에서 사귄 벗이나 가난할 때 얻은 친구는 여간해 변하지 않는 법입니다. 그렇지만 형편이 좋을 때, 다시 말하면 순경(順境)일 때 사귄 벗이나 배부를 때 얻은 친구는 잘 변하게 마련입니다.

여러분!

여러분은 알고 계실 것입니다. 저 오 헨리의 작품「크리스마스 선물」을…

1달러 87센트가 전 재산인 아내 델라는 크리스마스가 다가오자 남편에게 줄 선물 때문에 고심하지 않습니까. 그 중에서 60센트는 잔돈이었는데 이 잔돈은 델라가 식료품 가게와 푸성귀 가게, 그리고 푸줏간에서 물건 값을 깎아 깍쟁이란 소리를 들어가면서 모은 돈이 아닙니까. 그도 그럴 수밖에 없는 것이 주급 20센트의 돈으로 남편의 선물을 살 수가 없었기 때문에 깍쟁이 소리를 듣지 않을 수가 없었지요. 그녀는 남편을 위해 무엇을 사면 좋을까 하다가「짐(남편의 애칭)이 갖고 있으면 영광스러운 그런 가치 있는 것이라야 한다」하고는 머리채를 잘라(그녀의 머리는 무릎까지 내려왔다) 팔지 않았습니까. 20달러에 말이지요. 그리고 델라는 21달러를 주고 남편 딜링햄의 백금 시곗줄을 샀지요. 남편은 시곗줄이 없어 낡은 가죽 끈을 시곗줄로 사용하고 있었습니다.

「하느님! 아무쪼록 남편에게 제가 아직도 예쁘게 보이게 해 주옵소서」

집에 돌아온 델라는 황홀한 기분에서 아이론으로 짧은 머리를 손질한 다음 혼자 소리로 이렇게 말하며 남편을 기다립니다. 이윽고 집에 돌아온 남편은 아내 델라를 보고 적이 놀라지요. 이때 델라가 「여보, 왜 그런 눈으로 보세요? 저 머리칼을 팔았어요. 당신께 크리스마스 선물을 사 드리려구요. 머리는 다시 자랄 테니까 괜찮지 뭐예요. 그렇죠? 제 머리는 무척 빨리 자라요. 여보? 크리스마스를 축하해요 라고 말씀하세요. 당신으로서는 미처 상상도 못할 예쁘고 멋진 선물을 사 왔어요.」 델라는 이러며 덧붙이지요. 「그렇지만 당신은 여전히 절 좋아하시겠죠? 머리칼이 없어도 저는 저대로예요. 그렇죠 여보?」 이때 남편 짐은 외투주머니에서 무엇인가를 꺼내며 이렇게 말하지요. 「당신이 머리칼을 깎았건 면도를 했건 샴푸를 했건 그것이 당신에 대한 애정을 식게할 수는 없다고 봐. 그렇지만 이것을 펴보면 내가 왜 아까 멍하고 서 있었는지 알 수 있을 거야」 이 말과 함께 델라에게 선물을 건네지요. 델라는 재빨리 선물을 끌러보지요. 선물은 양쪽에 이가 달린, 델라가 그렇게도 갖고 싶어 하던 빗이었지요.

「짐, 제 머리칼은 무척 빨리 자라요」

기뻐서 어쩔 줄 몰라하는 델라는 계속 자기 머리칼은 빨리 자란다고 말하지요. 그러다 남편에게 시곗줄을 내밀지요.

「어때요, 짐! 멋지죠? 글쎄 이걸 구하느라고 거리를 온통 쏘다녔지 뭐예요. 당신 시계 이리 주세요. 시곗줄에 채우면 얼마나 멋진가 한 번 보게요」

이때 남편 짐이 「델, 우리 크리스마스 선물은 잠시 보류하기로 하지. 선물로 쓰기에는 너무나 훌륭해. 나는 당신의 머리빗을 사느라고 시계를 팔았어.」

작품의 내용은 대략 이런 것인데 여러분! 이 얼마나 가슴 울리는 이야깁니까. 아내는 남편의 시곗줄을 선물하기 위해 머리칼을 잘라 팔고 남편은 아내의 머리빗을 사기 위해 시계를 팔아버린 사랑. 이 또 얼마나 가슴 뭉클한, 그래서 눈물겹도록 아름다운 사랑 이야기입니까. 이들이 돈이 있어 행복합니까, 권력이 있어 행복합니까.

미혼 남녀 여러분!

곧 결혼할 예비 신랑 신부 여러분!

여러분은 부디 단칸 셋방에서 냄비 하나로 시작하십시오. 어린 날 신랑 각시 소꿉놀이 하듯 그렇게 시작하십시오. 그래서 살림을 배우십시오. 그러며 남편이 아내의 밥상에 「왕후의 밥, 걸인의 찬으로 시장기를 속여두오!」라고 써놓았던 저 김소운(金素雲)의 「가난한 날의 행복」을 생각하십시오. 왜 내가 이런 말을 하느냐 하면 돈 때문에, 결혼지참금을 조금 가져왔다고 신랑이 신부를 구타하고 패물과 혼수를 적게 해왔다고 사위가 장모를 두들겨 패는 이 막된 세상에 어찌 사랑하고 결혼하라 하지 않을 수 있겠습니까. 그래 나는 J키이츠의 다음과 같은 말로 이 글을 마칠까 합니다.

'현대인은 자동차를 보자 첫 눈에 반해 그것과 결혼했다. 그래서 목가적인 세계로 돌아오지 못하게 되었다.

1988. 2. 10.

감동 이야기

　법정 스님의 글을 읽다가 콧날이 시큰하도록 감동적인 대목이
있어 그 대목을 여기 소개한다.

　산에서 사는 사람들에게는 익히 알려진 일이지만, 가을이 되면
다람쥐들은 겨울철 양식을 준비하느라고 아주 분주하게 내닫는다.
참나무에 오르내리면서 도토리를 턱이 불룩하도록 입 안에 가득
물고 열심히 나르는 모습을 볼 수 있다. 혹은 밤나무에서 알밤을 물
고 굴로 들어가는 모습이 자주 눈에 띈다.

　그 절에 살던 한 비구니가 다람쥐의 이런 추수하는 것을 발견하고
이게 웬 떡이냐 싶어 토토리묵을 해먹을 요량으로 죄다 꺼내었다.

　그 다음날 아침 섬돌 위에 벗어 놓은 신발을 신으려고 했을 때 섬
뜩한 광경을 보고 그 스님은 큰 충격을 받았다. 겨울 양식을 모조리
빼앗긴 다람쥐는 새끼를 데리고 나와 그 비구니의 고무신짝을 물

고 죽어 있었던 것이다.

그 비구니는 뒤늦게 자신의 허물을 크게 자책하였다. 자신의 고무신짝을 물고 자결한 그 다람쥐 가족들을 위해 이레마다 재를 지내어 49재까지 지내주었다 한다.'

우리는 위의 글에서 가슴 뭉클한 감동을 받지 않을 수 없다. 법정 스님의 말이 아니더라도 누가 이런 다람쥐를 미물이라고 얕잡아 볼 수 있겠는가.

미물에 대한 이야기는 잘났다고 곤댓짓하며 갸기부리는 인간보다 훨씬 더 감동적인 것이 많아 만물의 영장이라는 우리 인간을 되돌아보게 하고 있다.

어느 책에서 읽었는지 기억은 잘 안 나지만 그때 그 도마뱀 한 쌍의 사랑은 참으로 눈물겨운 바여서 옷깃을 여미게 했다. 사연은 어느 집을 허는데서부터 시작되는데, 인부들이 지붕을 벗겨내자 생게망게하게도 한 마리의 도마뱀이 미동도 하지 않은 채 한자리에 붙박혀 있었다. 인부들은 한자리에 붙박혀 옴쭉달싹하지 않는 도마뱀이 이상해 일손을 멈추고 그 도마뱀을 지켜보았다. 그러다 참으로 희한한 현상을 발견하고 큰 충격을 받았다. 도마뱀의 허리에 커다란 못이 하나 박혀 있었던 것이다. 그런데 얼마 있으려니 다른 한 마리의 도마뱀이 입에 먹이를 물고와 못에 박혀 요지부동인 도마뱀의 입에 먹이를 넣어주었다. 못에 박힌 도마뱀은 먹이를 맛있게 먹고는 목을 끼룩거렸다. 그리고는 고맙다는 듯 눈물을 주르르

흘리며 눈을 껌벅였다. 이 한 쌍의 도마뱀은 아마도 자웅일시 분명
했다. 어느것이 수놈이고 어느 것이 암놈인지 알 수는 없으나 놈들
이 짝임에는 분명했다. 인부들은 이 놀라운 부부애의 극치에 크게
감동, 할 말을 잊은 채 못에 박힌 도마뱀을 구해주고 옷깃을 여몄
다. 그런 다음 인간이라는 게 부끄러워 한동안 숙연한 자세를 취했
다 한다. 이 또한 누가 이런 도마뱀을 말 못하는 미물이라 업신여길
수 있겠는가.

　이 이야기도 미물에 대한 것으로, 어느 여성 잡지에서 읽은 것인
데 경북인가 경남인가 하는 군소도시의 일선 교육장이 쓴 글이다.
내용인즉 몰지각한 밀렵꾼의 총에 맞아 죽은 백조를 다른 한 마리
의 백조가 목을 친친감고 따라 죽었다는 슬픈 이야기다. 백조도 도
마뱀과 마찬가지여서 어느 것이 수컷이고 어느 것이 암컷인지 알
수 없었지만 두 마리는 분명 한 쌍의 자웅이었다. 그러니까 백조는
짝의 주검을 통곡하다 마침내 순사(殉死)하고 만 것이다. 참으로 눈
물겹도록 아름답고 거룩한 주검이 아닐 수 없다. 게다가 그 주검을
더욱 감동적이게 한 것은 살아 있는 백조가 죽은 짝을 부르며 밤새
도록 슬피 울부짖었는데 아침에 보니 총에 맞아 죽은 백조의 목에
제 목을 친친 감고 죽어 있었다는 점이다. 그러니까 백조는 짝의 주
검을 통곡하다 마침내 순사하고 만 것이다. 참으로 눈물겹도록 아
름답고 거룩한 주검이 아닐 수 없다.

　나는 이 글을 읽고 명치가 꽉 막히고 목젖이 내려 앉아 한동안 침
을 삼킬 수가 없었다. 그리고 인간으로 태어난 게 한없이 부끄러워

고개를 바로 들 수가 없었다. 인간 사랑의 최고 권화(權化)라는 아가페가 이를 따를 수 없고, 로고스와 파토스를 가졌다는 인간사랑 또한 이를 따를 수 없는데 뭐가 잘났다고 고개를 들 수 있단 말인가.

그렇다.

인간은 이제부터라도 가슴 뭉클한 감동법을 미물에게서 배워야 한다. 그것이 거들먹거리는 권력보다 더 훌륭하고, 교만한 금력보다 훨씬 더 아름답기 때문이다.

다람쥐와 도마뱀과 백조여!

다음 세상에서는 부디 지고지선한 사람으로 환생하여라!

1997. 5. 8.

잘못된 호칭과 어휘 구사

텔레비전의 연속극이라는 것을 보다보면 분통 터지는 경우를 많이 본다. 그 첫 번째가 호칭 문제로 아내가 남편한테 '오빠'라 부르는 것과, 남편이 몇 살 위의 아내한테 '누나'라 부르는 경우다.

오빠라니. 남편이 어떻게 오빠인가?

누나라니. 아내가 어떻게 누나인가?

아내가 남편한테 오빠라 부르고, 남편이 아내한테 누나라 부르는 것은 큰일 날 일이어서(이미 큰일은 났지만) 천지 조판 이래 일찍이 없던 인간질서의 파괴행위다. 그러므로 이는 하루 빨리 고쳐야 할 절체절명의 위급상황이다.

생각해 보라!

사람이 금수만 못해 상피가 나고, 그래서 남매가 강상지변의 패륜행위로 천륜과 인륜을 어그러뜨렸다면 모를까 안 그렇다면 어찌 남편을 오빠라 하고 아내를 누나라 하는가.

사람이 사는 세상엔 규범이 있고 위계가 있다. 규범은 법칙이요 위계는 질서다. 때문에 규범은 미풍일 수 있고 위계는 양속일 수 있다. 그런데 이 규범과 위계를 천만부당한 호칭으로 망가뜨리고 있으니 요계지세(澆季之世)가 됐구나 싶다. 도대체 드라마 극본을 쓰는 사람들은 어떤 사람들이기에 남편을 오빠라 부르고 아내를 누나라 부르게 쓰는가. 아버지가 아들이 될 수 없고 아들이 아버지가 될 수 없듯 남편도 오빠가 될 수 없고 아내도 누나가 될 수 없다. 한데도 이 호칭은 아무렇지 않게, 아니 오히려 당연하다는 듯 쓰이고 있다. 그래도 누구 하나 이를 제지하거나 크게 문제 삼지 않는 듯하다. 사세가 이 지경이면 드라마를 감독한다는 연출자나 드라마에 출연하는 탤런트(배우)들이라도 이를 바르게 지적해 쓰지 말아야 하는데 아무리 봐도 그런 기미는 눈곱만큼도 보이지 않는다. 그렇다면 방송윤리위에 묻지 않을 수 없는데 도대체 방송윤리위는 무엇하는 곳이기에 이런 것 하나 바로 잡지 못하는가. 방송윤리위는 이런 사실을 알고나 있는가. 아니면 알고도 모른 척 모르쇠 하는가. 참으로 어이가 없어 말도 잘 안 나온다. 여론과 풍속과 유행에 절대한 힘과 영향력을 가져 세상을 좌지우지 하는 공중파 방송이 이러니 젊은이들은 이게 무슨 금과옥조나 되듯 따라해 남편은 오빠요 나이가 위인 아내는 누나다. 이래도 이를 꾸짖거나 바르게 다잡아주는 어른들은 별로 없는 듯하다. 참 제기랄 놈의 세상이다. 아니 우라질 놈의 빌어먹을 세상이다.

남편이 몇 살 위의 아내한테 누나라 부르는 것도 땅을 칠 노릇인데 여기서 아내는 한 술 더 떠 남편한테 '애, 쟤'는 보통이요 이름과 함께 '너'라는 말까지 서슴없이 쓴다. '너'라는 말은 듣는 이가 친구나 아랫사람일 때, 그 사람을 가리키는 이인칭 대명사로 쓰이는 말이지 남편한테 부르는 호칭은 절대 아니다. 그러므로 이는 만고에 본데없고 배우지 못한 자들의 호칭이라고밖에 달리 볼 수가 없다.

지난 날 상하 귀천의 신분 제도가 엄격했던 조선시대의 양반들은 부부간 호칭도 깍듯해 남편은 아내를 '부인'이라 불렀고 부인은 남편을 '나리' 또는 벼슬 이름을 따라 '영감'이나 '대감'으로 불렀다.

어찌 양반들뿐이겠는가. 신분이 미천해 사람 취급을 못 받던 최천민의 칠반천인(七般賤人)도 남편이 아내를 부를 때는 '이녁'이 아니면 '임자'라 했고 임자가 아니면 '아무개 어미'라 했다. 그런데 어찌 배울 만큼 배운 사람들의 입에서 남편을 오빠라 부르고 아내는 나이가 한두 살 많다고 누나라 부르는가. 이는 언어질서는 물론 인간 질서를 송두리째 무너뜨리는 파괴행위다. 그런데 이 언어질서와 인간 질서를 파괴하는 다른 부류도 있으니 이는 머리 허연 늙은 이가 아내를 지칭할 때 '와이프'라 하는 점이다.

와이프? 와이프가 뭔가. 젊잖게 '내자'라 하거나 '아내' 또는 '안사람'이라 하면 좀 좋은가. 여기에 부창부수로 가관인 것은 '와이프'라는 여자가 남편을 부르는 호칭인데 이는 남편과 함께 그 나물에 그 밥이다. 무슨 얘기냐 하면 아내가 남편을 '오빠 오빠'하기 때문이다. 망둥이가 뛰니까 빗자루도 뛴다더니 꼭 그 격이다.

내가 텔레비전에서 받는 울분은 한두 가지가 아니어서 연속극

등에서 오빠니 누나니 와이프니 하는 호칭으로부터 시작해 사극에서의 왕의 알현(謁見), 어휘의 장단(長短) 등 헤아릴 수 없이 많다. 이를 하나하나 지적하려면 한도 끝도 없을 것 같아 만부득 몇 가지만 예를 들어 간략히 설명할까 한다.

먼저 사극에서 왕을 알현하는 장면을 보면 웃음이 절로 난다. 임금은 지존(至尊)이므로 그 지존께 정배(正拜)하는 사람은 단 두 사람뿐이고 나머지 사람은 모두 곡배(曲拜)를 한다. 정배란 임금을 마주 보고 하는 절을 말함이며 곡배란 임금을 마주 보지 못하고 동쪽이나 서쪽을 보고 하는 절을 말함이다. 그럼 임금께 정배할 수 있는 사람은 누구인가. 왕비와 국본(國本)인 왕세자 두 사람 뿐이다. 궁궐 법도가 이럼에도 연속 사극을 볼라치면 한낱 미관말직이 지존인 임금께 정배하고 탑전에 부복한 채 용안을 빤히 쳐다보는 장면이 심심찮게 나오는데 이는 결론부터 말해 천만부당한 일이다. 아니 도저히, 그리고 있을 수 없는 일이다. 그런데 이 있을 수 없는 일이 사극에서 비일비재로 나오고 있다. 참으로 어처구니없는 일이다. 이 방송사들은 공부도 안 하는가? 고증도 안 받는가?

어휘의 장단(長短)만 해도 그렇다. 어찌 된 영문인지 모두가 단음(短音)으로만 발음한다. 임금이나 나라의 명을 받고 외국에 사절로 가는 신하를 사신(使臣)이라 하고 이 사신은 길게 '사: ─신'으로 발음해야 한다. 그런데 이 사: ─신을 모든 방송과 화자(話者)들이 한결 같이 사신이라 짧게 발음하니 이게 사신(私信)인지 사신(私臣)인지 사신(邪神)인지 사신(邪臣)인지 알 수가 없다.

뿐만이 아니다. 의욕이나 자신감이 충만해 굽힐 줄 모르는 기세 즉 사기(士氣)도 길게 '사: -기'로 발음해야 하고, 노래나 춤 또는 풍류로 흥을 돋우는 것을 직업으로 하는 기생(妓生)도 길게 '기: -생'이라 해야 하는데 이도 모두 짧게 사기와 기생으로 발음한다. 그러니 '사: 기'가 나쁜 마음으로 남을 속이는 사기(詐欺)인지 사기 그릇 사기(沙器)인지 사사로운 기록 사기(私記)인지 요사스럽고 나쁜 기운 사기(邪氣)인지 알 수가 없고 기생도 기: -생인지 스스로 생활하지 못하고 남에게 의지해 먹고 사는 기생(寄生)인지 알 수가 없다. 이 '사: -신'과 '기: -생'은 연속 사극에서 더 두드러지게 나타나는데 임금과 신하 학자 장졸할 것 없이 모든 사람이 짜기라도 한 듯 단음의 사신과 기생이다. 과인(寡人)만 해도 그렇다. 과인이란 덕이 적은 사람이란 뜻으로, 임금이 자신을 낮춰 이르는 일인칭 대명사로 길게 과: -인으로 발음해야 하고 이 과인은 짐(朕)과 같은 뜻을 가지고 있다. 그리고 발음도 길게 짐: -으로 해야 한다. 이럼에도 어찌 된 영문인지 모든 연속사극마다 '과-인', '짐: -', '사: -기', '기: -생'의 장음 발음이 하나 같이 단음 발음이다. 이는 극본을 쓰는 이가 공부를 해 출연자들에게 알려주든가 연출 보는 이가 공부를 해 출연자들에게 알려주면 이런 오류는 없을 것이다.

아니다. 극본 쓰는 이, 연출 보는 이, 출연하는 이들 중에 단 한 사람만이라도 이 사실을 알거나 부끄럽게 여겨 언어의 고저 장단 강약 경중 바로하기 운동이라도 전개한다면 우리 국어가 이 지경으로 만신창이가 돼 기지사경을 헤매지 않아도 될 것이다. 그리고 드라마도 한결 품격 있는 예술의 경지로 올라설 것이다. 이럼에도 아름다운 제 나라 말을 제대로 구사 못해 엉망진창이니 한국어에 통달한 외국의 어느 석학이 본다면 얼마나 망신스러운 일이겠는가.

연기들이야 좀 잘하는가. 잘하는 연기만큼 어휘 구사도 잘하면 금상첨화일 텐데, 연기는 잘하고 언어구사는 엉망이니 부끄러운 일이다. 적어도 방송사라면 적게는 몇 백 명에서 크게는 몇 천 명이 근무하고 교육수준도 다들 최고학부 이상을 나온 인텔리들이어서 지성은 물론 지식도 박람강기했을 것이므로 상당할텐데 어찌 이런 현상이 생기는지 모를 일이다.

아나운서와 현장의 기자들은 어휘를 많이 알아야 하고 어휘 못지 않게 언어의 고저 장단과 강약 경중을 정확히 알아 구사해야 한다. 이럼에도 상당수의 아나운서와 기자들은 언어의 고저장단과 강약 경중을 몰라 모조리 짧게 발음한다. 이런 현상은 수 백 수 천이어서 일일이 열거할 수 없어 비근한 예 몇가지만 들겠는데 화재(火災)는 길게 '화: ─재'라 해야 하고 이야기의 제목 화제(話題)는 짧게 '화제'라 해야 한다. 그리고 죽은 사람을 불살라 장사지내는 화장(火葬)은 길게 '화: ─장'이라 해야 하고 화장품 따위로 얼굴을 곱게 꾸미는 화장(化粧)은 짧게 화장이라 발음해야 한다. 이런데도 길게 발음해야 할 화: ─장을 짧게 발음해 얼굴을 찌푸리게 한 일이 있었는데 이게 바로 저 2010년 3월 26일에 일어난 끔찍한 천안함 폭침사건이다. 이 사건에 희생당한 꽃다운 젊은 간성 46위를 '화: ─장'으로 장례치를 때 기자나 아나운서들이 어떻게 말했는가. 길게 장음으로 '화: ─장'이라 해야 될 것을 거의가 단음으로 '화장'이라 발음해 화장품으로 얼굴을 곱게 꾸미는 화장(化粧)이 돼 버렸다. 이러니 이런 망발이 어디 있는가. 더욱이 장단음은 물론 언어의 고저 강약까지 정확해야 할 아나운서들이 아닌가. 참으로 한심하고 또 한심해 기막히다 할 수밖에 없다. 그런데 이 한심하고 기막힌 일은 2015년 11월 23일에도 일어나 대한민국 전역에 생중계 되었다. 시청자 몇 백만 명이 보고 듣는 가운데 말이다. 그날은 김영삼 전 대통령이 서거한 다음 날로 조문을 받는 날이었고 전국에서 조문객이 몰려와 조문 조사(弔詞)를 했다. 그런데 이날 이 나라의 원로 아나운서 모 씨가 사회를 보면서 큰 오류를 범했다. 짧게 단음으로 발음하는 습관 때문인지 길게 발음해야 할 '조: ─사'를 짧게 조사로 발음하고 말았다. 그날 그의 멘트는 이러했다. "…다음은 황교안 국무총리께서 조사를 하겠습니다"였다. 조사? 조사를 하겠다니. 누가 무슨 잘못이라도 저질렀단 말인가? 그 아나운서는 '조: ─사'를 조사로 읽어 조소거리가 됐지만 이는 한나라의 대통령을 지낸 분의 장례식장이라는 점에서 부끄러운 일이 아닐 수 없다. 더욱이 언어의 정확성과 함께 고저 장단 강약 경중을 바로 알아 사용해야 할 아나운서가 '조: ─사'를 조사라 발음했으니 이를 어쩐단 말인가. 이날 전국 몇 백만 명의 시청자 중 이를 안 사람이 얼마나 될까?

아나운서들은 말과 어휘에 대한 공부를 많이 해야 한다. 아나운서들은 국어사전을 몇 번이고 읽어야 하고 중요한 어휘는 밑줄을 쳐놓고 외다시피 해야 한다. 한자(漢字)를 많이 알고 고사와 사자성어를 많이 알면 어휘와 함께 언어의 고저 장단 강약 경중은 저절로 알게 된다. 이는 마치 한문을 많이 알면 문리(文理)가 터져 웬만한 문장은 배우지 않아도 아는 것과 같은 이치다. 이는 우리 토박이말도 마찬가지여서 열심히 하다보면 자기도 모르는 사이에 많이 알게 된다.

어휘를 짧게 발음해서 생기는 폐단은 한두 가지가 아니어서 수백 수천에 이름을 앞에서도 말했지만 몇 가지만 더 말한다면 무학(無學)과 무학(舞學), 무용(無用)과 무용(舞踊)이다. 서울의 무학여고(舞學女高)는 당연히 길게 무: 학여고라 해야 하고 쓸데없는 무용(無用)은 짧게 무용이라 해야 한다. 그런데 길게 '무: ―학여고'라 발음해야 할 것을 짧게 단음으로 무학여고라 발음하니 배운 것이 없거나 배우지 않는 여고가 돼 버린 것이다.

생각해 보라.

무학(無學)은 문자 그대로 없을 무자에 배울 학자니 배운 것이 없거나 배우지 못함을 말함이다. 그런데 '무: ―학여고'를 배운 것이 없거나 배우지 못한 학교라 해서야 되겠는가. 무용도 이에 다르지 않아 없을무 자에 쓸용자 무용(無用)은 짧게 단음으로 발음하고 춤추는 무용은 길게 장음으로 '무: ―용'이라 발음해야 한다. 그런데 이 '무: ―용'도 짧게 무용으로 발음하니 어휘는 물론 언어가 만신창이가 돼버렸다.

자신의 이름조차 못 쓰고 못 읽어 80이 넘도록 일자무식의 눈 뜬 장님으로 평생을 살아온 무학의 촌로들도 '화: ―재'와 '화제' '화:

—장'과 '화장'의 장단음을 정확히 아는데 어찌 된 쪼간인지 최고 학부를 나와 지식인입네 하는 사람들이, 더욱이 정확한 언어 사용이 생명인 아나운서들이 장단음 하나 구별 못해 언어질서를 파괴시키는가. 이는 생각할수록 기가 막혀 복장 칠 노릇이다.

하지만 복장 칠 노릇이 어디 이뿐인가. 더 큰 문제는 각 방송들이 저속한 언어와 저질스런 행태를 아무 여과 없이 경쟁적으로 내보내는데 이는 시급히 고쳐야 할 중차대한 사회문제다.

조금만 지각이 있는 국민이라면, 조금만 생각이 있는 시청자라면 각 방송들이 사활을 걸다시피 내보내는 연속극이란 것을 한 번 보라. 무엇이 어떻게 돼 돌아가고 있나를. 연속극이 다 그런 건 아니어서 더러는 가슴 뭉클한 감동 드라마가 방영되긴 하지만 이는 십년일득(十年一得)으로 어쩌다 나오는 것이어서 대부분의 드라마는 인종지말자(人種之末者)들이나 할 수 있는 끝장 드라마를 여봐란 듯 내보내고 있다. 그래서 악을 쓰는 드라마가 아니면 남을 해치는(망치는) 드라마가 판을 치고 그것도 아니면 처절한 복수극에 사기 협잡 폭행 살인 같은 잔인한 드라마가 횡행한다. 아니 이러고도 모자라 남녀의 삼각관계, 가정 파괴, 모략 중상 등 못된 짓이란 못된 짓은 다 나온다. 여기에 패륜, 불효, 왕따, 문란한 성문제와 부도덕한 윤리 문제, 사람 목숨까지 파리 목숨 쯤으로 아는 인명 경시 풍조 등 인간으로는 도저히 할 수 없는 행위들이 드라마의 단골 소재가 되고 있다.

어쩌자는 것인가. 도대체 어쩌자는 것인가. 방송사들이 착하고 홀륭하고 아름다운 인간 드라마를 경쟁적으로 내보내 이를 보는 많은 시청자들을 감동시키고 심성을 순화시켜 가슴 있는 세상을 만드는데 향도 역할을 해야 하는데 반대로 인정 풍속 전통 호칭 미풍 심성 등을 앞장서서 망가뜨려 방송 본래의 임무와 책무와 의무와 사명을 저버리고 있다. 토크쇼를 비롯한 모든 방송이 다 중요하지만 특히 연속극은 많은 이들에게 지대한 영향을 끼치므로 인간애(人間愛) 넘치는 휴먼드라마가 방영되어야 한다. 그런데 문제는 휴먼드라마를 만들면 흥행을 못한다는 것이다. 드라마가 흥행을 못하면 망하는 것이고 망하면 방송사가 상당한 손해를 입어 만부득 시청자들의 신경을 곤두세우는 끝장드라마를 내보내지 않을 수 없다 한다. 자, 그렇다면 시청자가 이런 드라마를 요구한다는 이야기인데 정말 시청자들의 수준이 이것 밖에 안 될까? 깊이 한 번 생각해 볼 일이다.

2015. 5. 10.

세상의 자석들아

여기서 효(孝)가 온갖 행실의 근본이 된다는 백행지원(百行之源)은 말하지 말자. 잠자기 전 부모님 침소에 들어 밤사이 안녕하시기를 여쭙는 혼정(昏定)과 이른 아침 부모님 침소를 찾아 밤사이 안녕히 주무셨나를 여쭙는 신성(晨省)도 말하지 말자.

집을 나갈 때는 반드시 부모님께 고하고 돌아와서는 반드시 다녀왔음을 아뢰는 출필곡 반필면(出必告 反必面)도 말하지 말자. 부모님이 살아계실 때는 멀리 나다니지 말 것이며 부득이 멀리 나가게 되면 반드시 그 가는 곳을 아뢰는 불원유 유필유방(不遠遊 遊必有方)도 말하지 말자.

보모님이 돌아가시면 그 산소 곁에 여막을 짓고 눈 오면 눈 치고 비 오면 비 치면서 3년 동안 묘소를 지키는 수묘(守墓)의 시묘(侍墓) 살이도 말하지 말자.

부모님이 편찮으시면 편찮으신 것만큼 자식도 고통을 같이해 일

소지(一燒指) 삼소지(三燒指) 오소지(五燒指) 십소지(十燒指)로 손
가락을 불에 태워 고통을 함께 나누는 고통 공감도 말하지 말고, 한
겨울에 잉어가 잡숫고 싶다는 어머니 말씀에 알몸으로 언 강을 녹
여 잉어를 잡아다 어머니를 공양해드렸다는 왕상(王祥)의 왕상빙
어(王祥氷魚)며, 역시 한 겨울에 죽순이 잡숫고 싶다는 어머니 말씀
에 노심초사하다 천우신조로 죽순을 구해 어머니를 봉양해 드렸다
는 맹종(孟宗)의 맹종동순(孟宗冬筍)도 거론치 말자.

9순의 부모님을 즐겁게 해드리기 위해 7순의 아들 노래자(老萊
子)가 색동옷에 아장 걸음으로 혹은 기고 혹은 넘어지며 재롱부리
던 노래아희(老萊兒戱)도 말하지 말고, 종아리 때리는 어머니의 매
가 전날 같지 않게 힘없음에 슬피 울었다는 한백유(韓伯兪)의 백유
읍장(伯兪泣杖)도 말하지 말고, 더운 여름에 부모님 베겟머리에서
부채질 해드리고 추운 겨울엔 부모님 이부자리를 알몸뚱이로 따뜻
이 데워드렸다는 황향(黃香)의 황향선침(黃香扇枕)도 말하지 말자.

그러나, 그러나 세상의 자식들아!

늙으신 부모님, 아버지나 어머니가 먼저 돌아가셔서 혼자되신
아버지나 어머니는 자주 찾아뵙자. 세상에 뿌리 없는 나무가 어디
있으며 가지 없는 나무가 어디 있는가. 이럼에도 세상의 자식들은
하늘에서 떨어지고 땅에서 솟아난 듯 부모 은공 저버리고 제 혼자
자란 듯 불효를 일삼는다. 그러다 마침내는 부모를 버리고 부모를
때리고 부모를 시해까지 하는 끔찍한 천붕지괴(天崩地壞)의 강상
지변(綱常之變)까지 생겨나고 있다.

보도에 따르면 70대 노모가 8년 전 리비아로 돈 벌러 떠난 아들의 소식을 애타게 기다리다 지쳐 애끓는 유서를 남기고 투신자살을 했다 한다.

「아들 하나 너만 믿고 일구월심 살았는데 그런 네가 떠난 지 8년이 되도록 소식이 없어 이 에미는 외로워 살 수가 없다. 그래 이 에미는 먼저 간다」 이것은 노모가 남긴 유서의 한 대목이다. 그러나 아들은 리비아에서 이미 불귀의 객이 되었고 노모는 이것도 모른 채 매일을 하루 같이 아들을 기다리다 스스로 목숨을 끊었다.

남의 자식 된 사람들아!

세상에 무엇이 중하다 무엇이 급하다 해도 늙으신 부모님 모시는 것보다 더 중한 게 어디 있고 더 급한 게 어디 있는가. 일찍이 대성(大聖) 공부자(孔夫子)께서는 형벌의 종류가 3천이나 되지만 이 중에서 불효보다 더 큰 죄는 없다 했다.

세상의 자식들아!

늙으신 부모님을 애완용 강아지보다 못하게 생각하는 천벌 받을 자식들아! 너희는 풍수지탄(風樹之嘆)과 망운지정(望雲之情)도 모르느냐? 풍수지탄은 풍목지비(風木之悲)라고도 하는데 부모님께 효양하려고 마음먹었을 때는 부모는 이미 돌아가신 다음이어서 효행하고 싶어도 할 수 없다는 뜻이고, 망운지정이란 이렇게 돌아가신 부모님이 사무치게 그리워 견딜 수 없음을 일컬음이다.

세상의 자식들아!

말(馬)도 5대조까지 알고 미물 까마귀도 제 부모에게 효도가 극진해 반포(反哺)의 효조(孝鳥)라 한다. 하여 일찍이 거이 백낙천(居易 白樂天)은 자오부자오 조중지 증삼(慈烏復慈烏 鳥中之 曾參)이라 하여 「까마귀여 까마귀여, 새 중의 증삼이로다」라고 했는데 여기서 증삼이란 천하 대효(大孝) 증자(曾子)를 일컬음이다. 그래서 까마귀를 반포조(反哺鳥)라 하고 이런 까마귀를 사람들은 「안갚음」이라 한다.

세상의 자식들아!

너희도 언젠가는 늙는다.

태공망(太公望)은 말했다.

「어버이께 효도하면 자식이 또한 효도하나니, 이 몸이 이미 효도치 못했으면 자식이 어찌 효도하리요. 자식이 효도하고 순종하면 이는 효도하고 순종하는 자식을 낳고, 자식이 어그러지고 거스르면 이는 어그러지고 거스르는 자식을 낳나니 못 믿겠거든 오직 처마 끝의 물을 보아라. 점점이 떨어지는 그 물방울이 어기어 옮기지 않는 것이 없느니라!」

세상의 자식들아!

이 가을 부모님의 손이라도 한 번 만져드리고 어깨라도 한 번 주물러드려라. 철모른 척 응석부리며 덩실 한 번 업어드리고 밖에서 있었던 일도 말씀드리며 같이 좀 놀아드려라. 맛있는 것 사다가 입에도 넣어드리고 따스한 옷 한 벌 사다가 입혀드려라. 그러면 부모님은 겉으로 걱정하며 뭘 이런 걸 다 사왔느냐 하시지만 속으로는 아주 좋아 춤을 추신다.

세상의 자식들아!

인간사 만사 중에 부모 위하고 부모 공양하는 것보다 더 아름다운 일이 어디 또 있는가.

1995. 10. 8.

소나무여, 소나무여!

    안돌이 굽잇길 험한 벼랑 바위틈에 이리 굽고 저리 휘면서도 의연히 홀로 선 늘 푸른 경송(勁松) 조선소나무.

    지돌이 산길 후미진 난간에 이리 꼬이고 저리 뒤틀리면서도 언제나 변함없이 늠름한 경송 조선소나무.

    십 년을 하루 같이 푸르름을 잃지 않고 백 년을 하루 같이 풍우설한(風雨雪寒)을 이겨낸 채 올연히 서 있는 세한고절(歲寒高節) 조선소나무.

    고매한 기품과 불매(不賣)한 지조와 경개(耿介)한 절개로 탁연직립(卓然直立)해 한민족 정신을 상징하는 조선소나무.

    강직하고 의연하고 청순하고 고절(孤節)해 한겨울 엄동설한이 돼야 비로소 그 변하지 않는 가치(지조와 절개)를 안다는 조선소나무. 그래서인가 선인들은 일찍이 이 소나무를 해, 산, 물, 돌, 구름, 불로초, 거북, 학, 사슴과 함께 영원히 죽지 않는 장생불사로 여겨 이를 십장생(十長生)이라 했다.

소나무가 십장생에 든 것은 비바람 눈서리 속에서도 변하지 않고 늘 푸르기 때문일텐데 그렇다면 대나무도 당연히 십장생에 들어야 하지 않겠는가. 대나무도 소나무 못지않게 비바람 눈서리 속에서도 늘 푸르러 의연하다. 우리가 지조나 절개를 말할 때 가장 많이 사용되고 또 적절히 비유되는 것은 소나무와 대나무 즉 송죽(松竹)이다. 그러므로 지조 있고 절개 있는 사람을 가리킬 때 '송죽 같이 굳은 지조'니 '송죽 같이 곧은 절개'니 한다.

이는 무엇 때문인가. 변하지 않고 늘 푸르기 때문이다. 갖은 풍상 온갖 한설 다 겪으면서도 본디 모습 그대로 있기 때문이다. 저, 깎아지른 듯한 절벽, 그 절벽 난간 바위 틈에 뿌리 박은 소나무. 꼬이고 모히고 뒤틀어지면서도 푸르름을 잃지 않고 꼿꼿이 버티고 있는 강인한 생명력. 눈이 오나 비가 오나 바람이 부나 한결같이 꼿꼿하고 청청한 대나무. 대나무에 있어 꺾임은 실절(失節)이요 휘어짐은 실정(失貞)이다. 때문에 우리는 지조 있고 절개 있는 사람을 '대쪽 같다'고 한다. 비록 휘어질망정 어찌 차마 꺾일 수 있을까보냐는 대나무. '송죽 같이 곧은 절개 매 맞는다고 항복하랴'던 지난날의 노랫가락. 절개가 얼마나 대단하고 대나무가 얼마나 올곧으면 절개를 대나무에 비기고 대나무를 절개에 비겨 이런 노랫가락까지 나왔겠는가.

만고풍상 다 겪으면서도 단 한 번 변절하거나 실정하지 않은 소나무와 대나무. 이 소나무와 대나무에서 나는 서릿발 같은 기개로 지조와 절개를 지키던 조상들을 떠올리며 옷깃을 여민다. 그리고 소나무에서는 지조를 연상하고 대나무에서는 절개를 연상한다. 물론 매화도 설중매(雪中梅)로 혹독한 눈서리 속에 피면서도 결코 향기를 팔지 않고 국화는 낙목한천과 북풍한설에 피어 오상고절(傲霜孤節)하고 있지만 그러나 지조와 절개로 대표되는 소나무와 대나무의 상청(常靑)에는 못 미친다.

그런데 이런 소나무가, 지조와 절개로 대표되고 기품과 기개로 상징되는 조선소나무가 갈수록 줄어들어 한 그루 두 그루 사라져 가고 있다 한다. 이는 크게 안타까운 일이 아닐 수 없어 국가적 차원에서 손을 써야 한다. 우리 나라 산림에 주종을 이루던 조선소나무가 자꾸 감소하는 데는 소나무가 참나무류의 활엽수에 치어 제대로 성장을 못하기 때문이다. 그리고 급속한 산업발전으로 일반 가정이나 각 업체들의 연료(땔감)가 나무에서 LPG로 바뀌면서 산림마다 성장률이 빠른 잡목이 숲을 이뤄 조선소나무의 생존에 필수적인 태양광선이 부족하기 때문이다. 여기에 또 일부 몰지각한 조경업자들이 제 돈벌이만 생각해 야반에 잘 생기거나 희귀하게 생긴 조선소나무를 골라 분을 떠가는 불법 채취도 적지 않게 있어 소나무가 감소하는 원인으로 지적되고 있다.

이런 원인으로 말미암아 아름드리 노송이나 적송은 사적지나 관광지 또는 마을 앞이나 도로변 등 주요 관광지의 바위산 등에만 남아 있어 우량 소나무의 보전사업이 절실히 요구되고 있다.

"더우면 꽃 피고 추우면 잎 지거늘,
솔아 너는 어찌 눈서리를 모르는다
구천(九泉)에 뿌리 곧은 줄을 그로 하여 아노라"

　　　　　　　　　　　　－ 윤선도(尹善道)의 오우가(五友歌)

　　　　　　　　　　　　　　　　　2001. 7. 5.

사람 된 것이 부끄럽다

　며칠 전에는 보험금 1천 2백만 원을 타 먹기 위해 정부와 짜고 생떼 같은 남편을 독살시키더니 이번엔 또 정부와 놀아나기 위해 역시 정부와 짜고 생떼 같은 남편을 방화 살해했다는 기사가 신문에 났다.

　이 같은 파륜은 이번이 처음이 아니어서 새삼스러운 건 아니나 인간으로는 도저히 할 수 없는 짓이기에 하늘 보기가 두렵다. 대체 어찌 되려고 이 지경에까지 이르렀는지 알 수가 없다. 세상에 뭐가 귀하니 뭐가 소중하니 해도 사람의 목숨보다 더 귀하고 소중한 게 어디 있겠는가. 그런데 이렇듯 귀하고 소중한 목숨을 돈 때문에 남편을 죽이고 정부에 눈이 어두워 남편을 살해하다니 너무도 기가 막혀 말도 안 나온다. 그래, 이러고도 인간이랄 수 있으며, 이러고도 마음 편히 행복하게 살 수 있으리라 믿었는가? 돈이 아무리 좋고 돈의 힘이 아무리 커 돈이면 귀신도 부리고 아이 밴 종도 산다지만 돈 때문에 남편을 죽인다는 건 만고에 용서받을 수 없는 대죄(大罪) 중의 대죄다. 어떻게 짐승도 아닌 사람을, 그것도 일심동체의 남편을 돈 때문에 죽이고 정부 때문에 죽일 수 있단 말인가. 지난 날의 우리 어머니나 할머니들은 땅에 기어다니는 개미와 벌레 같은 미물도 함부로 죽이지 않았다. 어쩌다 발을 잘못 디뎌 벌레나 개미를 밟으면 무슨 큰 죄나 지은 듯 "아이구 이를 어째, 아이구 이거 큰일 났네."하고 하늘 보기를 무서워했다. 그러며 아무리 보잘것없는 미물일지라도 살기 위해 세상에 나왔는데 아차 실수로 밟았으니 이런 몹쓸 짓을 어찌 용서받을 수 있으랴 했다. 그러기에 우리 어머니나 할머니들은 조그마한 실수에도 하늘을 의식했고 조그마한 잘못에도 하늘을 우러렀다. 때문에 이들에게 있어 하늘은 법이요 절대였다. 그랬으므로 우리의 어머니나 할머니들은 비가와도 온다 하지 않고 '오신다'했고 눈이 와도 온다 하지 않고 '오신다'했다. 그만큼 하늘을 위하고 떠받들었다. 그러니 남편을 곧 하늘에다 비긴 이들의 사고의식엔 남편은 곧 하늘이요, 남편의 말은 곧 하늘의 말이어서 절대 곧 그것이었다.

어디 또 이뿐인가? 이들은 돈을 삶의 수단이나 방편쯤으로 알았지 절대로 절대시하거나 우월시하지 않았다. 요컨대 우상시하지 않았다 이 말이다. 이들에게 있어 돈보다 더 소중한 것은 남편이요 목숨이요 부도(婦道)였다. 그리고 이들은 또 위로 부모님 잘 모시고 아래로 자식 잘 거느리는 상봉하솔(上奉下率)을 부덕(婦德)의 제일의(第一義)로 삼았고 동기 우애와 이웃 화목과 형우제공을 인간 행위의 제일로 삼았다. 그러니 돈 따위는 자연 맨 나중의 꼴찌 서열에나 끼였을까 말까였다. 그런데 이런 돈이 언제부터인가 맨 첫 번째 서열에 올라 군림하고 있다. 남편(목숨)보다 돈이 더 좋고, 의리보다 돈이 더 낫다. 동기 우애며 이웃 화목이며 형우제공 따위는 돈에 비길 수조차 없게 됐다. 그래서 돈 때문에 남편을 죽이고 돈 때문에 파멸을 한다. 그렇다면 돈이란 대저 무엇인가?

돈을 유물론적 사고방식과 공리주의적 가치 판단으로 따지는 마모니스트들은 돈이 목적일 수 있다. 그리고 전부일 수도 있다. 그러나 생명을 최상의 가치로 여기는 사람은 생명 그 자체를 절대요 존엄으로 본다. 그러니까 돈과 생명의 가치는 본질적으로 다르다. 돈(혹은 물질)은 다만 존재할 따름이어서 생명 이전의 세계요 생명 이하의 세계다. 때문에 감정도 의식도 감각도 사상도 없다. 요컨대 개성(철학)이 없다. 하지만 생명은 이와 달라 감정이 있고 의식이 있고 감각이 있고 사상이 있다. 요컨대 개성(철학)이 있다. 이럼에도 불구하고 현대는 인간(목숨)보다 돈(물질)을 더 좋아한다. 현대의 비극은 바로 여기에 있다. 돈을 정당하고 값어치 있게 벌어 정당하고 값어치 있게 쓴다면 돈보다 더 좋은 것은 없다. 그러나 돈을 부정하게 벌어 더럽게 쓴다면 돈보다 더 추한 건 없다. 돈은 본시 깨끗한 존재이나 더러운 마음을 가진 인간들이 더럽게 써대기 때문에 돈이 추한 것이다.

거듭 말하는 바이지만 돈 때문에 남편을 살해한다는 건 절대로 용서받을 수 없는 일이다. 돈이 대체 무엇이기에 개도 안 물어갈 종이쪽지로 하여 사람(남편)을 죽이는가. 돈! 잘만 쓰면 훌륭하나 잘 못 쓰면 악마로 화하는 돈! 그 악마인 돈 때문에 사람이 사람을 죽 이니 사람으로 태어난 게 부끄럽기만 하다.

아아, 돈에 대한 탐욕만 버린다면 인간은 인간답고 세상은 세상 다워 훨씬 더 살기 좋은 세상이 될 것이다.

1991. 11. 6.

이제 우리는 사람도 아니다

이제 우리는 너무나 기막히고 부끄러워 얼굴을 들 수가 없다. 아니 하늘 보기가 무섭고 두려워 고개를 똑바로 들 수가 없다. 아니다. 우리는 사람으로 태어난 게 괴롭고 슬프고 자괴스러워 억장이 무너져 내린다.

그렇다.

우리는 이제 사람도 아니다.

생각해 보라.

만화방으로 차 배달을 온 18세의 어린 다방 여종업원을 20대의 청년이 강간을 해도 이게 무슨 좋은 구경거리인 양 지켜만 봤다니 그래 이런 막된 세상에 살고 있는 우리가 어찌 사람일 수 있는가. 더욱이 현장엔 범강장달(范彊張達)이 같은 장정들이 20여 명이나 있었음에도 누구 한 사람 나서지 않았다니 이제 세상은 거덜 날대로 거덜 나고 결딴 날대로 결딴 나 요계지세(澆季之世)가 되고 말았다. 그러므로 우리는 이런 세상을 사는 한 절대로 인간일 수 없다.

어쩔 것인가? 정말 어쩔 것인가?

제자가 스승을 구타하는 역도(逆道) 행위는 예사요 젊은이가 늙은이를 구타하는 역천(逆天) 행위도 비일비재다. 어른이 아이를 훈계하다 칼에 찔려 죽임을 당하는 윤상범(倫常犯)도 다반사요, 자식이 부모를 시해하고도 곤댓짓하는 강상지변(綱常之變)도 항다반사다. 도무지 인간으로는 상상할 수 없는, 아니 인간이 사는 세상이라면 도저히 일어날 수 없는 일들이 지금 예의지국(禮儀之國)이라 일컬어지는 이 나라 대한민국에서 일어나고 있다. 하늘 무너지는 천붕(天崩)이요 땅 꺼지는 지괴(地壞)라 아니할 수 없다.

대저 사람이 산다는 건 무엇인가? 그리고 정치와 경제와 교육은 또 무엇인가? 무엇을 위해 정치를 하고 무엇을 위해 경제를 하고, 무엇을 위해 교육을 하는가. 아니 정치와 경제와 교육의 참뜻이 무엇인가? 인간답게, 인간노릇하고 살기 위해 정치하고 경제하고 교육하는 것 아닌가. 그런데 왜, 어째서 무엇 때문에 소리 높여 외치는 정치 경제 교육에도 불구하고 이 나라 이 땅의 윤상이 이 지경에 이르렀는가. 아리스토텔레스가 '정치학'에서 '인간은 신이 아니면 동물이다'라고 말한 것처럼 저 고대 로마의 희극작가 폴라우트스가 '아시나리아'에서 인간은 '인간에 대해서 늑대이다'라고 말한 것처럼 인간은 신이 아니면 동물이며 인간은 인간에 대해 포악한 늑대일지도 모를 일이다. 안 그렇고야 어찌 위에서와 같은 끔찍한 일들이 아무 거리낌 없이 자행될 수 있는가. 그리고 보면 우리는 인두

겁을 뒤집어 쓴 동물 세상에 살고 있고 사람 얼굴에 짐승 마음을 한 인면수심(人面獸心) 시대에 살고 있다.

인간은 다 어디로 갔는가?

인(仁)과 의(義)와 예(禮)와 지(智)를 바탕한 사단(四端)은 다 어디로 갔는가? 인(仁)에서 우러나는 측은지심(惻隱之心)과 의(義)에서 우러나는 수오지심(羞惡之心)과 예(禮)에서 우러나는 사양지심(辭讓之心)과 지(智)에서 우러나는 시비지심(是非之心)의 자유지정(自由之情)은 다 어디로 갔는가? 불쌍하고 측은하게 여겨 언짢아하는 측은지심이며, 불의를 부끄러워하고 불선(不善)을 미워하는 수오지심이며, 사양하고 사절하고 겸손할 줄 아는 사양지심이며, 옳고 그름의 시비를 가릴 줄 아는 시비지심의 사단(四端)은 날이 다르게 스러져가고 있다.

어쩔 것인가?

이 기막힌 동물화를 어쩔 것인가?

인간이 인간이기를 포기한 채 비인간화 한다면 인간의 가치란 그것으로 끝이다. 인간한테서 인간의 가치가 없어지는데 어찌 인성(人性)을 가진 인간일 수가 있는가.

인간한테서 인성이 없어지면 수성을 가진 짐승이요 동물이다. 그러므로 이는 나라 망하는 맥수지탄(麥秀之嘆)에 비견할 만한 일이다.

그렇잖은가?

사람이 사람의 탈을 쓰고 다중(多衆)이 보는 앞에서 짐승처럼 여자를 겁탈할 수 있다함은, 그러고도 뻔뻔하게 곤댓짓 한다는 것은 도덕적 인간으로 맥수지탄에 다름 아니어서 땅을 칠 노릇이다.

인간의 가치란 인간적인데 있다.

그러므로 우리는 어떤 자세, 어떤 정신으로 사느냐가 중요하다. 그래서 우리는 자세와 정신(의식이라고 할 수도 있는)이 어떠냐로 그 사람을 평가하기도 한다. 여러 사람이 보는 앞에서 짐승처럼 여자를 겁탈했다 함은 인간이기를 포기한 동물행위요 세상에 동물화 되었다는 단적인 소이연이다. 때문에 우리는 이런 세상을 사는 한 동물보다 나을 게 조금도 없다. 아니 이런 세상이 같이 살고 있는 한 동물행위에 가담한 종범(從犯)들인지도 모른다. 어쩌면 동물행위를 함께 모의한 공동정범(共同正犯)들인지도 모른다. 오호, 통재로다!

1996. 3. 16.

정치인의 지조

좀 어려운 말로 수서양단(首鼠兩端)이란 말이 있다. 돌 틈바구니의 쥐가 머리만 쏙 내민 채 자기를 해칠 자가 있나 없나 살피다가 세 불리하면 머리를 쏘옥 디밀고, 세 유리하면 머리를 쏘옥 내미는 것을 수서양단이라 한다.

이 말은 사기(史記)의 <위기무안열전(魏其武安列傳)>에 나오는 말로 무안후 전분이 한 말이다. 이와 비슷한 말로 장관복서(藏觀伏鼠)라는 것도 있다. 약을 대로 약은 들쥐가 담벼락이나 돌무더기 속에 납작 엎드려 사방을 관망하다가 아무 일이 없으면 쪼르르 나오고, 무슨 일이 있으면 재빨리 숨어 버리는 형국을 장관복서라 한다. 요즘 정치인들 하는 꼴이 꼭 이 수서양단이나 장관복서와 같다. 이리 갈까 저리 갈까, 이러면 유리할까 저러면 유리할까 관망하다 불리하면 내 언제 봤더냐 싶게 돌아서고 유리하면 때는 이 때다 하고 찰싹 달라붙는 기회주의적 찰나주의.

이 나라 정치인에게 이 기회주의적 찰나주의가 언제라고 없었을까만 그러나 요즘 들어 부쩍 더 심한 것 같다. 이는 민정, 민주, 공화 3당이 합쳐 이른바 민주자유당을 만들 때 야당 특히 민주당 일각에서 빚은 기회주의적 찰나주의다. 청와대에 가서는 3당 통합 축배까지 들던 중진의원이 청와대를 나오기 바쁘게 돌아서는가 하면 이쪽에 가서는 이 말하고 저쪽에 가서는 저 말 하는 겉 다르고 속 다른 두 얼굴의 가증스런 야누스와, 이 당에 가서는 이 당에 들어갈 듯 말하고 저 당에 가서는 저 당에 남아있을 듯 말하는 이중인격의 지킬박사와 하이드 씨의 치졸무비한 짓거리. 심지어 어떤 의원은 신당에 가면 무슨 자리(각료)를 주겠느냐 흥정까지 하면서 뒷구멍으로는 잔류파들에게 합류할 듯한 언질을 비치기도 하는 이 더러운 작금의 스노비즘적 의원들. 이들은 목적을 위해서라면 아지테이션 아닌 데마고기로 게리멘더링마저 넉넉히 할 수 있는 무소신, 무철학, 무정견, 무지조의 망석중이들이다.

그렇다. 이들은 목적을 위해서라면 어떠한 일도 당위성을 내세워 정당화시킬 사람들이다. 그러므로 소신, 철학, 정견 따위는 애시당초에 없고 지조 따위는 더더구나 찾을 수조차 없는 사람들이다. 때문에 제2 제3의 변절자가 나타나고 있는 것이다. 두말할 필요도 없이 정치인에게 있어 지조는 생명이다. 필부(匹夫)도 지조를 생명으로 알고 필부(匹婦)도 절개를 생명으로 알거늘 하물며 나라 살림을 맡은 국민의 대표가 지조를 객사한 사람 지팡이 버리듯 한다면 이는 시정잡배만도 못한 짓거리다.

저 중국 삼국시대 때 조조는 관우를 자기편으로 끌어들이기 위해 사흘이 멀다 잔치를 베풀고 온갖 환대로써 정성을 다 기울였다. 그럼에도 관우는 초지를 일관한 채 유비에게로 돌아갔다. 유비에 대한 철석같은 의리와 장부로서의 지조를 저버릴 수가 없었기 때문이다. 조조는 의연한 관우의 태도에 탄복하며 부하들에게 이렇게 말했다.

"옛 동지를 잊지 않고(도원결의 桃園結義) 저토록 거취가 분명하니 과시 대장부다. 너희들도 모쪼록 관우를 본받아 지조 있는 장부가 되라"했다. 나폴레옹도 지조 없는 비겁한 동지보다 지조 있는 용감한 적을 나는 더 사랑한다."고 했다.

정치인은 지조가 있어야 한다. 정치인은 지조를 생명으로 알아야 한다. 그래서 갖은 풍상에도 의연한 세한삼우(歲寒三友)처럼 고절(苦節)과 고절(孤節)과 고절(高節)을 지켜야 한다. 그래야 나라가 바로 서고 국민이 따른다. 그런데 상황은 이와 반대로 세 불리하면 지조 버리기를 원두한이 쓴 외 버리듯 한다. 정치인이 오죽 거짓말을 잘해 지조 버리기를 밥 먹듯 하면 유태인의 속담에 '한 가지 거짓말은 거짓말이고 두 가지 거짓말도 거짓말이다. 세 가지 거짓말은 정치인 것이다'라고 했겠는가. 그리고 일찍이 희랍의 철인 아리스토파네스도 정치인을 가리켜 '오늘날 청치를 하는 것은 이미 학식이 있는 사람이나 성품이 바른 사람이 아니다. 불학무식한 깡패들에게나 알맞은 직업이 정치다'라고까지 극언을 했겠는가. 이는 무엇을 뜻하는 말인가? 지조를 생명으로 알고, 지조를 최고 가치로 알아야 할 정치인들이 그 생명 그 가치를 우습게 안 채 돈 보따리 보고 침 흘리는 창부처럼 행동한데서 나온 말이다. 정치인은 지조를 생명으로 삼을 때만이 정치인인 것이다. 지조, 이것은 정치인의 절대가치다.

1990. 2. 13.

깨끗한 이름과 더러운 이름

인간의 가치란 무엇인가?

나는 누가 뭐라 해도 인간의 가치란 어떤 자세, 어떤 정신으로 살았고 또 살고 있느냐로 평가 되어야 한다고 생각한다.

인생에 있어 지조는 물론 청렴강직보다 더 귀한 존재가 어디 있겠는가. 우리가 진실로 존경해야 할 대상은 대통령도 장관도 재벌도 학자도 예술가도 아닌 바로 어떤 자세 어떤 정신으로 살았느냐, 다시 말하면 얼마나 지조 있고, 청렴강직하게 살았느냐로 따져야한다.

사람이 세상을 살아가는 데는 여러 가지 형태의 방법이 있다. 그리고 또 수단에 있다. 방법에는 떳떳함과 비열함이 있고, 수단에는정당함과 부당함이 있다. 전자, 그러니까 떳떳함과 정당함은 하늘을 우러러도 두렵지 않고 땅을 굽어봐도 부끄럽지 않은 부앙무괴(俯仰無愧)요, 비열함과 부당함은 하늘에 대해 세상에 대해 부끄럽기 짝이 없는 참괴(慙愧) 행위 그것이다. 그러므로 비록 부와 명예를 얻고 권세와 영화를 누린다 할지라도 떳떳한 방법과 정당한 수단에 의하지 않고 비열한 방법과 부당한 수단에 의해 이룩됐다면 이는 한낱 쓰레기만도 못한 것이어서 아무짝에도 쓸모없는 무가치한 것일 뿐이다. 때문에 어떤 자세(방법)와 어떤 정신(수단)으로 살았느냐 하는 것이 인간의 가치라는 말이다.

그렇다면 여기엔 당연히 청명(淸名), 즉 깨끗한 이름이 첫 번째로 올라야 한다. 인간 행위에 있어 이름보다 더 중요한 게 없기 때문이다.

지난날의 지사나 선비들은 이름을 목숨보다 소중히 여겨 청명을 처세훈의 최고 가치로 알았다. 그래 이름이 욕되거나 더럽혀지면 자신은 물론 부모형제를 포함한 가문이 망하는 것으로 단정, 자결 또는 은거로 속죄를 했다. 뿐만 아니라 임금을 속인 기군망상(欺君罔上)과 나라에 누를 끼친 대역죄인으로 자처해 스스로 목숨을 끊었다.

어찌 지사나 선비뿐이겠는가.

여항 저자의 이름 없는 필부(匹夫)와 필부(匹婦)도 이름이 욕되고 더럽혀지면 자결로써 속죄하는 게 비일비재했다. 그러니 지사나 선비 또는 관원에 있어서의 깨끗한 이름은 하늘 마로 그것이었다. 그런 만큼 이들에 있어 이름 더럽혀짐은 죽어 마땅한 일이었다.

우리는 이름을 깨끗이 해 죽백청사(竹帛靑史)에 길이 남아 유방백세(流芳百世)한 아름다운 이름을 알고 있고, 이름을 욕되게 더럽혀 천만세에 오명을 남겨 천추에 타기(唾棄)하는 이름도 알고 있다.

전자는 예컨대 여말의 삼은(三隱)과 조선조의 사육신(死六臣) 삼학사(三學士) 같은 분들이요, 후자는 이 나라 대한(조선)을 일본에 팔아넘긴 을사오적(乙巳五賊)의 매국노 같은 무리들이다.

사람이 한 번 이름을 더럽히면 그 더러워진 이름을 지울 수가 없다. 몸의 때는 목욕으로 지울 수 있고 옷의 때는 세탁으로 지울 수 있지만 이름의 때는 목욕과 세탁으로 지울 수가 없다. 그러므로 모름지기 나라를 다스리고 경영하는 통치권자는 깨끗한 권력으로서의 청권(淸權)이 되어야 하고, 나라의 녹을 먹는 공직자는 깨끗한 관원으로서 청관(淸官)이 되어야 한다. 부자는 권력과 밀착해 정경유착으로 돈을 벌게 아니라 자기 노력으로 깨끗하게 버는 청부(淸富)가 되어야 하고, 학자나 문필가는 사문난적(斯文亂賊)으로 곡학아세(曲學阿世)하지 않는 깨끗한 이름의 청명(淸名)이 돼야 한다. 그래야 나라의 법도가 서고 정의와 기강이 바로 선다. 그러니까 청권, 청관, 청부, 청명이 제대로 되어야 나라가 바로 된다 이 말이다.

그런데 우리의 역사는 어떠했는가? 이 나라를 좌지우지 이끌어온 내로라하는 이 땅의 지도자들은 대체 어떠했는가? 말할 것도 없이 그들은 이름 더럽히기에 혈안이 돼 오명을 훈장처럼 가슴에 달고 살았다. 그러고도 방귀 뀐 놈이 성내듯 큰소리쳤다. 반성과 참회는 도대체 찾아볼 수 없어 뻔뻔한 철면피의 극치를 보는 듯한 후안무치. 엄청난 부정이 드러났는데도 오리발 내밀기 일쑤요 옴짝달싹 할 수 없는 증거가 나타나도 모르쇠로 내전보살 하기 일쑤이니 이쯤 되면 적반하장도 유만부동이다. 하기야 이렇듯 뻔뻔한 사람들이니 그 엄청난 재산을 불법 탈법으로 축재하고도 깨끗한 척 했겠지.

송사(宋史)의 여회(呂誨) 말대로 본시 크게 간사한 사람은 그 아첨하는 수단이 매우 교묘함으로 흡사 크게 충성된 사람처럼 보이는 법이다. 이를 역사는 대간사충(大奸似忠)이라 하는데, 깨끗한 척하며 재산을 끌어 모은 사람들은 그래도 입만 열면 애국 애족을 찾고 국가와 민족을 찾던 사람들이다. 개가 다 웃을 노릇이다. 이들은 모두 지킬박사와 하이드 같은 사람들이요 양의 탈을 쓰고 개고기를 파는 양두구육이요, 깨끗한 척 이름을 팔아 더럽게 치부한 우리의 공적들이다.

우리는 여기서 조선시대에 세조를 도와 영의정을 두 번씩이나 지내며 온갖 영화를 누렸던 인물 한명회를 생각지 않을 수 없다. 당대의 세도가였던 그는 지금의 한강변에 압구정(鴨鷗亭)이라는 호화로운 정자를 지어 놓고 '젊어서는 나라를 위해 충성하고 늙어서는 자연에 누워 편안한 삶을 누린다'는 '청춘부사직(靑春扶社稷) 백수와강호(白首臥江湖)'의 시판을 걸어 놓고 위세를 뽐냈다. 때에 레지스탕스의 저항아요 야시(野詩)의 반항아로 유명한 김시습이 이를 보다 못해 도울 부(扶)자 대신 망할 망(亡)자를 쓰고 누울 와(臥)자 대신 더러울 오(汚)자를 써넣어 '젊어서는 나라를 망치더니 늙어서는 자연을 더럽히는구나'하는 청춘망사직(靑春亡社稷) 백수오강호(白首汚江湖)로 질타했다. 깨끗하게 사는 것. 다시 말하면 이름을 더럽히지 않고 사는 것. 나는 이것을 가장 잘 사는 것으로 생각한다. 가난을 파는 사람은 돈에 팔리기 쉽고 애국을 파는 사람은 적에게 팔리기 쉽듯, 도덕을 지키며 사는 사람은 한 때 적막할지 모르나 권세에 아첨하며 사는 사람은 영원히 처량하다. 이와 마찬가지로 돈에 눈이 어두워 이름을 더럽히면 당장은 잘 모를 수 있으나 곧 들통이 나 본인은 물론 자자손손 씻을 수 없는 오욕이 된다. 그러니 어느 쪽을 택할 것인가. 깨끗한 이름으로 당당할 것인가. 더러운 이름으로 욕먹을 것인가. 아니 깨끗한 이름으로 배고플 것인가, 더러운 이름으로 배부를 것인가. 그런데 정말 모를 일은 그 많은 더러운 이름의 소유자들이 단 한 사람 양심선언이나 양심고백을 안 했다는 점이다. 그러고 보면 기라성 같은 이들 왕후장상(王侯將相)들은 자결로써 더럽혀진 이름을 속죄한 지난날의 필부 필부만도 못한 존재들이다.

한 번 죽어 영원히 살 것인가, 영원히 죽어 한 번 살 것인가. 이는 전적으로 더러운 이름의 소유자들이 할 일이다. 살 줄 알면 죽을 줄도 알아야지!

1993. 4. 23.

하벨과 케말파샤와 호세무이카

왜 우리에게는 저 터키의 케말파샤(아타튀르크)나, 체고의 하벨이나, 우루과이의 호세무이카처럼 국민에게 존경받고 숭앙받는 대통령이 단 한 사람도 없을까. 생각하면 참으로 속상하고 안타까워 왜장이라도 치고 싶다. 돌이켜 보면 우리는 아픈 역사로 점철된 과거만 있었지 국민이 마음 놓고 살던 국태민안의 강구연월은 별로 없었다. 독재자 아니면 수천억 원씩 돈을 긁어 모아 착복하고 그것도 아니면 나라를 결딴내다시피 해 경제를 환란으로 몰아넣는 대통령은 있어도 저 터키의 케말파샤나 체코의 하벨, 그리고 우루과이의 호세무이카 대통령처럼 국가와 민족을 위해 정직하게 혼신을 다한 대통령은 본 적이 단 한 사람도 없었다. 독재에 항거해 바른 말을 하면 인간으로 할 수 없는 고문이나 하고 갖은 고통과 불이익을 주어 국민이 안심하고 살 수 없는 공포의 무단정치만을 능사로 삼던 작태.

하지만 어디 또 이것뿐이던가. 소위 말하는 신군부이 막강한 무소불위는 어떠했는가. 그들이 하는 게 법이요 그들이 만드는 게 제도였다. 그랬으므로 이들의 법과 제도에 순응하며 이래도 예, 저래도 예, 하는 목낭청이들은 편하게 살았겠지만 대항하거나 저항하거나 정면으로 맞서 항거한 이들은 혹은 죽거나 혹은 불구가 되거나 혹은 돌이킬 수 없는 정신장애자가 돼 한 많은 삶을 살고 있다. 다 한 사람 통치권자를 잘못 만나서이다. 그래서 나는 여기서 세 사람의 대통령을 예를 들지 않을 수가 없는데 먼저 터키의 케말파샤 대통령을 보자. 그는 터키당 혁명에 참가, 제1차 세계대전 중 사령관으로 참전했고 이후 그리스 침입 시 대항운동의 지도자로 정부와 연합국에 대항하는 가정부(假政府)를 조직해 국민사령관이 돼 승리한 후 연합국과 휴전, 로잔(Lausanne)조약을 체결해 터키공화국의 수립을 선언하고 초대 대통령이 되었다. 그런 다음 칼리프 제도를 폐지, 일부다처제의 금지, 회교를 국교로 하는 것을 폐하고 정교(政敎)의 분리를 확립, 아라비아문자를 라틴문자로 고치고 법전을 서유럽화 하여 부녀자에게 참정권을 주는 등 오직 국가와 국민만을 위해 국부(國父) 로서 존경을 받았다.

그렇다면 양심의 표상이요 행동하는 지식인이요 공산정권하에서의 반체제 작가로 유명했던 체코의 바슬라프 하벨 대통령은 어떤 사람인가? 그는 사회(체코)에 수백만 달러에 이르는 전 재산을 환원했다. 그의 재산은 프라하 일대의 부동산으로 조상으로부터 물려받은 유산인데 공산 정권이 들어서면서 몰수당했다가 공산 정권 붕괴 후 다시 찾은 재산이다. 하벨은 체코가 공산정권으로 공포 정치를 할 때 반체제 작가로 자유화 운동을 펴 온 행동하는 지식인 이었다. 이런 하벨은 1988년「프라하의 봄」때 작가 동맹을 이끌면 서 개혁을 부르짖었고 옛 소련의 침공으로 핍박을 받으면서도 2백 여 명의 지식인, 성직자들과「77헌장」을 결성했고 79년 이후 4년 동안 투옥되기도 하면서 89년 11월에「시민포럼」을 결성, 이른바 「벨벳혁명」의 무혈 혁명을 통해 체코에 민주화를 가져온 주인공이 다. 이런 하벨은 늘 [진실]을 좌우명으로 삼았고 대통령에 당선된 후에도 진실과 검소를 생활화해 퇴근 후엔 청바지 차림으로 술집 에 가 시민들과 격의 없는 대화를 나눈 사람인데 알고 보니 월급 10 만 코루나 (약 3백십만 원)도 직무와 관련된 곳에만 쓰고 나머지는 모두 사회에 환원했다. 이에 기자가 퇴직 후엔 어떡할 것이냐고 묻 자 하벨은 작가 활동을 하면 가난한 대로 살 수 있고 특히 자서전이 나 회고록을 쓰면 생활비는 나오지 않겠느냐며 허허 웃었다니 이 얼마나 멋진 대통령인가. 오, 생각느니 우리는 언제나 이런 대통령 을 만날 수 있을까.

그렇다면 또 우루과이 대통령 호세무이카는 어떤 사람인가?

그를 단적으로 말하면 독재에 항거한 애국주의자, 숱한 고문을 받고도 극적으로 살아나 하원의원 상원의원에 당선되고 농림부장 관을 거쳐 대통령에 당선된 불사조 같은 사람. 뭐 이렇게 말할 수 있다. 그는 오직 국민만을 위해 일하며 초라한 집에 아내와 함께 살 며 대통령궁을 집 없는 가난한 사람들에게 주어 살게 했다. 이런 그는 2012년과 2013년에 걸쳐 2회 연속 노벨평화상을 수상했다.

아, 장할시고 호세무이카여!

오, 아름다워라 호세무이카여!

그대는 장하고 아름다운 것으로는 유위부족해 거룩하고 숭고하도다. 호세무이카 만만세! 호세무이카 만만세!

2013. 12. 1.

농민은 대관절 어떡하라고

벼를 호미질 하여 해가 낮이 되니
땀이 벼 포기 밑으로 방울져 떨어진다
뉘 알리요 상 위의 밥이
알알이 다 피땀인 것을

위의 시는 이 신(李伸)의 오언고풍(五言古風) '민농(憫農)'이란 시
다. 민농이라 함은 농부를 불쌍하고 가난하게 여긴다는 뜻도 되고
농사가 어렵고 힘들어 농부를 민망하게 여긴다는 뜻도 되는데 원
시는 다음과 같다.

서화일당오(鋤禾日當午)
한적화하토(汗滴禾下土)
수지반중손(誰知盤中飧)
입입개신고(粒粒皆辛苦)

그러니까 이 시 '민농'은 농사를 알알이 피땀인 입입개신고라 정의해 농사의 고됨과 농부의 피땀 흘림을 민망하게 여긴다 했을 터이다. 기실 쌀 농사는 농부의 손이 여든 여덟 번 간다 했으니 고됨은 물론, 피땀 흘림이 사뭇 거짓말이 아니다. 우선 쌀미(米)자의 자형을 한 번 잘 관찰해보라. 아래 위로 여덟 팔자가 두 개 있지 않은가.

요즘이야 농사가 과학영농이요 또 기계가 다 해 수월하지만 지난날의 재래식 농사 방법은 하나 하나 수작업이어서 여간 고된 게 아니었다. 갈(풀)을 베어 논에 깔아 썩힌 후 이를 갈아엎고 써래질로 고른 다음 모를 심어 아시(아이) 이듬 만물로 세 번을 매는데, 첫 번째 매는 아시와 두 번째 매는 이듬 때는 벼가 어려서 덜하지만 세 번째 매는 만물 때는 벼가 무릎 위까지 자라 이를 매려면 죽을 고생을 한다. 잉걸불 같은 태양은 머리 위에서 이글거리지, 땀은 비 오듯 뒤발을 해 눈으로 들어가지, 날카로운 벼잎은 눈과 얼굴과 목덜미를 사정없이 찌르지, 허리는 아파 끊어질 것 같지, 벼 포기 밑에서는 가스가 올라와 숨을 턱턱 막히게 하지 정말 어찌할 수 없을 지경으로 신역이 고되 코에서 단내가 확확난다. 그러나 이게 어디 제 땅 부치는 제 농사인가. 거개가 남의 땅(논)을 소작으로 부치는 작인들이다. 한데도 이들은 쌀을 한 톨이라도 더 생산하려고 애면글면 바장이었다. 땅을 한 뼘이라도 더 늘리려고 논둑 밑을 파 모 한 포기를 더 심었고, 길을 가다 낟알 한 톨 발견하면 손가락 끝에 침을 발라 이 낟알을 주워왔다. 그렇다고 밥이라도 배불리 먹나. 조반석죽에 초근목피의 구황초(救荒草)로 연명을 하다 영양실조로 얼굴이 누렇게 뜬 채 픽픽 나가떨어지면서도 농사가 천직인 농투성이들은 국으로 농사만 지었다. 그렇게 해서 피 같은 내 땅을 한 마지기 두 마지기 장만했고 또 그러는 사이 세상이 변해 농사법이 바뀌고 다수확 품종도 쏟아져 나와 과학영농과 기계영농으로 딴 세상이 돼 지난날의 농사법은 신농씨(神農氏)의 원시 농법이 되고 말았다. 그런데, 그런데 말이다. 이렇듯 간난신고와 천신만고로 지켜온 농촌이 산업화 바람에 젊은이란 젊은이는 모조리 도시로 나가 농촌은 휑뎅그렁 비어 망하다시피 했고, 우루과이라운든가 농산물 개방인가 하는 괴상망측한 올가미가 씌워져 가뜩이나 결딴난 농촌이 장송곡을 부를 판인데, 이번엔 난데없이 정부가 쌀 증산책을 포기한다니 날벼락도 이런 날벼락이 없는 것이다. 정부의 변인즉 쌀이 너무 남아돌아 보관비가 더 들고 우리 쌀값이 국제 시세보다 5배 이상 비싸 외국에 팔 수도 없다는 것이다. 그러나 정부는 얼마 전까지도 쌀 증산이 꼭 필요하다며 새만금 간척사업의 불가피성을 역설했다. 그래 놓고는 이제 와서 쌀 증산책을 포기한단다. 개가 웃을 노릇이다. 정부가 이따위로 하니까 국민(농부)은 정부가 하는 일은 콩으로 메주를 쑨대도 곧이 듣질 않는다. 쌀 소비는 왜 길이 없겠는가. 군량미나 각급 학교, 사회시설에 쌀을 쓰고 밀가루 대신 쌀을 더 먹고 북한과의 무역 거래대금을 쌀로 결재하는 길을 모색하라. 그리고 무엇보다 점심 굶는 전국의 수십만 결식아동에게 쌀을 주고 결손가정이나 가난한 소년 소녀가장에게도 아낌없이 주라.

지금 농촌은, 농민은 떡심이 풀려 논의 피도 안 뽑고 나농(懶農)

으로 나날을 보낸다 한다. 쌀은 우리의 주식이자 가치요, 문화요, 역사였다. 아니 수천 년 동안 내려온 피요, 혼이요, 생명이요, 하늘이었다. 자, 이래도 정부는 보관 운운하며 쌀 증산책을 포기할 것인가? 말로는 농자천하지대본(農者天下之大本)을 떠들어대면서…….

2001. 9. 18.

이 나라는 누구의 나라인가?

도대체 이 나라는 누구의 나라인가? 국민의 나라인가, 정치인의 나라인가.

여기 대해 나는 먼저 다산(茶山)이 목민심서(牧民心書)에서 「목자(牧者)가 백성을 위해 존재하는가, 백성이 목자를 위해 존재하는가」라고 자문하고는 「아니다. 단연코 아니다. 백성이 목자를 위해 존재하는 게 아니라 목자가 백성을 위해 존재한다」고 한 것으로써 대답하고자 한다. 그렇다면 백성(국민)이 나라의 주인이라는 게 약여하게 드러났다.

그렇다. 국민은 나라의 주인이다. 이는 주권은 국민에게 있으며 모든 권력은 국민으로부터 나온다는 주권재민(主權在民)이 분명하게 말해주고 있다. 그것도 그냥 시시하게 말해주는 게 아니라 국가 최고의 기본법이요 상위법이라는 헌법에 도장 찍듯 콱 찍혀 명시돼 있다. 그러므로 국체(國體)가 대한민국이요 정체(政體)가 민주주의로 있는 한 헌법이 백 번 바뀌고 천 번 바뀌어도 이 '주권재민'은 절대로 바뀌지 않을 영원불변의 고정 법률이다. 그래서인지는 몰라도 양의 가죽을 쓰고 개고기를 파는 양두구육(羊頭狗肉)의 정치인들은 언제 어디서나 국민을 하늘 같이 섬겨야 한다며 나불거린다. 이럼에도 국회의원들 하는 꼴을 보면 말과 행동이 딴판 달라 국민 알기를 시래기 곤죽으로 안다. 그것은 위선자에 이중인격과 표리부동에 지킬박사와 하이드 같은 작태로써 알 수가 있다. 여기서 우리는 이들의 전비(前非)는 따지지 말자. 속이고 야합하고 거짓말하고 능갈쳐서 코를 내두를 수 없을 만큼 부패한 부정도 논하지 말자. 그리고 사리사욕과 당리당략과 아부 아첨에 난든집이 돼 돌 틈바구니의 들쥐처럼 머리를 쏘옥 내밀고 세가 유리한가 불리한가 관망하다 세 유리하면 쪼르르 나오고 세 불리하면 머리를 쏘옥 디미는 수서양단(首鼠兩端)도 거론치 말자. 그러나 체면도 염치도 없는 뻔뻔한 철면피적(鐵面皮的) 나눠 먹기식 게리멘더링의 선거법 개정안만은 질타하지 않을 수 없다. 안 그래도 정치 불신이 극에 달해 낙선 낙천 운동이 벌어지고 공천 부적격자가 발표돼 선관위의 불법 유권해석이 내려졌음에도 많은 시민단체와 국민이 요원의 불길처럼 일어나고 있는 판에 뭐가 어쩌고 어째? 선거법을 나눠 먹기식으로 고쳐 야합을 해?

그래, 국회 정치개혁특위가 1년 하고도 1개월을 넘게 용을 쓰다 내놓은 작품이 고작 국민감정을 건들이는 게리멘더링인가?

국민회의는 지난 해 정치 개혁은 반드시 이루겠다면서 거창한 목표를 제시했다. 우선 지역감정 타파를 위한 중선거구제의 도입, 국회의원 수 30명 감축 등 몸집 줄이기, 1인 표식 권역별 정당명부제 등등.

이래 놓고도 국민회의는 야당 때문이라며 남의 탓으로 덤터기 씌우기에 급급하다.

뿐만이 아니다. 선거사범 공소 시효를 종전의 6개월에서 4개월로 단축시킨 것은 개정이나 개선이 아닌 개악(改惡)이다. 이는 수사기관이나 선관위의 조사를 빨리 모면하고자 하는 국회의원적 집단 이기주의라고 밖에 달리 해석할 수가 없다. 오죽하면 김대중 대통령이 이만섭 총재 권한대행과 당 3역을 불러 도·농 통합지역 4곳의 분구 유지 취소, 국가보조금 인상 철회, 4개월로 줄인 선거사범 공소시효를 6개월로 환원, 정치자금 및 후원금 1백만 원 이상은 수표로 기부, 비례대표 후보의 50%를 여성에 할당토록 법으로 규정, 시민단체의 낙선운동을 금지한 선거법 87조의 삭제 등을 야당과 재협상해 관철하라 했겠는가.

얼마 전까지 항간에는 공무원을 「철 밥통 챙기기 집단」이라 했다. 그런데 요즘엔 국회의원을 빗대 「금 밥통 챙기기 집단」이라 부르고 있다. 당초 그렇게도 정치개혁 약속을 큰 소리로 외쳐놓고도 객사한 자 지팡이 버리듯 내동댕이쳤으니 이 소리야 열 번 들어도 싸지. 국회의원 당선인들은 입이 열 개라도 할 말이 없다.

2000. 1. 21.

이 땅에 정녕 청관(淸官)은 없는가

　나는 그동안(지난 10여 년 동안) 공직자의 부정부패와 비리 부조리에 대해 많은 글을 써왔다. 정확한 편수는 몰라도 칼럼만 4백여 편이 넘지 않을까 싶다. 그래서인지 사람들은 나를 부정부패 척결 전문가로 아는 이가 더러 있다. 그래 내가 부정부패를 전담해 파헤치고 고발하고 광정(匡正)하는 사람으로 알고 있는 이도 있다.

　이는 아마도 내가 부정부패에 대한 칼럼과 논설을 많이 쓰고, 또 그때마다 호통질타로 분통을 터뜨려 대갈일성 매도한 탓이 아닐까 한다. 기실 나는 이 나라의 내로라하는 정객과 재벌, 그리고 고관은 말할 것도 없고 사회적으로 명망 있는 명사가 우리가 알고 있는 것과는 딴판으로 부정하고 부패하고 비리하고 비위하는 것을 그냥 도저히 보아 넘길 수가 없어 호통쳐 질타해 왔다. 그래 내 글(칼럼과 논설. 특히 칼럼)을 읽는 독자들은 시원하다, 통쾌하다, 반분이 풀린다, 체증이 내려간다, 계속 이런 식으로 써 달라 등등의 반응과

주문을 보내오고 있다. 물론 나는 그렇게 할 것이다. 여태까지 그렇게 써왔듯 앞으로도 그렇게 쓸 것이다.

나는 논객이 되던 날 나 자신과 약속한 바 있다. 나는 춘추필법(春秋筆法) 정신과 대의멸친(大義滅親) 정신으로 아세(阿世)하지 않고 곡학(曲學)하지 않으며 강항령(强項令)의 직설과 동호(董狐)의 직필로 글을 쓰리라고. 이는 내 성정이기도 하고 신념이기도 하며 소신이기도 해 진작부터 내 의식 깊이 자리 잡고 있던 철학이었다.

좌씨전(左氏傳)이라는 책의 몽구(蒙求)에 보면 자한사보(子罕辭寶)라는 제목의 글이 나오고 이 글에는 '화막화어탐심(禍莫禍於貪心)'이 나온다. 화는 탐하는 마음보다 더 큰 것이 없다는 뜻이다. 그런가 하면 또 시경(詩經)이란 책에는 탐관오리 망국지상(貪官汚吏亡國之像)이란 말이 나오는데 이 말은 탐관오리는 망국의 상징이라는 뜻이다. 남송(南宋)의 대 충신 악비(岳飛)는 천하가 태평할 수 있자면 문신은 불애전(不愛錢), 즉 돈을 좋아하지 말아야 하고, 무신은 불석사(不惜死) 즉 죽음을 애석해 하지 말아야 한다고 했다. 다산의 목민심서에 보면 민이토위전 이이민위전(民以土爲田 吏以民爲田)이라는 말이 나온다. 백성들은 토지를 밭으로 삼는데 이속들은 백성을 밭으로 삼는다'는 뜻이다.

공자는 논어에서 반소사음수(飯疎食飮水)하고 곡굉이침지(曲肱而枕之)라도, 낙역재기중의(樂亦在其中矣)니, 불의이부차귀(不義而富且貴)는 어아여부운(於我如浮雲)이라 했다. '거친 밥 먹고 물마시고, 팔 굽혀 베개 삼아 누울지라도 즐거움이 이 가운데 있으니, 불의로 얻은 부귀는 나에게는 뜬구름 같다'는 뜻이다. 저 후한(後漢)의 중장통(仲長統)도 낙지론(樂志論)이란 책에서 개선부입제왕지문재(豈羨夫入帝王之門哉)라 하여 '어찌 제왕의 문에 듦을 부러워하랴' 했다.

아무 하는 일 없이 직책을 다 하지 못하면서 한갓 관위(官位)만 차지하고 녹을 받아먹는 공인을 시위소찬(尸位素餐)이라 한다. 이는 저 한서(漢書)의 주운전(朱雲傳)에 나오는 말로 한 번 깊이 음미할 만한 말이다.

나라가 바로 서려면 권력자는 청권(淸權)이 돼야 하고, 재벌은 청부(淸富)가 돼야하며, 관인은 청관(淸官)이 돼야한다. 그리고 교육자나 문필가처럼 이름을 가지고 사는 이들은 깨끗한 이름 청명(淸名)으로 살아야 한다.

중국 동진(東晋) 때 갈홍(葛洪)이 쓴 포박자(抱朴子)에 보면 명선결기(鳴蟬潔飢)란 말이 나온다. '매미는 굶어도 깨끗함을 취해 더러운 것은 먹지 않는다'는 뜻이다.

논어의 안연편(顏淵篇)에는 자솔이정 숙감부정(子師以正 孰敢不正)이 나온다. 이는 노나라의 실권자 계강자(季康子)가 공자에게 정치를 물었을 때 '정치란 곧 바름이니 그대가 거느리기를 바로하면 누가 감히 바르지 않겠는가'한데서 나온 말이다.

업체로부터 물경 10억 원이 넘은 뇌물을 받고도 가증스레 청렴을 가장한 울산시 종합건설본부 건축계장 장 아무개가 또 들통났다. 이 자는 5천 6백만 원을 상사인 시설부장 강 아무개한테 상납,

룸살롱 등에서 흥청망청 쓴 수 천 만원의 술값도 업자들에게 떠넘겼다니 기가 막힌다. 생각느니, 이 땅에 이런 썩어빠진 부패 공무원이 얼마나 있을까. 그리고 이게 어찌 또 울산시만의 경우겠는가. 참으로 슬프고 분하고 통탄스럽다.

2001. 9. 25.

삼문제도(三門制度)
부활 여하(如何)오?

좀 짓궂어 얼마는 익살스럽고 또 얼마는 장난스레 보일지 모르지만 가령 전국의 공직 관서마다 '청렴문(淸廉門)'과 '탁오문(濁汚門)'을 만들든지 아니면 '정직문'과 '부정직문'을 만들든지 그것도 아니면 '청백문(淸白門)'과 '부정문(不正門)'을 만들어 놓고 그 문으로 모든 공직인을 출퇴근시키는 게 어떨까?

CCTV를 달아 놓고 말이다.

이는 생각만 해도 의미 있어 모든 공직인을 바짝 긴장시킬 것이다. 왜냐하면 모든 공직인이 청렴문과 정직문만을 반질반질 드나들어 탁오문과 부정문은 먼지가 수북이 쌓일 테니까 말이다. 이는 나는 부정 공무원이니 탁오문과 부정문으로만 드나들겠소 라고 소리칠 사람은 한 사람도 없을 것이기 때문이다.

그럴 것이다. 아무리 부정 비리에 이골이 나고 부패 수뢰에 난든

집이 된 공직자라 할지라도 제 밑 들어 남 보이듯 스스로 울어 제 있는 자리 알리는 어리석은 춘치자명(春雉自鳴)은 없을 것이다. 그러니 정부가 용단을 내려 이런 제도를 만들어 전국의 모든 관공서마다 시행하게 한다면 부정 공무원과 함께 복지부동(伏地不動)이니 복지안동(伏地眼動)이니 하는 말은 없어질 것이다. 아니 부정공무원과 비리공무원은 눈에 띄게 줄어들 것이다. 어째서냐면 출퇴근을 비롯해 무시로 그나드는 숱한 출입이 이 두 문을 통하지 않고는 안 되기 때문이다. 그러므로 만일 부정공직자가 청렴문과 정직문으로 드나들면 그 사람은 그때마다 양심의 가책을 받아 몹시 괴로울 것이다. 괴로울 뿐만 아니라 하늘 보기가 두렵고 겁날 것이다. 하늘이 그 사람의 부정을 알고, 땅이 그 사람의 부정을 알며, 내가 (본인) 그 부정을 알고, 네가(상대방) 그 사람의 부정을 아는데 어찌 양심의 가책을 느끼지 않을 수 있는가. 그래서 내가 알고 네가 알고 하늘이 알고 땅이 아는 이 네 가지 앎을 사지(四知)라 하고 이 말은 후한서(後漢書)와 양진전(楊震傳)에서 나온 말이다.

니이체의 말처럼 습관이 반복되면 천성이 되듯 '내가 이래서는 안 되지, 나는 청렴문과 정직문을 출입할 자격이 없어'하고 자꾸 괴로워하면 이게 언젠가는 청렴한 공직자로 탈바꿈 할 수도 있다.

부정공무원이 아무리 뻔뻔하고 비리공무원이 아무리 철면피하다 해도 하루 이틀 한두 달도 아닌, 쇠털 같이 수많은 날을 청렴을 가장한 채 청렴문과 정직문으로 드나들 수가 없기 때문이다. 그리고 도둑이 제 발 저리듯 지레 오금이 저려 사표를 내든지 아니면 청렴하든지, 그것도 아니면 용감하게 탁오문이나 부정문을 택해 출입해야 하기 때문이다.

말이 났으니 말이지만 이런 제도가 조선조 명종 때 실제로 있었다. 권신들의 양심과 청탁(淸濁)을 가려내기 위해 대궐 뒤 후원에다 청문(淸門) 탁문(濁門) 열문(列門)의 세 문을 만들어 놓고 각자 양심에 따라 한 문씩 들자한 게 그것이다. 청문이란 청백한 신하가 드나드는 문이요, 탁문은 탐관오리의 신하가 드나드는 문이며, 열문이란 깨끗하지도 더럽지도 않은 신하가 드나드는 문이다. 그런데 여러 번에 걸친 시험 끝에 모든 권신들은 청문도 탁문도 아닌 열문만을 드나드는데 오직 한 사람 조사수(趙士秀)만은 매번 청문으로만 드나들었다. 그래도 누구 한 사람 의심하거나 괴이쩍게 보지 않았다. 조사수가 원체 청렴강직해 추호의 거짓도 없었기 때문이다.

그렇다면 조사수는 어떤 사람인가? 대사성, 대사간, 대사헌의 어마어마한 벼슬을 거쳐 이조, 호조, 형조, 공조판서(지금의 장관)를 두루 역임하고 지중추부사와 좌참찬으로 벼슬을 마쳐 청백리로 녹선된 이가 바로 조사수다. 이럼에도 그는 사직 후 다 쓰러져 비가 새는 삼간 모옥에서 삼순구식으로 여생을 보냈다.

정부는 개혁이다 사정이다 하고 요란하게 엄포만 놓지 말고 조용히 은밀하게 삼문 같은 제도를 만들어 좀 유머러스하게 개혁할 수는 없는가? 전국의 지자체 중 삼문 같은 제도를 만들 지자체는 한군데도 없는가? 금세 벼락 떨어지듯 서슬 푸르게 소리쳐봤자 복지부동과 명철보신만 지능화가 돼 소기의 목적을 꾀할 수 없다. 세

사(世事)에 해학이 필요하듯 나라를 바로 잡는데도 해학이 필요하다. 이게 정치의 멋이요 행정의 멋이다. 그리고 운치요 낭만이다. 이런 뜻에서 나는 삼문 제도의 부활을 제창한다. 이는 우선 중앙부처의 장·차관부터 실시해 차츰 전국의 모든 공직자에 확대 실시했으면 한다. 이렇게 하면 공직자는 청렴해질 것이다. 청렴문과 부정문이 있는 한 말이다.

1994. 7. 1.

비(非), 리(理), 법(法), 권(權), 천(天)

'만일 악한 마음이 가득 차면 하늘이 반드시 벌을 내리리라.'

익지서(益智書…중국 송나라 때의 책 이름)에 있는 말이다. 이 말을 좀 더 부연하면 '사람은 마음속에 악한 생각이 가득 차 있으면 이는 이미 선을 좋아하는 대자연의 섭리에 반하는 행위여서 하늘의 뜻을 거역한 것이다. 그러므로 천벌을 받지 않을 수가 없다.'라는 뜻이다. 그러니까 이는 '악한 일을 하여 하늘에 죄를 얻으면 잘못을 빌 곳이 없다'라는 공자의 말과 맥을 같이한다 할 수 있다. 모두가 천분(天分)과 순명(順命)을 중히 여긴 아주 귀한 말이다.

요즘, 세상 돌아가는 이치를 보면 업보와 과보가 반드시 있고 자기가 저지른 일의 과보를 자기 자신이 직접 받는 자업자득(自業自得)도 반드시 있구나 함을 새삼 느끼게 된다. 그리고 남의 눈에 눈물내면 자기 눈엔 피눈물 난다는 옛말이 헛되지 않음도 새삼 절감하게 된다.

뿐만이 아니다. 좀 진부한 표현이어서 신파조 같은 대사가 될지 모르지만 「이 무슨 얄궂은 운명의 장난인가」 싶을 만큼 묘하고 신기하다. 베푼 것만큼 돌아온다는 이치가 그렇고 뿌린 것만큼 거둔다는 이치가 또한 그렇다. 그래서 우리는 역사의 회귀성(回歸性)과 반복성(反復性)을 신기해하고, 단죄의 준엄성과 엄정성을 두려워하며, 권력 부침(浮沈)의 무상성(無常性)에 허무해 하고 있다.

그렇잖은가.

저 16년 전 서슬 푸른 쿠데타로 정권을 장악했던 신군부의 전두환 전 대통령이 과거 자신에 반대한 반체제 인사들을 개잡듯 잡아다 짐승 패듯 패고 때리고 짓밟고 고문하면서 투옥시켰던 감옥, 바로 그 감옥에 자신이 갇혀 영어(囹圄)의 몸이 되었으니 이 어찌 역사의 아이러니라 하지 않을 수 있는가. 그래 우리는 세상에 공짜가 없음을 또 한 번 깨닫지 않을 수가 없다. 1980년부터 88년까지 가공할 권력으로 무소불위(無所不爲), 무소부재(無所不在), 무소부지(無所不至), 무소불능(無所不能)의 철권을 휘두르며 이 나라를 좌지우지 다스리던 카리스마적 독재자 전두환 씨. 그러나 그는 이제 죽지 빠진 새처럼, 아니 이빨 빠진 맹수처럼 감옥에 갇혀 탄탈로스가 되고 말았다. 79년 12.12쿠데타를 통해 정권을 찬탈한 혐의로 안양교도소에 구속 수감된 게 그것이다. 노태우(盧泰愚) 전 대통령이 5천억 원의 부정비자금 사건으로 구속 수감된 지 불과 17일 만에 있었던 이 전대미문의 두 전직대통령 구속 수감은 건국 이래 처음 있는 일일뿐만 아니라 세계사에서도 그 유례를 찾을 수 없는 일이어서 우리로서는 한일합방의 경술국치(庚戌國恥) 다음으로 창피 막심한 국치일이다.

생각해보라!

제 13대 대통령이던 노태우 씨는 5천억 원이라는 천문학적인 돈을 부정 비자금으로 조성해 1995년 11월 16일 감옥에 갇혔고 제12대 대통령이던 전두환 씨는 12.12와 5.18로 정권을 찬탈했다 하여 감옥에 갇혔으니 이런 기막힌 팔자(?)가 어디 또 있겠는가.

전 씨에게 적용되는 혐의는 군 형법상 반란 수괴에 불법 진퇴, 지휘관 계엄지역 숙소이탈에 상관 살해 및 미수, 그리고 초병 살해 등 무려 6개 항목이다. 그렇기 때문에 전두환 씨는 법적으로 볼 때 사형 아니면 무기징역이다. 여기엔 노태우 씨도 12.12쿠데타와 5.18 광주 양민학살의 책임 문제가 뒤따름은 물론이다.

나는 여기서 전, 노 양 씨한테, 아니 김영삼 대통령을 비롯한 이 땅의 모든 정치지도자들에게 '앞날을 알고자 하거든 먼저 지난 일들을 살피라'는 말과 함께 창왕찰래(彰往察來)를 말해주고 싶다. 이 말은 주역의 계사전(繫辭傳)에 나오는 말로 지나간 일의 득실을 안다는 뜻이다. 그러니까 지난날을 거울로 감계 삼고 처세훈을 삼으라는 뜻이다.

'운명의 여신은 장님이다'라는 말이 있듯 인간은 운명 앞에 눈 뜬 장님이다. 그러므로 인간은 운명에 관한 한 한 치 앞의 일도 예측 못한다. 때문에 언행을 조심하는 것만이 인생을 슬기롭게 경영한다 할 수 있을 것이다. 그래 나는 여기서 '하늘에는 예측할 수 없는

화(禍)와 복(福)이 있다'는 경행록(景行錄)의 경구를 말해두고자 한다. 그리고 비(非)는 이(理)에 지고 이는 법(法)에 지고, 법은 권(權)에 지고, 권은 하늘(天)에 진다는 저 소크라테스의 플라톤적 변명인 비리법권천(非理法權天)과 함께 '군자도 벼슬을 한다. 그러나 정도(正道)로 한다.'는 맹자의 만고 금언과 '충간하는 말과 정직한 이론은 신하의 이익이 아니라 나라의 이익이다'라던 저 이언적(李彦迪)의 말을 끝으로 글을 맺는다.

1995. 12. 8.

가난한 부자는 없는가?

사람들은 딱하게도 재화나 재물만을 재산으로 아는 경향이 많다. 아니 재화나 재물이라야 재산으로 여긴다. 그러니까 돈이나 수표(유가증권까지 포함), 동산이나 부동산만을 재산으로 생각한다 이런 말이다. 한심한 노릇이 아닐 수 없다. 그러나 나는 생각이 좀 다르다. 나는 7월 20일자 본보의 사설에서 재산에는 「경제재」와 「자유재」가 있다고 했다. 그렇다면 경제재란 무엇이며 자유재란 무엇인가. 경제재란 경제적 가치를 가지는 것으로 경제행위의 대상이 될 수 있는 재화로써 금전, 수표, 동산, 부동산 등이고 자유재란 사람이 획득 점유 처분할 수 없고 또 너무 크고 많아 획득 점유 처분할 수 없기 때문에 경제행위의 대상이 되지 않는 재(財)로써 해, 달, 공기, 바닷물 같은 따위를 말함이다. 하지만 우리에겐 이 두 가지 재산, 즉 경제재와 자유재 외에도 값진 재산이 참으로 많다. 예컨대 건강이나 지식, 인격이나 덕망이 그것이다. 어떤 의미에선 이런 것들이 돈, 수표, 동산, 부동산, 금은보화의 귀금속보다 훨씬 높은 경지의 재산일 수도 있다. 이럼에도 사람들은 어찌 된 셈인지 돈, 수표, 동산, 부동산, 귀금속이 아니면 재산 취급을 하지 않으려든다. 한 마디로 천박한 스노브들의 스노비즘이라 아니할 수 없다.

나는 생각하기를 돈(재산)이 많으면서도 못 사는 가난한 사람보다는 돈이 없어 가난하면서도 부자로 사는 사람을 훨씬 높게 보고 있다. 말하자면 전자는 물질숭배주의자요, 후자는 정신지향주의자다. 정신지향주의자는 첫째 깨끗하지 않으면 안 된다. 깨끗하려면 또 첫째 욕심이 없어야 한다. 이 세상 모든 불행의 씨앗과 화근은 깨끗하지 못한 데서 생긴다. 다시 말하면 욕심이 많아서 생긴다 이 말이다.

우리가 살아가는 행위, 즉 정치, 경제, 사회, 문화 이 밖에도 여러 분야에 걸쳐 부정 비리가 생기고, 배임 횡령이 생기고, 사기 절도가 생기는 것은 돈이 결부된 물질숭배주의자들의 욕심 때문에 생기는 게 대부분이다. 요즘 날이면 날마다 신문, 방송에 보도되지 않는 날이 없다시피 하는 공직자들의 부정 비리도 결국은 깨끗하지 못한 욕심 때문에 생기는 것이다. 이에 나는 욕심이라곤 털 끝 만큼도 없어 평생을 깨끗이 살다 간 부자 유관(柳寬)과 손순효(孫舜孝)를 여기서 잠깐 소개하고자 한다.

태조에서 세종조에 이르기까지 4대에 걸쳐 무려 35년간이나 벼슬길에 있던 정승 유관은 담장 없는 삼간초옥에서 산 청빈한 정승으로 태종이 그의 청빈에 감동, 선공감을 시켜 몰래 담장을 치게 했다. 이엉을 제대로 못 해 덮은 집은 비만 오면 빗물이 줄줄 방안으로 새어 내렸다. 그러면 유정승은 왕에게 하사 받은 일산을 펴들고 아내와 함께 비를 피했다. 그러며 걱정하기를 "아이구 이 비에 우산 없는 집은 어떡할꼬?"했다. 이 말을 들은 아내가 곁에서 "우산 없는 집은 다른 방도가 있겠지요."하고 남편을 위무했다고 한다.

성종 때의 재상 손순효도 깨끗한 청백리였다. 그는 평생을 청빈 일변도로 살다 죽었는데, 죽을 때 자식들을 불러놓고 "너희가 알다시피 애비는 초야에서 일어났기 때문에 너희에게 물려줄 아무 것도 없다. 있다면 다만 없는 것을 물려주는 것뿐이다"하고는 가슴을 가리키며 "이 가슴 속에 더러운 것이라곤 티끌만큼도 없다. 너희도 애비처럼 살아라!"하며 눈을 감았다. 참으로 고개 숙여지는 깨끗함이다. 그러므로 이 두 분은 깨끗한 부자요 가난한 부자였다. 그런데 이런 깨끗한 부자, 가난한 부자가 이 대한민국의 정승 판서(국무총리와 장관)중에 있었던가? 내 과문한 탓인지는 몰라도 아마 없지 않나 싶다. 한데도 조선조엔 깨끗한 청백리가 물경 217명이나 녹선(祿選)돼 나라를 바로 지켰다. 거의 모두가 앞에서 말한 유관과 손순효 같은 분들이었다. 그리고 내 또 묻거니와 이 대한민국의 고관대작들이 임종할 때 자식들을 불러놓고 "이 애비 가슴 속에 더러운 것이라곤 티끌만큼도 없다. 너희도 그렇게 살아라!"하며 눈을 감은 이가 한 사람이라도 있었던가? 없다. 단연코 없다. 아무리 기억을 더듬어 봐도 이런 고관대작은 한 사람도 없었다.

나는 강력히 주장한다. 깨끗하지 못한 사람은 정치를 해서는 안 된다고. 이는 공직, 교육과 함께 신문 방송도 마찬가지여서 봉투나 챙기며 적당히 어물어물하는 무리들은 당장에 물러나야 한다. 이 세상 어천만사 중 깨끗하게 산다는 것보다 더 잘 사는 게 어디 있으며 더 큰 재산이 어디 있겠는가. 깨끗하게 산다는 것. 욕심 없이 산다는 것. 이는 가난하면서도 부자로 사는 인간 최고의 가치다. 깨끗하지 못한 자들은 물러나야 한다.

1990. 7. 27.

불가불가(不可不可),
불가불 가(不可不 可)

　　조선왕조가 일제의 강압에 의해 대한제국이 되고 대한제국이 을
사조약으로 맥수지탄(麥秀之嘆)의 위기에 처해 풍전등화가 됐을
때 한규설, 민영기, 이하영 등 바른 선비 각료들은 죽음으로 이를
반대해 불가불가(不可不可)를 외쳤고, 일신의 영달과 영화를 꾀해
안심입명하려는 이완용, 박제순, 이지용, 이근택, 권중현 등 을사오
적(乙巳五賊) 매국노들은 지조를 팔아 훼절함을 정당화시키기 위
해 불가불 가(不可不 可)를 주장했다.

　　여기서 불가불가란 말할 것도 없이 「안 된다」, 「옳지 않다」는 뜻
으로 절대 그럴 수 없음을 나타낸 말이다. 더욱이 불가를 한 번도
아니요 두 번씩이나 강조함으로써 「안 되고 옳지 않음」을 최대한
드러낸 것이다. 하지만 「불가불 가」는 「부득불」과 마찬가지로 이
중부정의 성격을 띠고 있어 그 뜻이 되레 타당으로 강조된다. 「...하

지 않을 수 없다」, 「...하지 않으면 안 되므로 마땅히」라는 뜻이니 꼭 해야 된다는 말이다. 이를 좀 더 자세히 살펴보면 띄어쓰기와 떼어 읽기에 따라 그 뜻이 완전히 달라진다 이런 말이다. 「불가불가」는 한 음절씩 붙여 쓰고 한 음절 씩 떼어 읽으면 절대 안 된다는 뜻이요, 「불가불 가」는 불가불은 붙여 쓰고 「가」만 떼어 읽으면 꼭 해야 된다. 또는 꼭 하지 않으면 안 된다로 해석이 되는 것이다. 이렇게 볼 때 목숨을 아끼지 않고 망해가는 나라를 구하려 애쓴 한규설 민영기 이하영 등의 애국지사들은 「불가불가」가 절대적이었고, 나라를 팔아 일신의 영예 영달을 꾀하려 했던 이완용 박제순 이지용 이근택 권중현 등의 을사오적 매국노들은 「불가불 가」가 마땅히 옳다고 주장했다.

조선조 효종 때의 학자 홍만종이 지은 순오지(旬五志)라는 책에 보면 녹비(鹿皮)에 가로왈(曰)이란 말이 나온다. 이는 사슴 가죽에다 가로 왈(曰)자를 써놓고 아래 위로(세로로) 당기면 날일(日) 자가 되고 옆으로 당기면 가로 왈(曰)자가 된다는 뜻이다. 이와 비슷한 해석으로 「이현령비현령(耳懸鈴鼻懸鈴)」이란 말도 있다. 이는 귀걸이 코걸이 식으로 귀에 걸면 귀걸이가 되고 코에 걸면 코걸이가 된다는 뜻이다.

그렇다. 「불가불가」든 「불가불 가」든 또는 「녹비에 가로 왈」이든 「이현령비현령」이든 해석 여하에 따라 그 뜻이 달라진다. 그렇기 때문에 본시 크게 간사한 신하는 그 아첨하는 수단이 매우 교묘한 법이어서 흡사 크게 충성된 신하처럼 보이기 마련이다. 그래서 여회는 송사(宋史)라는 책에서 이 같은 신하를 대간사충(大奸似忠)이라 못박았다.

요즘 이 땅에서 벌어지고 있는 꼬락서니를 보면 위에서 예시한 것들과 조금도 다르지 않다. 국회의원 뇌물 외유가 그렇고, 예체능계 대학 부정 입학이 그렇고, 수서지구 특혜 의혹 사건이 그렇다. 이들은 어쩌면 그렇게 하나 같이 짜기라도 한 듯 「불가불가」는 없고 「불가불 가」만 있는지 모를 일이다. 이들은 녹비에 가로 왈(曰) 자가 날일(日) 자도 되고 귀걸이 코걸이의 이현령 비현령도 마음대로 갖다 붙이고 그리고는 마침내 후안무치의 철면피처럼 뻔뻔하게 대간사충도 능사로 연출한다.

하지만 어디 또 이뿐인가? 나라 살림을 경영하고 국민생활을 책임져야 할 지도자들이 부정 비리 범법 탈법 위법 무법으로 횡행천지를 해 윤리와 도의를 송두리째 짓밟아버리니 그 밑에서 그들의 다스림을 받는 국민들이야 살기가 얼마나 힘들겠는가. 물론 다 그러면 나라는 망하겠지만 아직도 상당 부분은 지도자들을 닮아 향락, 사치, 퇴폐, 사기, 부정을 아무렇지 않게 저지르고 반윤리 반도덕 또한 서슴없이 자행하니 큰일이다. 우리는 여기서 저 창세기 19장에 나오는 이방의 마을 소돔과 사해의 남안 마을 고모라를 생각지 않을 수가 없다. 그래서 그 소돔과 고모라를 우리들의 당면 문제로 교훈삼지 않을 수가 없다.

소돔과 고모라가 망한 이유는 무엇인가? 다 알다시피 온갖 부정과 타락과 음모와 중상과 퇴폐와 성문란의 부도덕으로 하느님의 저주를 받아 망하지 않았는가. 날이면 날마다 방탕과 음탕과 향락과 탐욕과 부정만을 일삼아 노여워질대로 노여워진 하느님이 마침내 유황 불비로 멸망시켰던 소돔과 고모라. 한데 이 소돔과 고모라는 이제 남의 일이 아닌 우리 일이 되고 말았다. 왜냐하면 소돔과 고모라가 멸망하기 직전에 있었던 징조와 현상이 지금 여러 곳에서 너무도 많이 일어나고 있기 때문이다.

어쩔 것인가.

진실로 어쩔 것인가.

이 나라가 이대로 가다간 저 소돔과 고모라처럼 유황 불비를 맞지 않는다고 어찌 장담할 것인가. 이는 진정코 「불가불가」이지만 「불가불 가」가 될 수도 있는 일이다. 그러므로 우리가 살길은 「불가불가」며 「녹비에 가로왈이나」, 「이현령비현령」을 퇴치하는 길이며, 「대간사충」과 온갖 부도덕 반윤리를 척결하는 일이다. 만일 이를 지키지 않고 계속 이런 식으로 나아간다면 하늘이 결코 용서치 않을 것이다. 그러니 지도자들이여! 그리고 국민들이여! 우리 다같이 「불가불가」를 생활신조로 삼아 하느님의 저주와 노여움을 피하자.

1991. 1. 20.

분통 터져 못 살겠다

얼마 전 K라는 젊은 친구가 나를 찾아왔다. K는 속 터지는 일이 생길 때면 나를 찾아와 분통을 터뜨리는 친구였다. K는 다혈질의 비분강개파로 조그마한 불의 부정에도 흥분 잘하는 협객질의 젊은 이였다. 나는 이런 K를 높이 샀고 그래서 나이를 잊은 망년우(忘年友)로 준론(峻論)하기 여러 번이었다. 뿐만 아니라 K와 나는 잘못돼 가는 이 나라 장래를 걱정하며 통음도 여러 번 했다.

내가 K를 높이 사는 까닭은 나도 본시 부정 불의를 타기해 흥분 잘하는 협객질의 비분강개파인 터에 K가 요즘 젊은이들과는 달리 지기와 기개를 가지고 있기 때문이었다. 그날도 K는 나를 찾아오 자마자 대뜸

"선생님! 이놈의 세상이 왜 이 모양입니까? 부정을 해서라도 잘 만 살면 유능하고, 도둑질을 해서라고 돈만 벌면 대접 받는 세상입 니다. 지금 이 나라는 어느 한 구석 안 썩은 데라곤 없습니다. 이거

정말 분통 터져 못 살겠습니다."

하더니 양담배를 꺼내 뻑뻑 태워댔다. 나는 이런 K의 행동에 소
스라치게 놀라 어안이 벙벙한 채 K를 쳐다봤다. 전에 없는 양담배
의 끽연 때문이었다.

"아, 이 양담배요?　왜 양담배를 태우냐구요? 선생님! 이젠 양담
배를 태우기로 했습니다. 왜냐구요? 국산 담배는 질도 질이지만 이
놈의 나라 사랑할 가치가 없기 때문입니다. 보십시오. 겉으론 전부
애국을 찾고 입으론 모두 애족을 부르짖으면서도 하는 꼴은 하나
같이 도둑질만 합니다. 그런데 왜 병신처럼 질 나쁜 국산 담배를 태
웁니까, 예? 선생님?"

K는 흥분하고 있었다. 나는 말했다.

"이보게 K군! 그런다고 자네마저 이러면 되나. 부모가 불구라고
부모 아닐 수 없듯 미우나 고우나 내 나라는 내 나라 아닌가. 병신
자식일수록 더 보듬고 사랑해야지 병신자식이라고 구박하고 박대
하면 그 자식은 어찌 되겠나"

이날 우리는 추야장 긴긴 밤이 짧아라 통음했다. K가 막무가내
로 나를 해방시켜주지 않아서였다. 이러고 얼마 후, 정확히 말해
1992년 11월 18일 밤 8시 10분. K는 다시 나를 찾아왔다. K는 벌
써 어지간히 취해 있었다.

"선생님! 또 터졌습니다. 겉으로 애국하고 입으로 애족하는 이
나라 이 사회의 내로라하는 저명인사 9백25명이 1조 4백억 원이란
어마어마한 돈을 부도내고 도망가 화려하게 살고 계시답니다. 선

생님! 이 나라 우리 대한민국은 어찌 되는 겁니까? 정말 분통 터져 살 수가 없습니다. 내로라하는 저명인사 중엔 전직 장관을 비롯해 교육계 종교계 언론계 인사도 상당수랍니다. 선생님! 이 나라 우리 대한민국은 어찌 되는 겁니까? 정말이지 분통 터져 살 수가 없습니다. 겉으로 드러난 숫자가 이렇다면 드러나지 않은 채 속으로 곪은 숫자는 또 얼마이겠습니까?"

K는 연이어 줄담배를 태워댔다. 이날 K가 태우던 담배는 양담배가 아닌 국산담배였다. 나는 속으로 그러면 그렇지 했다. K가 다시 분통을 터뜨렸다.

"선생님! 장님이 사는 세상엔 눈 뜬 자가 병신이라죠? 어부사(漁父詞)에서 굴원(屈原)은 어부가 세상이 흐리면 따라 흐리고 탁하면 함께 탁한 것이 성인이 사는 법이라고 했을 때, 세상이 흐려도 나만 홀로 맑고 깨끗하겠노라한 채 멱파수에 빠져죽지 않았습니까? 이것이 그 유명한 거세개탁아독청(擧世皆濁我獨淸)이 아닙니까. 선생님! 지금 이 나라는 정치, 경제, 사회, 문화, 군사, 종교, 교육, 언론, 공직이 다 썩어 있습니다. 그런데도 하늘은 눈을 감은 채 수수방관하고 있습니다. 도대체 이 나라를 어찌해야 합니까. 굴원도 없고 제갈량도 없는 이 나라. 있느니 사기, 공갈, 중상, 모략, 시기, 질투, 협잡, 음해, 부정, 부패, 사치, 낭비, 퇴폐, 음란, 강간, 납치, 유괴, 폭력, 횡령, 살해가 어느 하루 없는 날이 없으니 대관절 이 나라는 어떻해야 합니까? 아무리 생각해도 캄캄절벽이라 희망이 없습니다. 도둑질을 해서라도 잘만 살면 된다는 이 저주 받은 사고 심리. 모로

가도 서울만 가면 된다는 이 통탄할 사회 풍조. 그래서 그렇게 못하는 게 병신취급 당하는 이 타기할 의식구조. 앙화가 있지. 천벌을 받지. 가치의 절대성이 수단 방법을 무시해도 돈만 벌면 된다는 이 세기말적 사고 앞에 무엇을 얘기할 수 있겠는가.

"선생님! 고절한 기개, 경개(耿介)한 기품이 그립습니다. 조대(措大)한 행위 개결한 생활이 그립습니다. 그런데 이런 사람, 이런 인사(人士)를 눈을 닦고 봐도 찾을 수가 없습니다. 어찌해야 하나요? 어찌 살아야 하나요? 이래도 이런 세상을 살아야 하나요? 선생님?"

K는 이날 밤 그예 울음을 터뜨리고 말았다. 나는 이 혼탁한 세상에 이런 젊은이(K같은)가 나에게 있다는 것 하나만으로도 충분히 살 만한 가치가 있다고 생각하며 K를 얼싸안았다.

1992. 11. 21.

국운 걸고 대수술 하라

도무지 분통 터지고 억장 무너져 견딜 수가 없다. 세상이 아무리 썩어 문드러져 는적는적한다 해도 최고의 지성과 양식을 가진 대학교수들이 이토록 쿠렁쿠렁 썩어문드러질 줄은 몰랐다.

대학교수들이 돈에 환장을 해 학생들을 부정 입학시키고, 돈 받아먹고, 대학교수들이 돈의 노예가 돼 학부형과 결탁을 해 돈을 받아먹다니. 세상에 그리고 이 하늘 아래 이런 부패도 있단 말인가. 발 뻗어 통곡하고 땅을 쳐 호곡한들 이 분통, 이 억장이 어찌 풀리랴. 너무도 어이없고 너무도 기가 막혀 차라리 망연할 뿐이다.

영국의 세계적인 문호 셰익스피어는 「예술인은 혼을 팔아 먹이를 구하지 말라」 했다. 이는 무슨 뜻인가? 예술은 순수하고 깨끗해야 하기 때문에 불순한 것이 섞여선 안 된다는 뜻이다.

그렇다면 예술이란 무엇인가?

예술이란 혼을 살라 열정의 그릇에 담는 표현행위로, 인간의 정신적 육체적 활동을 빛깔, 모양, 소리 등에 의해 미적으로 창조 표현하는 공간적 시간적 행위이다. 그러므로 예술은 순수해야 하고 깨끗해야 한다. 그런데 이러해야 할 예술이 썩어 문드러진 예, 체능계 교수들에 의해 형편없이 는적거리고 있다. 정치가 썩고 경제가 썩고 종교가 썩고 사회가 썩어 어디 한 군데 발 디딜 곳이 없으면 하다못해 교육이라도 깨끗해야 하는데, 교육이 한 술 더 떠 돈에 팔리니 이제 우리가 믿을 데라곤 아무 데도 없다.

하지만 썩은 게 어디 입시뿐인가?

교수 채용, 박사 학위 심사, 인턴 및 레지던트 선발 등을 둘러싼 뒷거래에서도 교수는 교수대로 재단은 재단 대로 「더러운 돈」 주워 담기에 혈안이라고 하니 이 나라는 대체 어찌 될 것인가. 가장 권위 있다는 서울대학에서조차 교수들이 돈 받아 먹고 부정입학시켰다함은 무엇을 뜻하는가? 돈 받아 먹고 부정입학시키는 바람에 합격해야 할 낙방생들의 억울한 하소연과 제보가 아니더라도 서울대 음대 입시 부정은 빙산의 일각이다. 어느 제보자는 전국의 모든 대학이 다 썩어 이대로 가다가는 이 나라가 망할 수밖에 없다는 강경론을 펴면서 정부가 운명을 걸고 발본색원하지 않으면 나라는 건질 방법이 없다 했다. 때문에 정부는 국운을 건 대수술로 초강경의 집도를 하지 않고는 이 나라를 구할 방법이 없다. 대단히 창피한 말이지만 일제가 이 나라를 강점하고 다스릴 때 뭐라고 말했는가. 일본말을 써서 미안하지만 그들은 우리나라 사람을 가리켜 「민나 도로보」라 했다. 민나 도로보가 무엇인가? 전부 도둑놈이란 뜻이다.

모두 도둑놈!

이 얼마나 창피막심하고 절치부심한 능멸인가. 우리는 이를 냉철히 받아 들여 대오각성 해야 한다. 그렇다. 지금 돌아가는 꼬락서니를 보면「민나 도로보」를 부정할 수 없다.

보라! 정치가 썩고 경제가 썩고 사회가 썩고 종교가 썩고 마지막 보루라는 교육과 언론마저 썩어 돈 밖에 모르니 어찌 이를 부정하겠는가. 교육을 한다는 사람들이 교육을 돈으로 사고 팔아 억울한 학생을 떨어뜨리고 대신 떨어져야 할 사람이 합격했으니 이런 기막힌 일이 어디 있으며 이들이 장차 또 무슨 짓거리를 하겠는가. 부정은 부정을 낳고 비리는 비리를 낳는다. 그러므로 교수나 학생이나 다 같이 부정하고 부패한 보균자로 부정의 악순환만 되풀이 될 것이다.

도대체 하늘이 무섭지도 않은가. 도대체 양심이 겁나지도 않은가. 이러고도 정직한 척 거드름을 피우고, 이러고도 깨끗한 척 권위를 세웠을 교수들!

거듭 말하거니와 정부는 차제에 전국의 대학을 이 잡듯 뒤져 부정의 소지를 캐야한다. 그래서 부정 혐의가 드러나는 교수는 그가 아무리 유능하다 할지라도 읍참마속(泣斬馬謖)해야 한다. 그렇지 않고 만일 표면에 드러난 몇 몇 대학만 조사해 처리한다면 교육정화는 기대난이다. 썩은 상처는 고름을 짜고 근을 도려내야지 겉 치료만 슬슬하면 도로 살아난다.

교수는 한 나라의 보배요 자산이다. 뿐만 아니라 한 나라의 희망이요 비전이다. 그런데 이런 보배 자산이 썩어 는적거리고, 이런 희망 비전이 썩어 쿠렁거린다. 정부는 기회 있을 때마다 '교육입국'을 노래하듯 말했다. 교육이 이 나라를 살려야 한다며… 그런데 그런 교육이 지금 어찌 돼 있는가?

교육부는 말할 나위도 없고 정부는 이 기회에 흥망의 단판걸이로 교육 부정을 뿌리 뽑아야 한다. 그리고 부정 관련 교수들에게 이르노니, 그대들은 오늘이라도 하늘에 절하고 대오각성하라!

1991. 1. 31.

천지(天知)지지(地知)
여지(汝知) 아지(我知)

십팔사략(十八史略)과 후한서(後漢書)의 양진전(楊震傳)에 보면 사지(四知)란 말이 나온다. 사지란 천지(天知)지지(地知) 여지(汝知) 아지(我知)로 하늘이 알고 땅이 알고 네가 알고 내가 안다는 뜻인데, 이 말이 생긴 것은 다음과 같은 연유에서다.

후한의 양진이라는 사람은 그의 해박한 지식과 청렴결백으로 관서공자(關西公子)라는 칭호를 들었다. 이런 양진이 어느날 동래태수로 부임하다 날이 저물어 창읍이란 곳에서 묵게 되었다. 이를 안 창읍 현령 왕밀이 밤이 깊자 양진을 찾아갔다. 왕밀은 양진이 형주자사로 있을 때 무재(武才)로 추천한 사람이었다. 왕밀은 양진이 혼자임을 알자 가지고 온 금덩이를 은밀히 꺼내 양진 앞에 내놓았다. 그러자 영진은 "나는 그대를 청렴한 사람으로 믿어왔는데, 그대는 나를 부정한 사람으로 보고 있구만!"하고 왕밀을 꾸짖었다. 그러자 왕밀은"지금은 한 밤중이라 아무도 아는 이가 없습니다."했다. 그리고는 금괴를 양진의 앞으로 가까이 밀어놓았다.

"아무도 아는 이가 없다니. 하늘이 알고 땅이 알고 그대가 알고 내가 아는데 어찌 아무도 아는 이가 없다고 하는고!" 양진은 이 말과 함께 금덩이를 왕밀에게 가까이 밀어놓았다.

중국 춘추시대 송나라에 청렴하기로 유명한 대부가 살고 있었다. 대부의 이름은 희(喜)요 성은 낙(樂)이었다. 대부의 자(字)는 자한(子罕)이요 벼슬은 사성(司成)이었다. 그런데 어느 날 이 자한에게 보옥을 가져온 관리가 있었다. 물론 이 보옥은 뇌물이었다.

"나으리! 이 보옥을 받으소서. 이 보옥은 아주 값진 것이옵니다."

엽관배는 보옥을 두 손으로 받쳐 자한의 앞에 놓고는 큰절을 했다.

"그래? 그렇다면 이 귀한 보옥을 자네나 가지지 왜 나에게 주나?"

자한은 보옥을 거들떠보지도 않고 말했다.

"예, 하도 귀한 것이오라 나으리께 바치고 싶었사옵니다. 원컨대 소관의 원이오니 받아주옵소서."

엽관배는 두 손을 맞잡은 채 저두굴신했다.

"소용없으니 가져가게."

자한은 여전히 보옥을 거들떠보지도 않았다.

"아니옵니다. 나으리!"

엽관배는 힌결같이 저두굴신했다.

"어허, 가져가라는데도 웬 말이 그리 많은가. 안 가져갈텐가?"

양진이 소리를 버럭 질렀다.

"나으리, 혹시 이 보옥이 마음에 안 드셔서 그러시는지요? 다른 보옥을 구해드리면 되겠는지요?"

"어허 이 사람 참! 나는 탐내지 않는 것을 보배로 알고 있고 그대는 보옥을 보배로 알고 있으니 내가 만일 이 보옥을 받으면 우리 두 사람은 다 같이 보배를 잃고 말아. 그러니 우리 서로 자기가 좋아하는 보배를 갖도록 하세!"

이 이야기는 춘추좌씨전(혹은 좌전이라고도 함) 양공 15년조의 「몽구(蒙求)」란 책에 나오는 자한사보(子罕辭寶)의 고사로서 화는 탐하는 마음보다 더 큰 것이 없다는 화막화어탐심(禍莫禍於貪心)을 일컬음이다.

채근담에서는 말하기를 사람이 자칫 시장 바닥의 거간꾼으로 전락하면 깨끗이 살다 더러운 구렁텅이에 떨어져 죽는 것만 같지 못하다 했다. 사서의 하나인 「대학(大學)」에서도 이와 비슷한 말이 있는데 이 책에서 맹헌자는 「벼슬아치의 집에서는 백성의 재물을 거둬들이는 부하를 기르지 않아야 하며 만일 백성의 재물을 거둬들이는 부하가 있다면 차라리 도둑질 하는 부하가 낫다」고 했다.

그렇다. 사지(四知)나 자한사보가 아니라할지라도 위의 말들은 모두 좌우명으로 삼을 만한 금과옥조다. 그리고 이 두 고사는 또 세상엔 비밀이 없음을 보여주고 있다. 그런데도 사람들은 딱하게 비밀이 보장될 줄 알고 뇌물을 잘 받는다.

건축사 시험문제 유출로 돈 받아먹은 공무원이 그렇고, 시험문제 몰래 빼돌려주고 돈 받아먹은 대학교수가 그렇고, 해외여행갈 때 자비로 간다해 놓고 10만 달러라는 막대한 돈을 받아 그 돈으로 해외여행을 다녀온 3명의 국회의원이 그렇다.

　사람이 추하고 더러워지는 요인은 크게 보아 두 가지다. 그것은 바로 돈과 권력이다. 돈을 지나치게 밝히는 사람치고 부정하지 않는 사람 없고, 권력을 지나치게 좋아하는 사람치고 추하지 않은 사람 없다. 그러므로 돈과 권력은 뗄래야 뗄 수 없는 상관관계요 떨어질래야 떨어질 수 없는 연관관계에 있다. 권력이 금력이요 금력이 권력이라는 등식이 다 이런 논리에서 성립되기 때문이다. 우리가 잘 아는 정경유착도 따지고 보면 이같은 맥락에서 비롯되는 것이다.

　세상엔 비밀이 없다. 하늘이 알고 땅이 알고 네가 알고 내가 아는데 어찌 비밀이 있을 수 있겠는가.

　추악한 타락자들이여! 그래서 마침내 더러워진 자들이여! 그대들은 이제부터라도 저 양진의 사지와 자한의 사보를 좌우명으로 삼으라!

1991. 1. 24.

짐승 보기가 부끄럽다

요계지세(堯季之世)로다. 요계지세. 요계지세가 무엇인고? 세상의 인심이 메마르고 도의 도덕이 땅에 떨어진 말세가 요계지세다.

집안이 망하려면 수염 난 며느리가 들어오고, 동네가 망하려면 철부지 애동장이 난다더니 지금이 꼭 그 격이다. 아니 어장이 망하려면 해파리만 꼬이고, 마방이 망하려면 당나귀만 들어온다더니 지금이 꼭 그 형국이다. 안 그렇고야 어찌 이렇듯 해괴한 짓거리가 인간 세상에 횡행할 수 있겠는가. 예절과 체면과 도덕과 윤리를 중시하는 인간들에게서 말이다. 참으로 부끄러워 얼굴을 들 수가 없다. 너무도 기막히고 어이없어 붓으로 옮기기조차 민망하다.

보도에 다르면 예의지국(禮儀之國)이라 자처하는 우리 나라가 지금 유럽이나 일본 등지에서 행해지고 있는 부부 또는 애인 바꾸기 성관계 속칭 스와핑이 은밀히 이뤄지고 있다 한다. 그런가 하면

3명 이상의 집단 성관계(그룹 섹스) 등 변태적인 성행위도 등장해 성도덕의 붕괴가 짐승만도 못한 지경에 이르러 있다 한다. 이같은 변태 성행위는 PC통신을 통해 회원을 모집, 공공연히 이뤄지고 있다는데 이것이 사실이라면 어즈버 세상은 이제 인간세상이 아니라 짐승 세상이 되고 만 것이다. 아니 짐승만도 못한 세상이 되고 만 것이다. 세상의 어느 짐승이 제 짝을 바꿔 교미를 하며 흘레를 하는가. 세상의 어느 짐승이 남의 짝을 바꿔서 교접을 하고 짝짓기를 하는가.

S 시스템에서 사옥관리소장 ID 커플장이라는 직업에 종사하는 전모 씨(38)는 며칠간 한 PC통신 대화방에서 「부부교환클럽」 회원을 모집, 3만 원에서 10만 원까지 가입비를 받고 부부 교환 성관계와 집단 성관계 등을 주선했다니 이러고도 우리가 어찌 사람이라 할 수 있을 것인가. 이들은 이러고도 모자라 「부부 교환클럽」 코너를 개설, 1백64명에게 「10만 원을 내고 회원으로 가입하면 집단 성관계, 섹스 감상회 등을 할 수 있다」며 가입을 권유, 남녀 회원 17쌍을 모았고 지난 6월에는 서울의 모 호텔에서 자신의 애인 최모 씨(31)와 회사원 신모 씨(32) 등을 관계시켜 집단 성행위를 맺게 했다. 그리고 또 7월에는 서울의 모 대학 박모 씨(25), 박 씨의 애인 임모 씨(28.여) 등과 상대를 바꿔 성관계를 갖는 등 추잡한 짓거리로 여러 차례에 걸쳐 쾌락을 누렸다니 이들은 아마도 사디스트가 아니면 매저키스트인 모양이다. 그렇지 않고 정상적인 사고의 소유자들이라면 이런 일은 결코 없을 것이다.

검찰이 밝힌 바에 의하면 변태 성행위에 참가한 커플 가운데는 부부가 두 쌍, 애인이 두 쌍이었으며 17쌍의 회원은 주로 20대 중반에서 30대 중반의 직장인이라고 하는데 이들 중에는 방송국 프로듀서, 병원 레지던트, 대학 교직원 등이 포함돼 있어 확인 중에 있다고 한다.

자, 사태가 여기에 이르고 보면 우리는 이제 인간이라 할 아무런 건덕지도 없다. 인간이 인간다울 수 있는 것은 도덕적 규범이나 윤리 행위에 있는 것인데 그 도덕적 규범과 윤리 행위가 송두리째 무너져버렸으니 어찌 인간이랄 수 있겠는가. 그렇다고 우리는 지금 열녀는 두 지아비를 섬기지 않는다는 열녀 불경이부(烈女不更二夫)나, 한 마리 말 등에 두 개의 안장을 얹을 수 없듯 한 여자가 두 남자를 섬길 수 없다는 일마불피양안(一馬不披兩鞍) 같은 공맹(孔孟)시대의 케케묵은 부도(婦道)를 말하는 건 아니다. 그리고 또 아침에 도(道)를 들어 깨달으면 저녁에 죽어도 좋다는 조문도석사가의(朝聞道夕死可矣)나, 목이 말라도 도천(盜泉)의 물은 마시지 않는다는 갈음도천수(渴飮盜泉水)의 엄격한 도덕률을 말하려는 것도 아니다. 그러나 우리는 최소한 어떤 것이 인간의 길이며 어떻게 하는 것이 인간의 행위라는 것쯤은 알아야 한다.

아아, 이제 우리는 짐승만도 못한 세상에서 짐승만도 못한 짓거리를 하며 살고 있다. 시퍼런 하늘이 저리 내려다보고 있는데도…

1998. 10. 22.

우리들의 아포리즘

가난을 파는 사람은 돈에 팔리고 애국을 파는 사람은 적에게 팔린다. 아무리 부자라도 죽을 땐 굶어 죽고, 아무리 가난해도 죽고 나면 돈이 남는다.

지난날엔 도도삼강(盜道三綱)이란 게 있어 도둑들도 과부와 고아, 효자와 열녀, 신당과 절간은 도둑질을 하지 않았다. 이게 그 유명한 도도삼강이다.

명나라의 학자 양신(楊愼)은 벌은 임금을 받드는 군신(君臣)의 충(忠)이 있고, 까마귀는 어버이를 받드는 효가 있고, 닭은 모이를 같이 먹는 붕우(朋友)의 정이 있고, 기러기는 절개를 지키는 부부의 별(別)이 있다고 했다.

마르코스 전 필리핀 대통령은 죽기 전 하와이에서 50억 달러를 낼 테니 필리핀에서 살게 해 달라 했다. 이런 마르코스를 기네스북은 세계 최고의 도둑이라 기록해 놓고 있다.

독일의 시사주간지 슈테른은 최근 한국의 전두환, 노태우 두 전직 대통령을 「세계 8대 사기꾼」의 반열에 올려놓고 나이지리아의 사니 아바차 대통령을 1위로, 노태우, 전두환을 각각 2위와 3위에 랭크 시켰다. 오, 장할씨고 대한의 남아여! 그리고 대한의 원수(元首) 혹은 원수(怨讐)여!

우주에서 바라보는 지구는 하나의 티끌에 지나지 않는다. 티끌 속에서 영웅호걸이 어디 있느냐. 가소롭도다. 6개국을 통일한 진시황도 정복자 나폴레옹과 알렉산더 대왕도 물거품 위의 물거품이다. 허황된 꿈속에 하잘것없는 욕심 버리고 잠에서 깨어나 저 종소리를 들어라.
　　　　　　　　　　　　　　 － 1986년 이성철 종정의 신년 법어

겁쟁이는 죽을 때까지 몇 번이고 죽지만 용기 있는 사람은 단 한 번밖에 죽지 않는다.
　　　　　　　　　　　　　　 － G.엘리어트의 길필 씨의 사랑이야기

루이 14세는 「짐이 즉 국가이다」라고 말한데 반해 프리드리히 2세(프로이센)는 「짐은 국가 제일의 공복(公僕)이다」라고 말했다.

황제 시이저도 죽어서 흙이 되면 그 흙으로 바람을 막기 위해
서 구멍을 막을지도 모른다. 오오, 일찍이 세계를 두려움에 떨게
하던 그 흙이 겨울의 틈사이 바람을 막기 위해서 벽을 수리하는
것이 될 줄이야

– 셰익스피어 햄릿

역경에서 행복했던 시절을 생각하는 것보다 더 큰 슬픔은 없다.

– 단테의 신곡(神曲)

최대의 범죄는 욕망에 의해서가 아니라 포만(飽滿)에 의해서
야기된다.

– 아리스토텔레스 정치학

돈은 비료와 같은 것. 살포하지 않으면 아무런 소용이 없다.

– 베이컨 수상록

정직은 최고의 정책이다.

– 세르반테스 돈키호테

군자는 정의에 밝고 소인은 이재에 밝다.

– 논어 이인편(里仁篇)

삼권(三權)을 한 손에 쥐고 고을을 다스렸던 목민관들은 그 세도
와 권한으로 대단한 치부를 했다. 그러나 청백했던 목민관들은 이
두이변(二豆二邊)이라 하여 밥상에 국, 김치, 간장, 된장의 네 가지
이상의 반찬은 놓질 않았다. 뿐만이 아니다. 흉년이 들거나 나라에

무슨 변고가 생기면 임금은 근신하는 뜻으로 몸소 수라상에 음식의 가짓수를 줄였다. 이를 감선(減膳)이라 한다.

예로부터 백성은 나라의 근본이요, 군주의 하늘이다.

청백한 선비는 작록(爵祿)으로 얻을 수 없고, 절의(節義) 있는 선비는 형벌이나 위엄으로 위협할 수 없다.
— 태공망(太公望)의 병서삼략(兵書三略)

모세의 율법이 가장 문란했을 때 저 유명한 솔로몬의 사원이 세워졌고, 가톨릭이 결정적으로 부패했을 때 저 웅장 화려한 베드로 성당이 세워졌다.

아름다운 청년

얼마 전 목욕탕에서의 일이었다.

그날 나는 오랜만에, 참으로 오랜만에 아름다운 광경 하나를 목도하고 기분이 장히 좋았다. 그날 내가 목도한 것은 어느 청년의 노인 공경이었다. 그날 나는 목욕을 다 끝내고 막 욕탕을 나오려는데 웬 할아버지 한 분이 들어오셨다. 얼핏 보아도 80세는 돼 보이는 어르신이었다. 할아버지는 욕탕에 들어오시자마자 곧장 욕조의 온탕으로 들어가셨는데 이때 온탕에는 20대의 청년 한 사람이 들어앉아 있었다. 할아버지는 온탕에 몸을 담그시며 "어, 시원타, 어, 시원타"소리를 몇 번 하시더니 청년에게 무슨 말인가를 했다. 그러자 청년이 큰소리로 "예, 할아버지. 예, 할아버지"하고 마치 혀의 침처럼 고분거렸다.

나는 처음 이 할아버지가 청년의 친할아버지인 줄 알았다. 청년이 할아버지께 깍듯이 대할 뿐만 아니라 말끝마다 "예, 할아버지.

예, 할아버지"하고 공손히 대했기 때문이었다. 그러나 할아버지는 청년의 할아버지가 아니었다. 그것은 할아버지가 욕조에서 나오며 청년에게 "여보게 젊은이, 내 등 좀 밀어주겠나?" 하는 말로써 알 수 있었다.

"예, 할아버지"

청년은 흔쾌히 대답하며 할아버지를 번쩍 안아다 샤워기 앞에 앉히더니 등을 밀기 시작했다.

아하, 참으로 아름답고 보기 좋은 풍경이로구나!

나는 나가려던 발길을 잠시 멈추고 청년을 지켜보았다. 청년의 노인 공경이 너무도 아름다워서였다. 나는 노인의 등을 정성껏 미는 청년을 한동안 바라보다 청년에게 다가가 "참 보기 좋소. 참 아름답소. 고맙소. 정말 고맙소!"하고는 밖으로 나와 음료수 두 병을 사서 노인과 청년의 손에 들려주었다. 그런 다음 청년의 어깨를 두어 번 두들겨 주고 밖으로 나왔다. 생각할수록 청년이 미쁘고 갸륵해 업어라도 주고 싶었다.

얼마 전 강원도의 어느 목욕탕에서 손자뻘 되는 청년이 할아버지뻘 되는 노인에게 등 좀 밀어 달라 했을 때 이를 거절하자 청년은 앙심을 품고 밖에 나와 기다렸다가 노인을 구타한 어처구니없는 패륜이 있었다. 나는 처음 이 사건을 떠올리고 탈의실로 나가려던 발길을 멈추고 이들을 지켜봤다. 만일의 경우 노인에게 불미한 일이 생기면 도와드릴 양으로… 귀때기 새파란 녀석이 노인에게 담뱃불 달라 했을 때 거절하면 폭행하고, 어쩌다 눈길이 마주쳐 쳐다

보면 왜 쳐다보느냐며 시비를 거는 이 못된 세상에 남의 노인을 "예, 할아버지. 예, 할아버지"하며 등 밀어드리는 청년은 무슨 말로 칭찬해도 모자랄 지경이다. 공중전화 오래 건다고 사람을 죽이고, 살인기록을 세워 기네스북에 오르기 위해 불특정 다수를 무차별 살육하고, 그래도 모자라 제 부모를 시해하고, 제 남편을 살해하고, 제 아내를 살해하고, 제 친구를 살해하고, 그러다 마침내는 사람을 죽여 태워서 그 인육까지 먹어가며 인간 백정 노릇을 하는 이 짐승만도 못한 인간 세상에 남의 노인을 입의 침처럼 굴며 등 밀어드린 청년은 너무나 아름다워 눈물겨울 지경이다. 자식이 부모께 효도함이 당연한 도리요 젊은이가 노인을 공경하는 것 또한 당연한 도리임에도 왜 그 청년이 이토록 아름답게 보였을까. 이 세상의 인간 행위 중 뭐가 아름다우니 뭐가 아름다우니 해도 부모께 효도하고 웃어른께 깍듯이 대하는 것 이상 아름다운 게 어디 또 있겠는가. 그날 나는 집에 와 생각하니 그 청년이 어디 사는 무엇하는 누구인지 이름이나 알아두기 위해 목욕탕으로 헐레벌떡 달려갔지만 청년은 물론 노인도 안 계셨다. 그날 이후 나는 사람들이 많은 터미널이나 시장 통, 식당이나 행사장에 가면 그 청년을 만날까 싶어 목을 뺀다. 그런데도 그 청년은 몇 년째 만날 수가 없다. 그래 나는 그 청년이 군에 입대했거나, 타처에 가 취업을 했거나, 타처에서 친척집에 다니러왔다가 목욕탕에 왔거나 했을 것으로 결론을 내리고도 그 청년 찾기를 포기하지 않고 있다. 포기가 뭔가. 나는 「청년 김 석훈」이란 제목으로 소설(단편)을 써서 2000년 1월에 출간한 소설집 「아,

이제는 어쩔꼬!」에 수록까지 했다. 그 청년이 이 소설집 읽기를 간절히 바라면서….

1999. 1. 20.

지금 '한국정신'은 무엇인가?

정신이란 무엇인가?

정신을 일반론적으로 풀이하면 '마음이나 생각' 또는 '영혼'이라 할 수 있다. 그러므로 정신은 '의식'이라고도 부를 수 있고 '얼'이나 '넋'이라고도 부를 수 있다. 그러나 이 정신은 구체적 외연(外延)으로 풀이하면 물질이나 육체에 대한 마음의 일컬음과 지성적 이성적 능동적 목적의식적 능력이 정신일 수도 있다. 그리고 형이상학(形而上學)에서 헤겔이 말한 대로「만물의 이성적 근원」이 정신일 수도 있다. 이만큼 '정신'은 중요해 우리 인간을 인간일 수 있게 하는 가장 절대한 존재 가치다.

그런데 이 절대한 존재 가치를 지금 우리는 송두리째 잃어버린 채 신념(철학)없는 망석중이처럼 살고 있다. 안타까운 일이 아닐 수 없다. 고구려 때는 상무(尚武)정신이, 신라 때는 화랑(花郞)정신이, 조선조 때는 선비정신이 그렇게도 도도히 흘러 대하장강(大河長

江)을 이루더니 이제는 참혹하게도 이기(利己)와 공리(功利)와 명리(名利)와 재리(財利)와 출세와 탐욕과 훼절(毁節)과 실정(失貞)으로 탈바꿈을 해 요령과 아첨과 교언(巧言)과 영색(令色)에 탐닉하고 그래도 모자라 불법 탈법 위법 범법을 능사로 하는 부정부패 비리 부조리가 판을 치며 찰나주의적(刹那主義的) 관능에 빠져 허우적이고 있다. 상무정신의 의연한 기개와 화랑정신의 당당한 기백과 선비정신의 대쪽 같은 올곧음은 다 어디로 갔는가. 찾아야 한다. 찾아야 한다. 하루 빨리 우리 정신을 찾아야 한다. 선비정신을 중히 여겨(自主) 남의 것(外來文化)을 좋은 점만 캐 들이는(받아들이는) 자주채서적(自主採西的) 선비정신을 찾아야 한다.

보라! 미국은 아직도 개척정신이라 일컬어지는 「프런티어 스피릿」이 전 미국민에게 있고, 영국은 여태도 「젠틀맨십」과 「페어플레이」, 그리고 「기사도 정신」이 맥맥히 흐르고 있다. 독일은 「근검절약정신」이 생활철학으로 돼 있고 프랑스는 콧대 높은 「국어사랑정신」을 파리장과 파리젠느의 가슴마다 아로새겨 놓고 있다.

뿐만이 아니다.

희랍은 아직도 「스파르타정신」이 면면하게 흐르고, 이스라엘은 2천년 동안이나 광야를 떠돌며 박해 받은 민족답게 잃어버린 고토(故土) 팔레스타나를 찾자는 「시오니즘」을 지금껏 국시(國是)처럼 내걸고 있다.

그렇다면 우리의 인접국인 중국과 일본은 어떤가. 중국은 태평천국의 난(太平天國之亂) 이후 일어나기 시작한 양무운동(洋務運

動)을 반대하고 그 기운을 완화하기 위해 중국 본래의 학문인 유학
은 변함없이 숭상하되 부국강병을 위해서는 근대의 서양 문명을
크게 섭취 이용해야 한다며 중체서용론(中體西用論)을 부르짖었
고, 일본은 「야마또다마시」라는 일본혼(日本魂)과 대화혼(大和魂)
을 제일의(第一義)로 내걸고 여기에다 또 매사에 힘쓰자는 완장정
신(頑張精神)의 「간바레 정신」을 국시처럼 내걸었다. 간바레 정신
은 지금도 변함없이 일본인의 정신 깊이 박혀 있다.

그런데 선비의 나라요 군자의 나라요 예절의 나라라는 우리는
지금 상무정신도 화랑정신 선비정신도 없어진 지 오래여서 정신적
무적아(無籍兒) 상태에 있다. 안타까운 일이 아닐 수 없다.

대개 한 사회의 정신은 한 나라의 정신이 되고 한 나라의 정신은
한 민족(국민)의 정신이 된다. 때문에 한 사회와 한 나라가 어떤 정
신을 가지느냐로 그 나라의 운명은 결정지워진다. 이것이 혼이요
얼이요 넋이요 정신(의식)이다. 그래서 헤겔은 정신을 '만물의 이성
적 근원'이라 했는지도 모른다. 끝으로 월남 이상재(李商在) 선생의
「청년이여」한 대목을 인용하며 이 글을 마친다.

정신이라 함은 공성(孔聖)의 가르친 바 양성(陽性)이요, 기독(基
督)의 논한 바 영혼이라, 정신이라야 능히 호흡의 생명과 시청(視聽)
의 이목과 활동의 수족을 사용하나니, 이목이 아무리 청명하고 수
족이 아무리 민활할지라도 정신이 없는 즉, 이목 수족은 사토후목
(死土朽木)과 동귀(同歸)하여 주인 없는 공옥(空屋)과 같으리로다.

2000. 2. 2.

마, 매천 황현(梅泉 黃玹)

문화관광부가 8월의 문화 인물로 매천 황현(梅泉 黃玹)을 선정했다. 황현은 잘 알다시피 1910년 한·일합방이 되자 국치(國恥)의 통분을 못 이겨 절명 시 4편을 남기고 음독 자결한 분이다. 그 절명 시 4편 중 3편의 마지막 구절이 추등엄권회천고(秋燈掩卷懷千古), 난작인간식자인(難作人間識字人)으로, 가을 등불에 읽던 책 덮어두고 천고의 옛일 생각하니, 인간으로 태어나 식자인(선비) 노릇 하기 어렵다는 유명한 대목이다. 이 대목을 읽을 때면 머리가 절로 숙여져 옷깃을 여미지 않을 수가 없다.

저 당송 팔대가(唐宋八大家)의 한 사람이던 북송의 대시인 소동파(蘇東坡)도 일찍이 인생식자우환시(人生識字憂患始)라 하여 사람으로 태어나 글을 안다는 게 벌써 근심의 시작이라 술회해 선비(식자인)의 길이 지나함을 일러왔다. 그래서 논어에서도 사이회거 부족이위사의(士而懷居 不足以爲士矣)를 설파했는지도 모를 일이다.

선비가 편안히 살기만을 바란다면 이는 이미 선비라 할 가치가 없다고 한 사이회거 부족이위사의. 이 얼마나 치열한 앙가쥬망인가.

한반도 조선이 왜국에 먹힐 조짐(을사조약)이 보이자 이를 반대, 뜻을 못 이뤄 비분강개 자결한 선비는 황현 말고도 많았다. 이를 생각나는 대로 적어보면 계정 민영환(桂庭 閔泳煥), 산재 조병세(山齋 趙秉世), 호운 홍만식(湖雲 洪萬植)을 들 수 있고 '나라로 하여금 자주의 권리를 회복하고 백성이 종자를 바꾸는 화를 면해야 한다(使國復自主之權 民免易種之禍)'면서 의병을 모집, 왜구와 싸우다 체포되어 쓰시마도(對馬島)에서 아사 순국(餓死殉國)한 면암 최익현(勉庵 崔益鉉)도 다 인간으로 태어나 식자인 하기 어려움을 보여준 선비들이다. 「내 나라는 한국뿐이요, 내 민족도 한국뿐이다(吾土韓國也 吾族韓族也)」라고 분연히 외치며 궐기한 의암 유인석(毅庵 柳麟錫)도 다를 바 없는 선비다.

을사조약 체결 당시 일본의 이토히로부미(伊藤博文)는 조선(한국) 각료들을 위협하는 전대미문의 개별 신문으로 조약의 찬반 가부를 물을 때 을사오적(이근택, 이지용, 권중현, 이완용, 박재순)들은 선선히 찬성했으나 한규설, 민영기, 이하영 만은 죽기로 반대했다. 그러나 한규설을 뺀 민영기와 이하영은 합방이 되자 일본 정부가 주는 작위를 받아 거들먹거렸다. 민영기는 남작(男爵)에 봉해졌고 이하영은 자작(子爵)에 봉해졌다. 한데도 한규설만은 작위를 거절, 남작이란 작위를 거들떠도 안 봤다.

을사조약이 굴욕적으로 체결되자 이를 세상에 제일 먼저 알린

이는 황성신문 사장 장지연(張志淵)이었다. 그는 황성신문에 '시일야 방성대곡(是日也 放聲大哭)'이라는 사설을 써 2천만 국민의 노예화를 탄식했다. 이 논설이 세상에 알려지자 뜻있는 선비들은 하늘을 우러러 탄식했고 땅을 치고 통곡하면서 더러는 맥수지탄(麥秀之嘆)의 시를 짓고 더러는 자문(自刎) 또는 음독으로 자결을 했다.

이는 무엇 때문인가.

글, 글을 알기 때문이다. 아니 글 아는 선비가 나라 망하는 맥수지탄에 죽음으로 항거한 때문이다. 나라의 위태로움을 보면 목숨을 내놓아야 한다는 견사위치명(見士 危致命)의 선비정신을 실천했기 때문이다.

글, 글을 안다는 괴로움. 글을 안다는 어려움. 글은 왜 배우는가. 인간 노릇 제대로 하기 위해 배우는 것이다.

어느 것이 옳고 어느 것이 그른가를 바로 알기 위해 배우는 것이다. 선악(善惡) 미추(美醜) 시비(是非) 곡직(曲直) 정(正) 부정(不正) 의(義) 불의(不義)를 알아서 행하기 위해 배우는 것이다. 그런데 지금은 어떤가? 최고학부를 나왔다는 사람들이, 최고의 지성을 가졌다는 지식인들이 최고학부를 나온 값을 하고 최고 지성을 가진 값을 하는가? 이 나라는 지금 많이 배운 사람들이, 많이 배워 똑똑하다는 사람들이 망쳐 놓다시피 하고 있다. 나라를 송두리째 망치다시피 한 사람도 많이 배운 사람이요 나랏돈을 수천억씩 먹고도 되레 큰소리치는 사람도 많이 배워 잘난 사람들이다.

아, 황현 선생!

이달의 문화 인물로 선정된 황현 선생께서 어쩌면 지금 지하에서 통곡하고 계실지도 모르겠다.

1999. 8. 5.

국민은 지금 복장을 친다

나는 지금 부도옹(不倒翁) 나폴레옹의 말발굽 아래 무참히 짓밟혀 피폐할 대로 피폐한 국민의식에 호소, 「독일 국민에게 고함」이라는 비장한 경세문(警世文)을 쓴 베를린대학 총장 피히테와, 간신배 근상(靳尙)과 그 측근들이 회왕(懷王)에게 중상모략, 회왕으로부터 내침을 당한 굴원(屈原)이 「이소경(離騷經)」과 「회사부(懷沙賦)」의 절명사(絶命辭)를 쓰고 멱라수에 몸을 던져 고기밥이 된 그런 비분한 심회로 이 글을 쓴다. 그러니 이 나라에 국록을 먹는 모든 이속(吏屬)들은 정신 똑바로 차리고 이 글을 읽기 바란다.

대저 국록이란 무엇인가. 관인, 관원, 관작(직)에 있는 사람들이 나라로부터 받는 녹봉(봉급)이 국록이다. 그렇다면 이 국록은 누가 주는가. 백성(국민)들이 낸 세금을 나라가 관리했다가 주는 것이다. 그러니까 백성은 벼슬아치들의 상전이요, 벼슬아치는 백성의 종(공복)이다. 그러므로 이는 뚜렷한 주종(主從)관계여서 백성이 이속을 부리고 또 부려먹을 권리가 있다. 그래서 한국판 민약론(民約論)이라 할 수 있는 다산(茶山)의 목민심서(牧民心書)는 「목자(牧者)가 백성을 위해 존재하는가, 백성이 목자를 위해 존재하는가?」 묻고는 「아니다. 단연코 아니다. 목자는 백성을 위해 존재한다.」고 했다 이럼에도 다산은 「민이토위전(民以土爲田) 이이민위전(吏以民爲田) 이라 하여 백성들은 토지를 밭으로 삼는데 이속들은 백성을 밭으로 삼는다.」했다.

좀 어려운 말로 승관발재(昇官發財)란 게 있다. 그리고 탐관오리 망국지상(貪官汚吏亡國之像)이란 말도 있다. 전자는 벼슬(지위)이 높으면 높을수록 재물(뇌물)도 그만큼 더 생긴다는 뜻이요, 후자는 썩은 벼슬아치는 망국의 상징이란 뜻으로 시경(詩經)에 나오는 만고 불후의 명언이다. 사서(四書)의 하나인 대학이라는 책에는 맹헌자(孟獻子)가 「벼슬아치의 집에서는 백성의 재물을 거둬들이는 부하를 기르지 않아야 한다. 만일 백성의 재물을 거둬들이는 부하가 있다면 차라리 도둑질 하는 부하가 났다.」했고 채근담에서는 「이속(공직자)들이 자칫 한 번 뇌물을 먹고 몸을 시장바닥의 거간꾼으로 전락시키면 이는 깨끗이 살다 더러운 시궁창에 떨어져 죽는 것만 못하다.」했다. 벼슬아치(공직자)의 뇌물(부정부패와 비리)이 얼마나 추하고 더러우면 이런 말이 나왔겠는가.

청와대의 청소원(위생과 기능직 8급) 이윤규(36)라는 사람이 요즘 한창 말썽이 되고 있는 한국 디지털디자인 사장 정현준(鄭炫埈)으로부터 10억 원의 뇌물을 받았다고 한다. 받은 사람이 간이 큰 건

지 주는 사람이 골이 빈 건지 그건 잘 모르겠으되 하여간 일은 난
일이다. 청소부가 과장이라 속인 것도 문제가 있지만 청와대라면
무소불능(無所不能) 무소불위(無所不爲)로 알아 돈을 덥석 주는 데
도 문제가 있다. 어쩌다 이 나라가 이 지경이 되었는지 땅을 칠 노
릇이다. 최하위직 청소부가 이럴진대 고위직이야 얼마나 큰 돈을
먹었겠느냐가 세간의 한결 같은 여론이다. 도대체 이 나라가 산으
로 가는지 바다로 가는지 알 수가 없다. 아니 이러고서도 나라가 망
하지 않은 게 희한하다. 서민은 단돈 몇 천 원도 벌벌 떨고 영세민
은 몇 백 원 짜리 라면 한 봉지 살 돈이 없어 눈앞이 캄캄한데 관리
들은 못 먹는 게 병신 식으로 마구 먹어대니 이 나라의 앞날이 천
길 벼랑이다.

어쩌자는 것인가.

나라야 망하든 말든, 국민이야 기지사경을 헤메든 말든 오불관
언인가? 대관절 누구를 위한 공직이고 누구를 위한 정부인가. 이러
고도 입만 열면 개혁이고 사정(司正)인가. 공직자 윤리법은 뭐 하는
법이며 반부패(反腐敗) 기본법은 왜 만드는가. 나라가 총체적 부패
로 안 썩은 데 없이 알뜰히 썩어 볼 장 다 보다시피 했는데도 또 사
정을 한단다. 아니 이번엔 고강도(高强度) 사정으로 비리를 뿌리 뽑
겠단다. 집권 여당인 민주당 대표(서영훈)의 말이니 믿어야 할지 모
르지만 이제 국민은 정권마다 하도 속아 콩으로 메주를 쑨대도 곧
이 들질 않는다. 지금 국민이 바라는 게 뭔지 아는가? 국민이 보고
싶어 하는 게 뭔지 아는가? 공직자의 청렴성이다. 그리고 정부가

국민과 한 약속이행이다. 물가 안정도 중요하고 경제 부흥도 중요하고 정치인의 정직도 중요하지만 보다 더 중요한 건 공직자의 청렴성이다. 정부는 차제에 공직자의 부패척결에 흥망의 명운을 걸라. 안 그러면 이 나라는 정말 큰일 난다. 국민은 지금 복장을 치고 있다.

2000. 11. 14.

저 모피장군을 보라

　11월 20일 강화 앞바다에 출몰한 간첩선 놓침, 12월 4일 인천 모 공군부대에서 있은 나이키 허큘리스 지대공 미사일 오발 사고, 같은 날 강원도 고성 모 육군부대 사병 휴게실에서의 무반동총 불발탄 사고로 3명 사망 5명 부상, 같은 날 강화도에서 레이더에 잡힌 철세 떼를 괴물체로 오인한 해군 함정들의 추적, 12월 6일 김포 주둔 해병부대의 야간 조명 사격으로 일산 민가 주민들의 부상.

　이상의 것은 불과 보름 사이에 일어난 육, 해, 공군의 어처구니없는 무기사고다. 이는 국군 창설 이래 최대의 수치로 도대체가 이해할 수 없는 일들이다. 얼마나 부주의하고 무기 관리에 소홀했으면 이런 말도 안 되는 일들이 한꺼번에 일어나다시피 하는가? 우리는 이 동시다발적으로 일어난 일련의 사고를 부주의와 무기 관리 소홀로만 보지 않는다.

　이는 첫째, 군기강의 무방비가 빚은 결과요 둘째, 긴장하지 않은 해이가 가져온 결과다. 그러므로 이는 긴장 고조와 군기 확립이 무엇보다 시급하고 또 절실히 요구된다.

세상에 나라를 지킨다는 국방의 간성이 이 모양이 돼서야 국민이 어찌 이들을 믿고 살 수 있는가. 군인의 임무와 사명이 도대체 무엇인가.

말할 나위도 없이 군인은 국가의 간성으로 국토방위 수호가 임무요 사명이다. 그런데 이래야 할 군인정신이 해이할 대로 해이해져 국민을 불안하게 만들고 있으니 이 일을 어쩌면 좋단 말인가. 하지만 국민을 불안하게 만드는 것은 위의 것들만이 아니다. 판문점 공동경비구역(JAS)에 근무하는 일부 사병들이 군사분계선을 넘나들며 북한군과 수시로 접촉하면서 술을 마시고 선물까지 주고 받는다니 이게 대체 무슨 소린가. 그것도 한 두 번이 아닌 30여 차례에 걸쳐 접촉하면서도 상부에는 보고조차 하지 않았다니 기가 막혀 말이 안 나온다. 이들은 북한군과 접촉하면서 북한산 맥주와 담배, 인삼주, 독일제 위장약 등을 선물 받고도 순찰 도중 우연히 주운 것으로 보고해 우리를 더욱 기막히게 하고 있다. 우리는 이 일이 제발 사실이 아니기를 간절한 마음으로 바라고 있다. 군인은 언제 어디서나 군인다워야 군인이다. 군인이 군인답자면 어떡해야 하는가. 견인불발(堅忍不拔)의 투철한 군인정신이 있어야 한다. 이것만이 군인이 군인다울 수 있는 군인이다.

지금 군대 내엔 휴대전화를 소지한 군인이 적지 않다고 한다. 나라를 지키러 간 군인이 휴대전화가 왜 필요한가. 군대가 무슨 개인

사무실이며 군대가 무슨 관광하러 간 관광단인가?

휴대전화만이 아니다. 유흥가며 환락가도 심심찮게 드나든다고
한다.

정신 차릴 일이다. 정말 정신 차릴 일이다. 정치가 부패하고 공직
이 부정하고 교육이 비리하고 경제가 병들고 종교가 타락하는 이
마당에 나라 지키는 군인마저 이런다면 도대체 나라꼴이 뭐가 되
겠는가.

나는 여기서 프랑스의 루이 에르네스트 모피장군을 말하지 않을
수 없어 잠시 소개하고자 하니 이 나라의 간성들은 감계로 삼으라.

모피장군은 프랑스의 원수(元帥)를 40명이나 배출한 명가에서
태어났다. 모피장군은 소년시절에 세운 맹세를 엄숙히 지켜 번화
한 프랑스의 한복판에 살면서도 군인정신 하나로 일관했다. 1870
년 그가 13세 때 고향인 메스시(市)가 독일로 붙여졌다. 적국의 압
제 밑에서의 삶을 참지 못한 루이 소년은 남몰래 탈출하여 프랑스
의 웨스트포인트라 불리는 육군사관학교에 입학했다. 소년은 그가
고향인 메스시를 떠날 때 고향이 다시금 프랑스의 지배로 돌아올
때까지는 절대로 환락 장소는 드나들지 않겠다고 맹세해 40년이란
긴 세월 동안 그 맹세를 지켰다.

그는 군 사령관이라는 최고의 지위에 올랐고 두 아들도 군적(軍
籍)에 있었다. 그리고 그는 두 아들로 하여금 스파르타식 맹세를 지
키게 했다.

군인은 군인다워야 한다. 우리 국군은 이제라도 저 프랑스의 루

이 에르네스트 모피장군을 본받아야 한다. 알겠는가?

1998. 12. 15.

이 땅에 정의는 있는가?

「성공한 내란은 처벌할 수 없다.」

이는 지난 18일 전두환, 노태우 두 전직 대통령을 비롯한 「5.18」 피고소고발인 58명에게 「공소권 없음」을 구실로 내린 검찰측의 면죄부 이유였다.

이에 대해 민자당은 「사법적 판단은 검찰의 고유 권한인 만큼 검찰의 결정을 존중한다」하고는 사건에 대한 역사적 평가는 후세에 맡기는 것이 옳을 것이라 논평했다.

그러나 민주당은 검찰의 5.18 광주민주화 운동에 대한 수사 결과와 관련, 그 성명에서 「검찰의 수사 결과는 광주 민주화운동의 총체적 진실 규명을 바라는 국민적 여망을 무시한 반(反)역사적 폭거로, 충격에 앞서 경악과 분노를 금할 수 없다」면서 불기소 처분을 즉각 철회하고 관련자 전원을 기소하라 촉구했다.

그런가 하면 전(全)·노(盧) 전 대통령 측은 검찰의 5.18 불기소 결정에 대해「예정했던 결론」이라며 당연하다는 반응이었다 한다. 뿐만 아니라 민자당의 정호용, 박준명, 허삼수, 허화평 의원 등은 검찰의 5.18 불기소 결정에 대해「이 사건은 처음부터 사법 판단의 대상이 아니었다.」면서 검찰의 수사 결과를 당연하게 받아들였다 한다.

여기서 우리는 소수를 해친 자는 살인자가 되고 다수를 해친 자는 영웅이 된다는 저 계몽주의시대의 세기말적 살육을 떠올리지 않을 수가 없고, 성공하면 충신이요 실패하면 역적이라는 저 왕조시대의 역모를 생각하지 않을 수 없다.

검찰은 수사 발표문에서 당시 신군부측이 일련의 조치에서「집권의도」를 드러내는 등 불법성을 지적하면서 내란 혐의를 상당 부분 인정했음에도 불구하고 끝내 내란죄 성립 여부에 대한 판단은 내리지 않아 신군부 세력에 면죄부를 부여했다.

검찰이 이런 식의 면피성으로「판단불가」결정을 내릴 바에야 무엇 때문에 8개월여 동안이나 그 야단을 치며 수사를 벌여왔는지 우리는 묻지 않을 수 없다. 더욱이「성공한 내란은 처벌할 수 없다」라고 한 검찰측의 결정은 신군부가 실패했다면 처벌할 수 있다는 이야긴데 그렇다면 이는 힘이 곧 정의라는 논리가 아닌가. 그래, 세상 천지 어느 하늘 아래 이런 말도 안 되는 논리가 있단 말인가. 더욱이 5.18 진압군의 범죄 사례 중에는 11공수 특전여단에 의해 저질러진 주남마을이나 송암동 양민 학살 사건은 인간으로서는 도저히 할 수 없는 만행임이 분명한데도 어째서 이런 만행이「공소권 없음」이란 말도 안 되는 경강부회로 넘어가려 하는가.

적과의 전쟁에서도 극악한 살육행위는 용인될 수 없는 일이거늘 어찌 국가의 간성으로 국민을 지키고 보호한다는 사람들이 같은 민족을 무참히 도륙할 수 있다는 것인가.

제네바협정에 따르면 비록 전쟁 중일지라도 불가피한 경우가 아니면 적군의 포로에게도 학대하지 않는 게 원칙인데 어쩌자고 저항 능력도 없는 선량한 무방비의 버스 승객에게까지 무차별 사격을 했고, 아무 것도 모른 채 저수지에서 멱 감던 천진한 어린이들에게까지 총을 마구 쏴 죽였는가? 우리는 이 비인간적인 만행에 억장이 무너져 견딜 수가 없다. 버스 승객이 무슨 노루라도 되는 줄 알았는가? 천진한 어린이들이 무슨 메뚜기라도 되는 줄 알았는가?

5.18 피고소인 중에서 다른 사람은 몰라도 전·노 두 전직 대통령만은 광주사태에 대해 국민에게 석고대죄해야 한다. 아니 대천명(待天命)의 자세로 대죄(待罪)해야 한다. 나치정권에서나 가능했을 천인공노할 만행을 저질러 놓고도, 월남전 최대 학살의 「밀라이 사건」에서나 볼 수 있는 살육을 자행해 놓고도 얼굴 빛 하나 변하지 않고 유방백세(流芳百世) 하려드는 후안무치 앞에 우리는 망연해 할 말을 잊을 지경이다.

5.18 광주 민주화운동에서 저질러진 만행은 어떡하든 국민이 납득할 수 있도록 해결이 나야 한다. 안 그러면 이 문제는 두고두고 폭발할 수 있는 불씨가 돼 영일이 없을 것이다. 그리고 우선 억울하고 가엾은 원혼들이 중유(中有)를 떠돌아 구천을 헤멜 것이다. 우리는 「네게서 나온 것은 네게로 돌아간다.」는 출호이 반호이(出乎爾

反乎爾)를 알고 있다. 이는 「가는 말이 고와야 오는 말도 곱다」는 말과 같은 것으로 맹자(孟子)의 양혜왕하(梁惠王下)에 나오는 증자(曾子)의 말이다. 깊이 한 번 생각해 볼 명구(名句)다.

1995. 7. 21.

몽당연필의 교훈

　서울시교육청이 97년 새 학기부터 「경제 살리기」 근검 절약 교육을 강화키로 하고 「다시 몽당연필에 깍지를 끼워야 합니다」라는 주제로 「우리 경제 살리기 교육」 기본 계획을 발표해 주목을 끌고 있다. 서울시교육청은 실천 과제로 우리 경제 바로 알기, 식생활 바로 알기, 다시 쓰고 바꿔 쓰기, 덜 쓰고 아껴 쓰기, 사교육비 줄이기 등을 정해 이에 대한 실천도 병행할 계획이라 한다. 그런가 하면 서울시 교육청은 또 1인 1통장 갖기와 폐품 수집 등 절약운동을 장려하고 남는 교실 활용 알뜰 매장 운영, 교과서 및 교복 물려주기도 다시 시작할 것이라 한다. 그리고 학교 급식을 실시 중인 초등학교에서는 「먹을 만큼 덜어서 먹기」, 「남은 음식 버리지 않기」 운동도 함께 펴나가기로 했다 한다. 때늦은 감이 없지 않으나 참으로 바람직한 일이어서 교육이 이제야 정신을 좀 차려 제구실을 하나보다 싶다. 하지만 이것도 두고 볼 일이어서 속단은 금물이다. 왜냐하면 아직 이에 대한 성공여부는 미지수이니까.

말이 났으니 말이지만 지금 우리 아이들은 상당수가 큰일 났다 싶을 만큼 잘못 길러지고 있어 이 아이들의 장래가 심히 걱정된다. 어려움을 모르고, 배고픔을 모르고, 물건 귀한 줄을 모르고, 음식 소중한 줄을 모른 채 온실 속의 화초처럼 오냐 오냐 자라 약한 바람에도 견디지 못해 쓰러지니 어찌 이런 아이들의 장래가 걱정되지 않겠는가. 게다가 이 아이들이 커서 나라를 맡는다고 생각하면 자다가도 벌떡 일어날 노릇이어서 백척간두에 선 듯한 느낌이다.

다 아는 일이지만 요즘 초등학교 어린이들은 한 켤레에 몇 만원은 보통이고 몇 십만 원씩 하는 값비싼 신발을 경쟁적으로 신고 다니고 있다 한다.

신발만이 아니다.

유명 회사의 점퍼나 바지 등 의류도 경쟁적으로 고급품만 입고 다니는 경우가 많다 한다. 아이들 중 누가 유명 메이커가 아닌 옷을 입거나 유명 브랜드가 아닌 신발을 신고 다니면 그 아이는 무시 당하고 업신여김 당함은 물론 따돌림까지 당해 값비싼 옷을 입고 신발을 신고 다니는 아이들과는 절대로 어울릴 수가 없다 한다. 가정형편이 어려워 값비싼 옷과 신발을 못 가진 아이들은 오매불망 유명 메이커의 신발이 갖고 싶고 또 함께 어울리고 싶어 종당 옷과 신발을 훔치기까지 한다니 보통 일이 아니다.

하지만 어디 또 이뿐인가.

아이들은 지금 정신 못 차리는 신세대 부모에 의해 걷잡을 수 없이 망가져가고 있다. 뭐든지 사 달라면 다 사 주고 멀쩡한 물건도 싫증나면 마구 버려 물건에 대한 애착이나 소중함을 모르게 가르치는 데다 쥐면 꺼질까 불면 날아갈까 과보호로 길러 자기밖에 모르는 이기적인 인간으로 사육(?)하고 있으니 어찌 이런 아이들에게 기개(氣槪)가 있고, 사회성이 있고, 효성이 있고, 배려심이 있고, 가슴이 있고, 국가관 애국관이 길러지겠는가.

　물질의 풍요와 문명의 이기(利器) 속에서 배고픔과 그리움을 모르고 자라는 아이들에게 시급히 가르쳐야 할 것은 물건 아끼는 것과 함께 먹는 것에 대한 소중함과 귀중함이다. 그런데 물건 아끼는 것과 함께 먹는 것 입는 것에 대한 소중함이 하나도 교육 안 된 상태에서 벼락치듯 갑자기 몽당연필 쓰기 운동을 벌인다고 얼마나 효과가 있을지 의문이다. 이제 우리는 몇 년 후면 우주과학첨단시대인 21세기를 맞는다. 그러면 세상은 정신 못 차리게 바빠 「몽당연필」 따위는 한가한 사람의 향수가 될지 모른다. 그리고 이제 우리는 자라나는 아이들만은 지난날 보릿고개 때의 비참하고 처참하던 배고픔을 두 번 다시 겪게 해서는 안 된다. 그러나 우리는 아이들에게 배고픔이 어떤 것인가는 가르쳐 줘야 한다. 몽당연필이 어떤 것이고 왜 쓰지 않으면 안 되었던가를 가르쳐 줘야 한다.

　요즘 아이들은 어려움이 무엇인지를 모르고 자란다. 목마른 사람에게 물이 제일이고 배고픈 사람한테는 밥이 제일이듯 어렵게 자란 아이들이라야 힘든 일에 부딪혔을 때 헤쳐 나갈 힘이 생긴다.

　미운 자식은 밥으로 키우고 사랑스런 자식은 매로 키운다. 뭐든지 오냐오냐 하며 해 달라는 대로 다 해 주는 것만이 자식 사랑은 아니다. 자식 사랑은 오히려 자제하고 검소하고 근면하고 인내하는 것을 가르치는데 있다. 몽당연필에 침 묻혀가며 구멍 숭숭 뚫린 질 나쁜 마분지를 학습장으로 쓰던 때의 아이들은 못 먹고 굶주려 움푹 들어간 눈에 누우런 얼굴을 하고 목은 댕강 떨어질 듯 간당거렸지만 10 리 20 리는 보통이고 멀게는 30 리(12km)까지 걸어서 통학을 했다. 뿐만이 아니다. 얼굴이 멀겋게 어리는 나물죽에 보리개떡도 배불리 못 먹어 금세 쓰러질 듯 비실대면서도 그 힘든 농사일 다 거들며 송기에 잔대 캐 먹고 오디에 개암 따먹으면서도 구김살 하나 없이 자랐다.

컴퓨터시대에 몽당연필은 실상 비합리적 대위개념(對位槪念)이다. 이럼에도 우리는 몽당연필을 알아야 한다. 아니 몽당연필의 사연을 아이들에게 알려줘야 한다. 그러기 위해 우리는 아이들에게 먹는 것 입는 것 신는 것에 대한 소중함을 가르쳐야 하고 절약정신을 일깨워 줘야 하며 참고 견디는 인내정신을 길러줘야 한다. 이렇게 할 때라야만이 캄캄한 아이들의 장래가 훤한 여명으로 밝아 올 것이다.

몽당연필!

그것은 아득한 전설이 아닌 불과 몇 십 년 전의 이야기다.

1997. 1. 15.

지음(知音) 없는 세상에

　어느 날 백아(伯牙)가 불현 듯 높은 산에 올라 거문고를 타고 싶어하고 있는데 종자기(鍾子期)가 옆에서 "아 기막히도다. 하늘을 찌를 듯한 높은 산이 눈앞에 나타나 있구나"하며 감탄을 했다. 그런 종자기의 표정은 엄숙하고 진지했다.

　이러던 어느 날 백아가 도도히 흐르는 강물을 생각하며 거문고를 타고 싶어하자 종자기가 이런 백아의 마음을 꿰뚫기라도 하듯 "아, 참으로 좋도다. 도도히 흐르는 강물이 눈앞을 지나고 있구나" 하고 무릎을 쳤다.대단한 직관이었다. 아니 이심전심(以心傳心)으로만 전해질 수 있는 심심상인(心心相印)이었다. 그리고 이는 지음(知音)만이 가능한 불립문자(不立文字)였다. 하지만 종자기의 불립문자는 여기서 끝나지 않고 이어져 어느 날 다시 백아에게

　"여보게, 저 산꼭대기에 바람 이는 소리를 한 번 타보게. 아주 삽상하고 청량한 바람소리를 말일세."

라고 했다. 그러자 백아가 곧

"알았네."

하더니 눈을 지그시 감고 거문고를 타기 시작했다.

"얼싸 절싸. 지금 저 산정에 맑은 바람이 일고 있구나. 좋도다. 참으로 참으로 좋도다!"

종자기가 흥에 겨워 추임새를 메기며 무릎장단을 탁탁쳤다. 백아는 이런 종자기의 조흥사(助興詞)에 화답하듯 점점 더 몰아지경으로 빠져들었다.

"좋도다. 과시 백아로다! 저 산 위에 이는 바람소리가 내 귀에 이리 또렷이 들리니 백아 자네의 거문고 솜씨는 가위 신기에 이르렀네. 오, 장할시고. 내 어찌 그대를 한낱 벗으로만 대할 수 있으리"

종자기는 일어나 백아에게 큰절을 했다.

"여보게 종자기. 이게 대체 무슨 짓인가?"

백아가 화들짝 놀라 일어나자 종자기가 백아를 주저앉히며

"여보게 백아, 이제는 저 장강(長江...여기서는 양자강)에 물 흘러가는 소리를 타보시게나"

했다. 이에 백아는 다시 눈을 지그시 감고 거문고를 타기 시작했다.

"옳거니! 저 대하 장강이 지금 우쭐렁 우쭐렁 흘러가는구나. 유유히 도도히 흘러가는구나! 오호, 백아의 거문고는 역시 신기로구나 신기!"

이번에도 종자기는 눈을 지그시 감고 조흥사를 터뜨렸다. 완전한 일체요 합일이었다. 그런데 이 무슨 앙천부지할 통한인가. 백아

의 거문고 소리를 누구보다 사랑하고 누구보다 알아주던 종자기가 죽은 것이다.

백아는 종자기가 죽자 세상 모든 것이 하나도 의미가 없었다.

―그래, 종자기는 나에게 있어 하나의 가치였어. 우주와도 같은 커다란 가치였어―

백아는 마침내 거문고를 부수고 그 줄을 끊었다. 자신의 거문고 소리를 알아줄 사람이 없는데 거문고는 해서 무엇하랴 싶었다. 그래서 백아는 눈물을 머금으며 거문고 줄을 끊었는데 이게 그 유명한 백아 절현(伯牙絶絃)이다.

세상이 개떡 같아 살맛 안 난다는 사람들이 점점 늘고 있다. 왜 그럴까? 못 먹고 헐벗어 생활 아닌 생존으로 하늘만 쳐다보던 암울한 보릿고개 때도 아니요 자가용 가지고 문화생활 즐기며 휴가 가고 외식하며 해외여행도 심심찮게 하는 고소득시대에 어째서 살맛이 안 난다는 것일까?

해답은 간단하다. 그것은 IQ(지능지수)만 있고 EQ(도덕지수)가 없기 때문이다. 다시 말하면 머리만 있고 가슴이 없기 때문이다. 요컨대 필요와 목적만 있고 지음으로서의 지기(知己)가 없기 때문이다.

그렇다.

지금 우리는 지음이 없고 지기가 없는 세상에 살고 있다. 정치하는 이, 경제하는 이, 교육하는 이, 예술하는 이, 종교하는 이 중에 지음지기(知音知己)를 갖고 있는 이 얼마나 될까. 그리고 이 나라의 내로라하는 잘난 이들 중에 백아절현할 만한 이가 얼마나 있을까.

아마 어쩌면 한 사람도 없을지 모른다. 왜냐하면 잘나서 내로라하며 이 나라를 이끌어가는 사람들이 지음이 있고 지기가 있고 그래서 백아절현 할 수 있는 이가 있다면 이 나라가 적어도 지금처럼 살맛 안 나는 나라로 전락하진 않았을 것이다. 그러므로 열자(列子) 탕문편(湯問篇)에 나오는 백아와 종자기 이야기며 여씨춘추(呂氏春秋)에 나오는 백아절현 이야기는 한낱 고사만이 아니어서 우리에게 여러 가지 교훈과 함께 경종을 울려주고 있다.

뿐만이 아니다. 만일, 아니 다행히도 이 나라의 내로라하는 지도층 중에서 단 몇 사람이라도 지음이 있고 백아절현 할 수 있는 지기가 있다면 이는 입신양명의 출세로서가 아닌 한 인간으로 충분히 성공했다 할 수 있다. 어찌 이들 뿐이겠는가. 이 나라를 위해서도 크게 다행한 일이다.

지음!

이 말은 정녕 고사성어로서만 끝나야 하는가? 오호 통재로다!

1997. 1. 28.

우리 모두 떳떳하자

우리는 도대체 알 수가 없다. 왜 인간들이 이토록 다랍고 치사해야 하는지를. 아니 왜 이토록 뻔뻔하고 낯가죽 두꺼워야 하는지를… 지금 정치판에서 일어나고 있는 일련의 형태들은 추악을 넘어 욕지기가 나올 지경이다. 가능하다면, 아니 마음대로 할 수만 있다면 그저 모조리 저 태평양 복판으로 흘려보내고 싶다. 어지간해야 하룻밤 샌님하고 벗을 한다고, 웬만해야 참고 견뎌 말을 안 하지, 이건 한다는 짓이 다라운 짓만 골라서 해 국민을 배신하니 대자대비의 부처가 아닌 다음에야 어찌 너그러울 수가 있는가. 법을 만들고 나라 살림을 돌보면서 국민 위해 깨끗하고 성실하게 일하라고 뽑은 국회의원이 수뢰혐의와 함께 이른바 「공천장사」를 하지 않나, 지역 일을 잘 보라고 뽑아준 지자체의원들과 그 단체장들이 비리 부정과 관련돼 당선무효의 위험선상에 서서 무더기로 조사를 받지 않나. 여기다 도 교육위원을 뽑는 과정에서 그 후보자와 기초

및 광역의원들이 작당해서 부동(符同)을 하지 않나, 비리 부정이 만천하에 드러났음에도 불구하고 염치 좋게 딱 잡아떼 오리발을 내밀지 않나…

그래도 이런 자들이 곤댓질로 제가 잘나고 똑똑하다 우겨 기초의원이 되고 광역의원이 되고 교육위원이 됐다. 참 젠장맞을 노릇이다.

교육위원을 뽑는 과정에서 빚어진 금품 수수는 비단 경기도만은 아닐 것이다. 검찰의 수사가 얼마나 진상을 밝혀낼지 두고 봐야 알겠으나 전국의 각 시·도 의회가 거의 동시에 똑같은 방법으로 교육위원을 선출했기 때문에 국민들은 여타의 지역도 정도의 차이는 있을지 몰라도 경기도와 대동소이한 게 아니냐는 의혹의 눈초리를 보이고 있다. 그러므로 사정 당국은 차제에 그 전모를 밝혀 당사자 처벌은 물론 교육위원 선출방식도 개선해 비리 부정이 발붙이지 못하도록 근본적인 대책을 세워야 할 것이다.

하지만 지방의원들을 썩게 만드는 요인은 비단 교육위원 선거에만 국한된 게 아니다. 지방 자치단체의 예산을 불법 또는 탈법으로 전용(轉用)하는 사례에서부터 각종 인, 허가 및 이권에 개입해 금품을 갈취하는 사례 등 지난 4년간 지방자치를 실시하는 과정에서 적발된 비리 유형만 봐도 우리는 지방의원들이 얼마나 부패 구조와 직, 간접적으로 연결 돼 있는지 짐작할 수가 있다.

우리가 적지 않은 세금과 이에 따른 추가 부담을 감수하면서까지 지방자치를 실시하는 이유는 무엇일까? 이는 행정당국의 독주를 막고 부정 비리를 감시 감독하며 그 견제기능을 살려 행정의 투명성과 명징성, 그리고 공정성을 실현하려는 목적이 그 이유의 하나일 수 있다. 이럼에도 부패한 지방의원이 오히려 비리의 먹이사슬이 된다면 애써 지방자치를 할 필요가 없는 것이다. 지난 1기 때는 무보수 명예직을 고수한 결과 의원들이 고유 업무에 전념하기보다는 불법이나 비리에 관련한 사례가 많았다. 그래 이번 2기부터는 상당액의 수당을 지급키로 했음에도 불구하고 다랍고 치사한 짓거리로 비리 부패와 또 손을 잡는다면 이런 썩어빠진 지자체는 할 필요가 없다.

문민정부 출범 이후 깨끗한 정치 개혁과 부패 척결을 정부만 부르짖은 게 아니어서 여야가 앞 다퉈 강조한 사항이다. 때문에 국민들은 손뼉을 쳐 대환영을 했던 것이다. 그러나 이번에 문제가 되고 있는 국회의원 수뢰사건과 교육위원 선거 비리 및 공천과정에서의 비리 등을 볼작시면 아직도 정치권 밑바닥에는 부패 관행이 엄존함을 알 수 있어 정치 개혁은 백년하청이구나 싶다. 그리고 이 기회에 말하지 않을 수 없는 것은 문민정부가 출범할 때 그토록 떠들고 그토록 부르짖어 부정부패 척결을 통치의 최우선 과제로 내세워 놓고 어째서 재판기록의 잉크가 채 마르기도 전에 나라를 망치다시피 도둑질한 뇌물 수수, 세금 도둑 등 갖은 부정을 다 저질러서 수억, 수십억 또는 수백억 원을 꿀꺽꿀꺽 삼킨 자들을 「대사면」이라는 말도 안 되는 이름으로 풀어주는가 하는 점이다. 명분이야 좋아 국민화합 차원이라지만 이를 지켜보는 국민은 속상하고 분통터져 견딜 수가 없다. 마늘 한 접, 고추 한 근 훔친 사람은 몇 년 징역을 사는데, 나랏돈을 수십억 수백억 도둑질한 자들은 화합이란 이름으로 풀어주다니. 부정부패를 척결한다고 소리 높이 외치며 썩은 자들을 굴비 엮듯 줄줄이 엮어갈 때는 언제고 세 불리하다싶어 득인심(得人心)하려고 풀어주는 이율배반은 또 무엇인가? 이런 나라 망칠 부패자들한테 득인심해 도대체 무엇 하자는 것인가.

경고하노니 정부는 제발 인기 영합 따윈 버리고 원칙에 입각, 진실하고 성실하게만 일하라. 그러면 국민은 정부 편에 서게 될 것이다. 끝으로 논어의 한 대목인 자솔이정(子師以正)이면 숙감부정(孰敢不正)을 예로 들며 붓을 놓는다. 「내가 거느리기를 바로 하면 누가 감히 부정을 하겠는가.」

1995. 9. 3.

세상에 이럴 수가

아니 이게 대체 무슨 소린가.

불굴의 투지와 사명감으로 어떤 압력과 위협에도 굴하지 않고 확고한 자기 소신과 투철한 자기 신념으로 마니플리테(깨끗한 손) 운동을 전개해 탄젠토폴리(뇌물, 검은 돈)를 척결한, 그래서 온 세계 많은 사람들로부터 사랑과 존경과 박수를 한 몸에 받던 전 검사 안토니오 디 피에트로가 재직 시의 독직사건으로 검찰의 기소 위기에 몰리고 있다니 이게 대체 무슨 소린가.

검찰이 그에게 제기한 혐의는 금품 강요, 직권 남용 등 깨끗한 손 마니플리테와는 너무나 다른 것이어서 충격이 이만저만 아니다. 그는 재직 시 보험회사로부터 벤츠 승용차 한 대를 받고 이 보험회사에서 무이자로 돈을 빌려 쓰다 사임 직전에 상환했는가 하면 이 회사의 법률업무를 자기 아내에게 맡기는 등 부정 비리의 부조리가 한두 번이 아니었다니 참으로 기가 막혀 말이 안 나온다.

안토니오 디 피에트로 검사라면 게라르도 콜롬보 검사, 피에르 카밀로 디에고 검사와 함께 썩어가는 이탈리아를 마니플리테로 탄젠토폴리의 부패 추방운동에 앞장 선 검사가 아닌가.

이 세 사람의 검사 중에서 특히 피에트로 검사가 부패추방에 앞장서 물경 3천2명에 달하는 부정 공무원과 기업인을 구속했다. 그래서 이탈리아에서는 T셔츠와 맥주잔에 이 세 사람의 이름이 등장했고 이들을 주제로 한 책도 3권이나 나와 명실상부한 스타나 영웅 이상의 신화적 존재로까지 인식돼 전 이탈리아 사람들의 우상이 됐다.

그런데 이런 피에트로가 검사 재직 시 금품을 강요하고 직권을 남용하고 뇌물로 벤츠를 받고 돈을 무이자로 빌려 쓰고 그래도 모자라 뇌물 받은 보험회사의 법률업무까지 변호사인 자기 아내에게 맡기게 했다니 세상에 이런 겉 다르고 속 다른 위선이 어디 있는가.

여기서 우리는 이탈리아는 물론 전 세계적으로 추앙받던 피에트로가 이제는 한낱 경멸과 모멸의 대상으로 전락한데 대해 땅이라도 치며 울고 싶다. 그러나 땅을 치며 울고픈 일은 피에트로 말고도 또 있어 우리를 절망스럽게 한다. 그것이 무엇인고 하니 폴란드 전 대통령 바웬사의 세금 포탈이다.

바웬사가 누구인가?

공산 독재의 철권통치와 맞서 싸우며 불퇴전의 용기로 민주화를 추진했던 폴란드 민권운동의 선구자적 우상 아닌가. 그래서 민주화된 폴란드에 존경과 사랑과 환희와 지지로 대통령에 당선된 민중의 영웅이 아닌가. 그런 그가 퇴임 하루 전 날 40만 달러의 세금을 내지 않은 파렴치 탈세 혐의로 망신을 당했다니 세상에 이런 기막힌 야누스가 어디 있단 말인가.

바웬사는 자기가 면세 대상인 줄 알았다 하고 또 미국에서 납부했다고 변명하는 모양인데 이게 어디 변명한다고 될 일인가.

우리는 바다가 뒤집혀 산이 되고 산이 꺼져내려 바다가 된다 해도 피에트로와 바웬사만은 겉과 속이 똑같아 인류의 가슴에 영원히 남을 줄 알았고, 처음과 끝이 똑같아 시종(始終)이 여일(如一)할 줄 알았다.

아아 그러나 아니었다.

알고 보니 이들은 야누스요 위선자요 지킬박사와 하이드 씨였다. 자, 이러니 이 세상 누구를 믿을 것인가. 가장 존경하고 가장 추앙하고 가장 신뢰하는 금세기 최고의 두 영웅이 이런 가면 쓴 얼굴로 우리 앞에 나타났다면 우리가 믿을 사람은 이 세상에 한 사람도 없다함이 옳을지도 모르겠다.

생각하면 우리는 그동안 이 두 사람을 추앙한 게 아깝고 박수친 게 억울해 침이라도 뱉아주고 싶다. 믿는 도끼에 발등 찍히듯 깊이 숭배한 것에 배반당한 듯해 분하고 억울하다. 한 지역의 영웅도 아니요, 한 나라의 영웅도 아닌 전 세계의 세기적 영웅이 어쩌자고 비인소배(非人少輩)나 할 다라운 짓거리를 해 우리의 가슴을 무너지게 하는가. 참으로 안타깝고 속상해 욕이라도 마구 퍼부어주고 싶다. 그러나 이런 감정이 어디 우리 뿐이겠는가. 이 지구상의 양식 있는 사람이라면 모두가 비슷한 심경일터이다. 오호, 통재로고!

1995. 12. 27

하늘이 무섭다

언젠가 「생명의 전화」에 종사하며 카운슬러를 담당한 관계자한 테서 차마 입에 담지 못할 소리를 듣고 하늘 보기가 두려웠다. 그리 고 그가 한 말이 참말이 아닌 거짓이기를 간절히 바랐다.

그러나 그의 말은 불행히도 거짓 아닌 참말이었다. 그때 나는 아 하, 세상은 결딴났구나 했다. 안 그렇고야 차마 입에 담지 못할 일 이 하늘 무섭게 어찌 저질러질 수 있을까보냐 싶었다.

그렇다면 그가 말한 「차마 입에 담을 수 없고 하늘 보기 두려운 말」이란 대체 무엇인가. 그것은 다름 아닌 부녀간(父女姦)과 모자 간(母子姦)이다. 아비가 딸아이와 불륜의 관계를 맺고, 에미가 아들 놈과 강상죄(綱常罪)의 성관계를 맺는다 이 말이다.

나는 처음 이 말을 듣고 눈앞이 캄캄했다. 말(馬)도 오대조(五代 祖)까지 알고 소도 제 새끼를 핥고 빨아 지독지애(舐犢之愛) 하거늘 짐승 아닌 사람이 어찌 인간의 탈을 쓰고 딸을 범하며 아들을 성 유희물로 삼는단 말인가. 이는 아무리 생각해도 하늘이 노해 벼락을 칠 일이다. 한데도 웬일인지 하늘은 아직껏 입을 다문 채 이렇다 할 기미조차 없다. 하지만 언젠가는 하늘이 「네 죄를 네가 알렸다」하고 불벼락을 내려 짐승만도 못한 것들을 징치할 것이다.

그의 말에 따르면 부녀간일 경우 딸 쪽에서 이 일을 어쩌면 좋으냐고 울면서 호소한다 했고(물론 전화로) 모자간일 경우 어머니 쪽에서 이 일을 어쩌면 좋으냐며 울면서 호소한다 했다. 그러며 하늘이 무섭고 세상이 두려워 죽고 싶다라고 했다 한다.

그래 죽어야 한다. 이런 짐승만도 못한 것들은 죽어야 된다. 칼을 물고 자결이라도 해야 한다. 천륜을 망가뜨리고 인륜을 짓밟은 강상죄인이 살아 무엇하겠는가.

하지만 자결해야 할 위인들이 어디 이들 뿐인가? 얼마 전에는 불한당 같은 놈들이 여자를 잡아다 묶어 놓고 집단으로 성폭행(윤간)하더니 며칠 전에는 충남 아산에서 아직 어려 아무 것도 모르고 그래서 저항력마저 없는 열한 살짜리 초등학교 4학년 이 모 양을 같은 마을 청년 14명이 지난 4월부터 지금껏 상습적으로 성폭행한 끔찍하고도 추악한 사건이 벌어져 우리를 절망시키고 있다. 이 양은 가정환경이 불우해 태어난 지 두달 만에 아버지가 가출, 어머니와 살다 어머니마저 가출하는 바람에 생활보호대상자인 73세의 할머니와 살면서 사실상 소녀 가장이 되었는데 악랄하기 짝이 없는 동네 청년들은 보호자도 없고 저항능력도 없는 이 양의 약점을 이용, 그 어린 것에게 강제로 술을 먹이고 본드를 흡입케 한 뒤 한 사람

한 사람 동물적 욕구를 채웠다 하니 세상에 이런 개 돼지 만도 못한 인간들이 있단 말인가. 참을 수 없는 공분(公憤)에 당장 쫓아가 요절이라도 내고 싶다. 이 양이 편지에 적은 14명의 마을 사람들은 중학생에서 대학생, 회사원에 이르기까지 다양하며 이 중에는 놀랍게도 4촌과 6촌 오빠까지 끼어 있었다니 기가 찰 일이다.

이 같은 사실을 알고 이 양의 고모와 이모가 성폭행한 동네 사람들을 고소하자 이 양은 이런 세상이 무섭고 겁나 농약을 마시고 자살을 기도, 병원으로 옮겼으나 중태라 한다. 참으로 기막히고 또 기막혀 인간으로 태어난 게 부끄러울 따름이다. 그러나 이 부끄러운 일은 또 생겨 인간을 인간 아니게 하고 있다. 이번엔 강원도 평창에서 여중 1년생 원모 양을 집주인인 연모 씨 부자와 인근 식당 주방장 등 3명이 겁을 주고 위협하는 바람에 그때마다 성폭력을 당했고 마침내는 임신까지 해 낙태수술을 받았다는데 원 양도 가정환경이 나빠 아버지는 복역 중이며 어머니는 무단가출, 할머니와 함께 살고 있다 한다. 그러니까 집 주인 연모 씨 부자와 식당 주반장 등이 원 양을 성폭행한 것은 원 양도 이 양처럼 보호자가 아무 힘도 저항력도 없어 만만하게 보고 짐승 같은 짓거리를 해 온 것이다. 사태가 여기에 이르고 보면 우리는 아산과 평창에서 저질러진 이 천인공노할 자들을 용서할 수 없고 인간이라 할 수도 없다. 그리고 또 이들과 같은 하늘 아래서 같은 인간으로 숨 쉬고 사는 우리 또한 인간이라는 같은 죄업에서 공동책임이 있을지도 모른다.

그렇다.

우리는 지금 인간도 아니면서 인간인 체 하고 있다. 갖은 위선 온 갖 외수(外數) 다 부리면서도 착한 체 안 그런 체 하고 살고 있다. 그러므로 우리는 어쩌면 상당수가, 아니 거의 모두가 표리부동한 이중인격의 지킬박사와 하이드로 사는지도 모른다. 그렇게 지킬박사와 하이드로 살면서도 카멜레온 저리 가라로 변색과 보호색을 사용하고 있다.

아버지 같고 오빠 같고 그러나 짐승 같고 악마 같은 동네 사람들의 집단 성폭행을 견디다 못해 음독자살을 기도한 아산의 이 양이나, 할아버지 같고 아버지 같은 집주인 부자와 식당 주방장에게 성폭행 당해 낙태수술을 받은 평창의 원 양은 우리 모든 짐승이 저지른 만행이다. 때문에 이 짐승들은 하루 빨리 하늘의 벌을 받아 죗값을 치러야 한다. 암 치러야 하고말고. 반드시, 기필코 응보가 있고 과보가 있고 업보가 있지.

1996. 7. 11.

국회의원 당선들

나는 이 난(欄)에 「국회의원과 쇼핑」이란 제목으로 칼럼을 쓴바 있다.(96년 9월21일). 그 칼럼에서 나는 다음과 같은 말을 했다.

중략―신부(神父)하고 국회의원하고 물에 빠지면 누구부터 먼저 건져야 하느냐는 우화가 한 때 우리 사회를 풍미한 바 있다.(그러나 이 우화는 지금도 살아 있어 그 시효가 아직 끝나지 않았다) 얼핏 생각하면, 아니 당연히 신부부터 먼저 건져야 한다고 사람들은 생각하고 있다. 왜냐하면 신부는 거룩한 성직자요 제사장(祭司長) 사제(司祭)이기 때문이다.

그러나 이는 정답이 아니다. 정답은 신부에 앞서 국회의원부터 먼저 건져야 한다. 해답은 간단하다. 물이 공해(국회의원)로 인해 더 오염되기 전에 얼른 건져야 하기 때문이다. 국회의원이 얼마나 부패했으면 이런 우화가 다 생겼겠는가―후략.

콧대 높기로 유명한 프랑스 국민들은 창녀와 국회의원, 그리고 고급공무원을 백해무익한 존재로 규정, 매도하고 있다. 뿐만 아니라 자존심 강하기로 둘째가라면 서러워할 파리장들은 이들 세 존재, 즉 창녀와 국회의원과 고급 공무원을 가장 썩고 타락해 국가 발전에 저해요인이 되므로 일고의 가치도 없는 무용지물에 다름 아니라는 극단론까지 펴고 있다. 그래서 프랑스의 세계적 석학이요 부조리문학의 선구자였던 실존주의 작가 알프레드 카뮈는 「정치는 거짓말을 어떻게 해야 가장 그럴 듯하게 할 수 있고 정치인은 어떻게 해야 국민이 곧이듣고 잘 속아 넘어가느냐를 연구하는 사기 집단이다.」라고 극언을 했는지도 모른다. 카뮈는 이 '사기집단'에 구역질이 나 평생 동안 단 한 번의 투표도 안 했는지 모른다.

어찌 비단 카뮈뿐 이겠는가.

신은 죽었다며 신의 존재를 부정하고 신이 만일 필요하다면 내가 대신 신이 돼 주겠노라 큰소리친 독일의 초인 철학자 니체도 「정치인은 썩은 쓰레기와 같다」라고 말해 정치인을 쓰레기에 비유했다.

그런가 하면 막스 베버는 정치인을 가리켜 「좋은 관료는 나쁜 정치가다」 했고 시성 괴테는 「나는 정치인을 미워한다. 왜냐하면 그것은 기백만의 인민을 불행과 참혹에 빠뜨려 괴롭히기 때문이다」라고 했다. 정치가 오죽 거짓말을 잘하고 정치인이 여북 부패했으면 세계의 내로라 하는 석학들이 이런 말을 했겠는가.

그러나 정치인을 욕한 것은 이들만이 아니어서 고대 희랍의 희극작가 아리스토파네스는 「오늘날 정치를 하는 것은 이미 학식 있는 사람이나 성품이 바른 사람은 아니다. 불학무식한 깡패들에게

나 알맞은 직업이 정치다」라고 했으며 유태인들에게는 「한 가지 거짓말은 거짓말이고 두 가지 거짓말도 거짓말이다. 그러나 세 가지 거짓말은 정치인 것이다」라는 속담이 그들의 탈무드만큼이나 유명하다. 그들도 정치인을 싫어했고 정치인을 미워했으며 가장 부정 부패가 심한 집단을 정치집단이라 단정했다.

각설하고.

얼마 전 임시국회가 끝나기 바쁘게 통신과학기술위원회 소속 국회의원 다섯 명이 해외 연구소 시찰이란 명목으로 피감기관으로부터 돈을 받아 「공짜외유」에 나서 여론의 호된 화살을 받고 있다. 미운 강아지 우케 멍석에 똥 싸고 냄새난다니까 바람맞이에 선다더니 이들 하는 짓이 꼭 그 격이다.

한국통신이 비용 전액을 대고 공짜 외유에 나선 의원은 모두 다섯 사람으로 신한국당이 세 사람, 국민회의가 한 사람, 자민련이 한 사람인데 이들은 모두 한국통신으로부터 1등석 왕복 항공편은 물론 일본과 미국에서 체류하는 10박 11일 간의 경비 전액 1억4천2백만 원(16만5 천 달러)을 받고도 모자라 한국통신 직원 두 사람까지 안내자로 데리고 갔다. 그런 다음 일본 동경을 거쳐 미국 시애틀에 도착하기 급하게 「해외통신연구소 시찰」이란 출장 목적은 안중에도 없이 곧바로 파이프의 리포마라는 호화판 골프장으로 달려갔고 다음 날엔 브레머튼의 골드마운틴이라는 골프장으로 달려갔으며 그 다음 날엔 또 올림피아 매리옷인가 뭔가 하는 골프장에서 골프를 쳐 시애틀에 3박4일 머무는 동안 공식 일정은 단 한 번 마이크

로소프트(MS)사를 방문한 게 전부였다니 골프에 상성이 됐거나 골프를 치지 못해 죽은 귀신이 뒤집어씌우지 않고서야 어찌 이런 일이 있을 수 있단 말인가.

이러고도 이들은 뻔뻔하게 시애틀의 한인 밀집지역인 패더럴 웨이의 일식집과 가라오케 등에서 술을 마시며 즐겼다니 참으로 기막히고 어이없어 말도 안 나온다. 한 나라의 국회의원 쯤 된 사람들이 해외 출장 가 골프 몇 번 치고 술 몇 잔 마신 걸 가지고 뭐 그리야단이냐 할지 모른다.

그렇다. 국회의원 쯤 된 사람들이 해외 출장 가 골프 몇 번 친 건 큰 문제가 아닐지 모른다. 그리고 술 몇 잔 마신 것도 큰 문제가 아닐 수 있다. 그런데 그 돈이 어디서 난 돈인가? 떳떳이 출장비 타 가지고 그 돈으로 썼는가? 처음부터 끝까지 피감기관에 손 내밀어 그돈으로 호사한 것 아닌가. 지금 나라 형편이 어떤 형편인데 남의 돈(피감기관)으로 해외에 나가 골프질인가. 누구보다도 나라 경제에 노심초사 영일이 없어야 할 국회의원들이.

우리는 아직도 91년도 국회상공위 소속의원 3명이 자동차공업협회로부터 5만 5천 달러의 용돈을 받고 외유에 나섰다가 「뇌물외유」 파동에 휘말려 망신 당한 사건을 기억하고 있다.

국회의원 당신들!

왜들 이러는가. 정신들이 있는가 없는가. 드는 돌이 있어야 낯이 붉고, 어지간해야 하룻밤 샌님하고 벗을 할 게 아닌가. 지금 나라 형편이 어떤 형편인데 나라 망치는 짓거리를 하고 다니나. 나라 사정이 건국 이래 최악이라는 걸 당신들은 누구보다 잘 알 것 아닌가. 정치는 혼미의 늪에 빠져 있지, 경제는 기진맥진 빈사상태에 놓여 있지, 사회는 불신 불안으로 하루도 편할 날이 없지… 한데도 이 난국을 책임져야 할 당신들은 오불관언인 채 해외에 나가 팔자 좋게 골프나 치니 이런 떡 해 먹을 노릇이 어디 있는가.

국회의원 당신들!

당장 국민 앞에 무릎 꿇고 용서를 구하라!

1997. 4. 1.

"민나 도로보"

요즘 신문이나 방송을 보노라면 "민나 도로보"란 일본말이 생각난다. 민나 도로보란 일본말로 "전부 도둑"이란 뜻이다. 이 민나 도로보는 친일파로 유명한 공주 갑부 김갑순이 써서 유명해졌는데 본시는 일본인들이 한국인을 가리켜 써 온 말이다. 그들은 한국인(그때는 조선인)을 "민나 도로보"로 보았을 뿐만 아니라 한국인(조선인)과 북어(명태)는 두들겨 패야 된다는 말까지 서슴지 않고 해 우리 한국인을 경멸 무시했다.

그렇다면 왜 일본인들은 우리 한국인을 도둑이라 했고 명태와 한국인은 두들겨 패야 된다고 했는가. 우리는 이를 알아야 하고 이 말이 나오게 된 동기와 배경부터 알아야 한다.

"조센징와 민나 도로보(조선인은 모두 도둑놈)".

일본인들은 그때 한국인을 모두 도둑놈으로 보았다. 안 그렇고야 어찌 이런 말을 함부로 할 수 있겠는가. 이는 요즘 신문이나 방송을 보면 확연히 드러나 아, 과연 그렇구나 함을 실감하게 된다. 쇠털 같이 수 많은 날 뇌물 운운하지 않는 날이 한 날도 없기 때문이다. 신문 방송에 나오는 뇌물과 부정 비리가 이 정도라면 신문 방송에 나오지 않는 부정 비리는 또 얼마나 많을 것인가. 그야말로 빙산의 일각이어서 구우일모(九牛一毛)에 지나지 않을 것이다. 나는 이럴 때마다 셜록 홈즈라는 탐정소설을 쓴 영국의 추리작가 코난 도일의 일화가 떠오른다. 코난 도일이 어느 날 부패한 관리와 명사들에게 전보를 쳤다. 전문은 "탄로났다 내빼라"였다. 그런데 이게 어찌 된 일인가. 코난 도일은 심심파적으로 전보를 쳤는데 전보를 받은 이들은 혼비백산 모두 달아났다. 만일 이것이 영국 아닌 한국에서였다면 어떤 현상이 일어났을까? 생각만 해도 재미있다. 지금 이 나라엔 가슴 졸이며 발을 제대로 뻗지 못한 채 잠을 자는 사람이 참으로 많을 것이다. 어디서 전화만 걸려 와도 가슴이 덜컥 내려앉고 뒤에서 누가 부르기만 해도 지레 깜짝깜짝 놀라 자지러지는 이가 많을 것이다. 이러니 이 얼마나 피가 마를 노릇인가.

깨끗하다는 것. 당당하다는 것. 떳떳하다는 것. 이 세상 어천만사(於千萬事) 중에 이 세 가지보다 더 큰 재산이 어디 있겠는가.

조선조 영조 때의 청백리 유정원(柳正源)은 여러 고을의 원을 지냈지만 고을을 떠날 때는 언제나 채찍 하나였다. 성종 때의 청백리 이약동(李約東)도 제주 목사로 있다 그 곳을 떠날 때 채찍 하나만 달랑 들고 떠났다. 그러다 이 채찍도 이 섬의 물건이라 하여 관아의 다락에다 도로 놓고 왔다. 태조에서 세종에 이르기까지 4대에 걸쳐

35년이나 벼슬길에 있던 유관(柳官)은 비가 새는 집에서 왕이 하사한 일산을 받고 살았다. 그러며 걱정하기를 "이 비에 우산 없는 집은 어쩔꼬"했다. 곁에서 부인이 "우산 없는 집은 다른 방도가 있겠지요."했다.

성종 때 도승지 손순효가 죽을 때 자식들을 불러놓고 가슴을 가리키며

"이 애비 가슴 속에 더러운 것이라곤 티끌만큼도 없다. 너희도 그렇게 살아라"

하고 눈을 감았다. 역시 조선 명종 때 청백리 박수량이 죽자 임금(명종)은 그의 무덤에 비(碑)를 내렸다. 그런데 그 비는 글자 한 자 없는 백비(白碑)였다. 너무도 청백하게 살아 비에 비문을 쓴다는 게 오히려 더럽다 하여 백비를 세웠던 것이다.

민나 도로보는 일본인들이 그냥 붙인 말이 아니다. 겪고 또 겪은 끝에 붙여진 말이다. 그러므로 우리가 진정 코스모폴리탄(세계시민)이 되려면 민나 도로보라는 불명에부터 절치부심 씻어야 한다. 그러기 전엔 우리가 일본인이 경멸조로 부른 "민나 도로보"란 오명을 씻을 길이 없다.

정신 차릴 일이다. 정치하는 사람, 경제하는 사람, 교육하는 사람, 종교하는 사람, 나라 지키는 군인, 치안을 받은 경찰, 공직인, 사업가, 상인, 저명인사 할 것 없이 모두가 정신 차릴 일이다. 그래서 아직도 잔존한 "민나 도로보"를 뿌리째 뽑고 부패공화국이란 닉네임도 없애버려야 한다.

민나 도로보!

이 얼마나 치욕이요 수욕이요 모욕이요 굴욕인가. 우리는 이를 국치(國恥)로 알아야 한다.

1999. 7. 28.

고스톱 망국론

이 하늘 아래 때와 장소를 가리지 않고 일구월심 고스톱 치는 나라는 우리 나라뿐이요, 이 지구상에 남녀노소 가리지 않고 일심전력 고스톱 치는 나라도 우리나라뿐일지 모른다. 모두가 고스톱을 못 쳐서 죽은 귀신이라도 덮어씌운 듯 환장들이다. 때와 장소 가리지 않고 몇 사람만 모였다 하면 으레 고스톱이요 남녀노소 불문하고 일심전력 고스톱이다. 비행기 안에서도 고스톱이요, 가차 안에서도 고스톱이다. 식당에 가서도 고스톱이요, 숙직실에서도 고스톱이다. 사무실에서도 고스톱이요 제삿날 밤에도 고스톱이다. 심지어는 비통을 극한 상가의 장례집에서도 고스톱이요 병아리 같은 어린 것들을 데리고 외국나들이를 하는 남의 나라(일본) 공항 대합실에서까지 고스톱이다. 이러니 부자지간에도 고스톱을 치고 시애비와 며느리가 무릎을 맞대고 피박이니 싹쓸이니 하며(나는 이 말들이 무슨 뜻인지 모른다. 고스톱이라는 걸 전혀 모르니 알 리가 없다. 다만 들어서 귀에 익었을 뿐이다.) 고스톱을 친다. 예쁜 여인들이(혹은 아가씨들이) 예쁜 양품점에서 예쁜 얼굴만큼 예쁜 책이라도 읽는다면 얼마나 예쁠까만 음식 시켜먹은 그릇 신문지로 덮어한 쪽 구석에 놓고 고스톱을 쳐대더니 이제는 나랏일을 보고 나랏법을 만들어 나라살림을 살아야 하는 신성한 국민의 대표기관인 국회에서까지 고스톱이다. 그 잘난 의원님들의 기사들이 대기실에서 내가 질세라 쳐대고 있으니까. 참으로 기막히고 한심스러워 개탄을 금할 수 없다. 도대체 이 나라는 이렇게도 형편없어 잡기에 능한 나라인가.

나는 가장 불쌍하고 한심스러운 사람을 복권 사고 고스톱 치는 사람으로 본다. 몇 백 원 들여 몇 억 또 몇 십 억(복권 값이 얼마고 복권당첨금이 얼마인지 모르지만 어림잡아서) 원을 벌려 하는 그 불로소득의 한탕주의 도박도 이에 다르지 않아 남의 돈 거져 먹으려는 일확천금의 구름 잡는 사행심에 다름 아니다. 말이야 좋아 복권과 함께 고스톱도 장난삼아 또는 심심파적으로 시간 보내기 위해 한다지만 사람의 감정이란 그게 아니어서 돈을 잃으면 오기가 생기고 오기가 생기면 얼굴을 붉히고 만다. 얼굴을 붉히면 어찌 되는가. 서로 언성이 높아져 멱살잡이 하기 예사다.

복권과 함께 도박(복권까지)은 사행이나 요행을 바라는 기대심리(기적과도 같은)에서 하는 경우가 많다. 세상에 요행이 어디 있고 사행이 어디 있는가. 기적은 더더욱이 없다. 노력을 하고 그 노력의 대가만큼 생기는 소득이야말로 깨끗하고 떳떳하고 당당하다.

한 번 밖에 없는 인생을 어찌 무가치한 고스톱 따위로 시간을 보내는가. 고스톱 좋아하는 사람들은 말할 것이다. 한 번 밖에 없는 일회적 인생이니 고스톱 치며 즐겁게 살아야 한다고…

그 나라의 장래를 알려면 그 나라의 청소년을 보면 알 듯, 한 나라의 명운은 가정에 달려 있다. 어째서냐면 가정은 국가 구성의 최소 단위이기 때문이다. 그런데 이런 가정에서 주부가 만약 삼삼오오 모여 고스톱이나 친다면 그 나라의 장래는 어떻게 될까?

생각만 해도 아찔하다. 주부는 남편(또는 시부모) 섬기고 아이들 기르며 집안 살림 알뜰히 꾸리는 게 애국이다. 그러다 시간 나면 조용히 책 읽고 음악 듣는 주부. 이 얼마나 아름다운가.

고스톱은 망국에 이르는 행위다. 그러므로 모였다 하면 고스톱을 치는 사람은 망국에 일조하는 사람이다. 왜 그런지 아는가? 고스톱 칠 때 쓰이는 화투가 대관절 어떻게 해서 만들어졌는지 그 역사적 배경을 아는가? 화투는 저 간악무도한 일제가 우리 한반도를 강점하고 영원한 식민지로 부려먹기 위한 우민화정책의 일환으로 만들었다. 그래서 일제는 화투를 우리 한반도에 보급했고 한심한 한반도 백성들은 얼씨구 좋다하고 논 팔고 밭 팔고 심지어는 집까지 팔아서 노름을 하지 않았는가.

일제가 그토록 악랄하게 한민족을 핍박했어도 화투로 노름하는 것만은 은근히 권장해 못 본 체 했다. 한 사람 한 사람 화투에 미쳐 망하는 게 신이 났기 때문이다. 그런데 이런 화투를 이 나라 대한민국 남녀노소들은 때와 장소 가릴 것 없이 전천후로 쳐대고 있다. 전국이 마치 거대한 고스톱장이라 해도 과언이 아닐 정도로…

일본은 이런 한국을 보고 뭐라는 줄 아는가? "강고꾸징와 쇼가나이(한국인은 할 수 없다)"하며 가가대소로 희희낙락하고 있다. 이얼마나 치욕이요 굴욕이요 수욕이요 모욕인가. 도대체 이쩌자는것인가. 이 나라 이 민족은 자존심도 없는가. 자긍심도 없는가. 이러고도 문화국민을 찾고 선진국 운운할 자격이 있는가.

이 나라 대한민국이 이 정도 밖에 안 된다면 일본에 무시당해 싸고 일본에 경멸 받아 싸다. 화투를 만들어낸 일제는 간교하게도 화찰(花札)이라는 '하나후다'를 만들어 조선에 보급시켰는데 만든 시기는 1720년이고 조선에 보급시킨 건 백년 후인 1820년이었다. 하나후다가 재미있나 없나 하고 백년 동안의 시험기간을 거쳐서 말이다. 화투를 만들어낸 일본은 화투라는 걸 안 한다. 조선을 망칠목적으로 만들었는데 무엇 때문에 하겠는가.

국민들이여! 제발 정신 좀 차리자. 우리가 일본을 이기지는 못할망정 경멸은 받지 않아야 할 게 아닌가.

아아, 생각느니 내 주위에 고스톱 못 치는 여인이 있다면, 그래서 문사(文詞) 주고받을 여인이 있다면 커피향 풍기는 고풍한 찻집에서 차를 마시며 이 봄을 맞고 싶다.

1995. 3. 2.

역린(逆鱗)과 불수진(拂鬚塵)

좀 어려운 말이 될지 모르지만 한비자(韓非子)의 세난편(說難篇)에 「역린(逆鱗)」이란 말이 나온다. 역린이란 용의 턱에 거슬러 난 비늘을 말하는 것으로 용은 이 비늘을 건드리기만 하면 그 건드린 사람을 죽이기 때문에 임금의 노여움을 사는 것을 「역린에 부산 친다」고 한다. 그러므로 아무도 이 역린을 함부로 건드리지 못한다. 건드리기만 하면 죽을 판이니 죽음을 각오하지 않는 한 누가 감히 건드릴 수 있겠는가. 이러니 임금의 노여움을 사는 「역린에 부산 치는 행위」야 더더욱 할 수가 없다. 임금은 법이요 절대요 지존인데 어찌 그런 임금에게 목숨을 걸고 역린할 수가 있단 말인가.

그러나 했다.

지난 날 선비정신이 시퍼렇게 살아 있을 때의 참 선비들은 임금이 비정(秕政)을 하거나 옳지 못한 일을 하면 대궐 밖에 부복하고 죽음으로 역린(참소 및 충간)을 했다. 대쪽 같이 곧은 선비(신하)들은 시퍼렇게 날이 선 도끼를 옆에 놓고「전하, 신의 말이 옳으면 가납해 주시고 신의 말이 옳지 않으면 이 도끼로 신의 목을 쳐주시옵소서!」하고 담판을 지었다. 이게 그 유명한 부월상소(斧鉞上疏) 또는 지부복궐(持斧伏闕)이다. 역시 좀 어려운 말이 될지 모르겠지만 송사(宋史)의 구준전(寇準傳)에서는 불수진(拂鬚塵)이란 말이 나오는데 여기서 불(拂)은 턴다는 뜻이요 수진은 수염의 먼지를 말한다. 그러니까「불수진」은 수염의 먼지를 터는 것을 의미한다. 그런데 이 수염의 먼지를 턴다는 불수진은 남의 환심을 사려는 염량배(炎凉輩)를 가리키는 것으로 소신 없고 지조 없고 신념 없는 무정견의 아첨배들에게 했다. 다시 또 좀 어려운 말이 될지 모르겠지만 사마천(司馬遷)의 사기(史記) 상군열전(商君列傳)에는 천인지낙낙(千人之諾諾)과 일사지악악(一士之諤諤)이란 말이 나온다. 천인지낙낙은 천 명이나 되는 많은 사람이 덮어놓고「예, 예」하고 아부하는 것을 말함이요, 일사지악악이란 그 반대로 한 사람의 바른 말 하는 올곧은 참 선비를 말함이다.

어찌 역린과 불수진과 천인지낙낙과 일사지악악 뿐이겠는가. 19세기 영국의 철학자이자 경제학자였던 존 스튜어트 밀은 그의 역저「대의정치론(代議政治論)」에서「신념 있는 한 사람은 자기 이익(또는 출세)밖에 모르는 아흔 아홉 사람에 맞먹는 사회적 역량이다」라고 말해 지조 없고 정견 없는 무신념의 인간들을 매도한 바 있다. 교언영색(巧言令色)이라는 것도 크게 다르지 않아 취할 바 못 되는 행위다. 교언영색이란 무엇인가. 남의 환심을 사기 위해 교묘한 말과 좋은 얼굴빛으로 듣기 좋게 꾸며대는 말을 교언영색이라 한다. 그래서 이를 논어에서도 교언영색선의인(巧言令色鮮矣仁)이라 하여 공교로운 말과 좋은 얼굴빛을 짓는 사람은 어진 사람이 적다 했다. 교언영색으로 번드레하게 말만 잘 하는 사람을 가리켜 우리는 기어가(綺語家)라 한다. 말이 비단처럼 곱다는 뜻이다. 이는 십악(十惡) 중의 하나로 구업(口業)이라고도 한다.

바야흐로 정치의 계절이다. 4월 13일이 제16대 총선이니 선거일이 한 달도 안 남았다. 그래서 말하거니와 제발 이번 총선에는 소인배보다 못한 비졸한 짓거리로 물고 뜯고 욕하고 흉보며 수캐 뭐 자랑하듯 제 자랑 좀 그만하고 정정당당 정책으로 대결하라. 그렇지 못할 바엔 어느 당 누구의 말처럼 바다에 빠져죽든지 깨끗이 사퇴하라. 이제 국민(유권자)들은 정치꾼들의 야비한 작태에 신물이 난다. 도대체 국민을 뭘로 알기에 그따위 짓거리로 표를 얻으려 하는가. 부끄럽지도 않고 치사하지도 않은가. 명문 옥스퍼드대학에서는 「정당하고 공평한 페어플레이를 못 할 바엔 차라리 떳떳한 패자의 영광을 안는 것이 낫다.」했고 케임브리지 대학생들은 「더티플레이의 승자보다는 페어플레이의 패자가 훨씬 훌륭하다」고 했다. 야누스와 카멜레온과 지킬박사와 하이드 씨 같은 정치꾼들이여! 그토록 추하게 나댈 양이면 그만 자진이라도 하라. 자진을 못 할 양이면 원형이정(元亨利貞)대로 하라. 국민은 지금 몹시 분노하고 있다.

2000. 3. 17.

백호 임제(白湖 林悌)를 그리워 함

세상이 하 멋없고 재미적으니 오늘은 천하의 풍류남아 백호(白湖) 임제(林悌) 얘기나 한 자락 해볼거나.

호방무애(豪放無碍)의 표일달사(飄逸達士) 백호 임제가 서도병마사란 벼슬을 제수 받고 평양으로 부임하다 송도(개성)객관에 들어 전패(殿牌)에 망궐례(望闕禮)를 올리고 당대 명기(名妓) 명월(明月.. 황진이의 자(字). 진이(眞伊)를 찾았다. 한데 아뿔사, 진이는 애석하게도 불귀의 객이 된 다음이었다.

「오호라. 하늘이 내 뜻을 접음이로다.」

임제는 장탄식으로 하늘을 우러르며 술 한 병을 꿰어차고 천마산 진이의 무덤을 찾았다. 달이 휘영청 밝은 밤이었다.

「여보게 명월이, 내가 왔네. 천하의 백호 임제가 왔네」

임제는 잔에 술을 쳐 진이의 무덤에 붓고는 즉흥시 한 수를 읊조렸다.

「청초 우거진 골에 자는다 누웠는다

홍안은 어디 두고 백골만 묻혔는다

잔 잡아 권할 이 없으니 이를 설워하노라」

임제는 허허로이 자작을 하며 진이의 무덤을 쓸어안았다.

"이 사람 진이, 무슨 일이 그리 급해 표표히 떠났는가. 그 풍류 그 문장 어디 두고 떠났는가. 내 그대 만나기를 일구월심 했었거늘, 그대 또한 나 만나기를 학수고대 했다하니 우리가 살아 만났다면 그 부(賦), 그 운(韻), 그 율(律)이 어떠했을 것이며 시문(詩文) 또한 절륜(絶倫) 절등(絶等) 절창(絶唱)하지 않았겠는가. 명월이, 지금 마악 천마산 위로 명월이 둥실 솟았네. 자네 아닌 자네가 이 무주공산에 덩그렇게 돋았어!"

백호는 밤 깊도록 진이와 술잔을 나누다 만뢰가 잠든 시각에야 나부끼듯 표표히 산을 내려 다음 날 임지로 떠났다. 그러나 백호는 임지에 닿기도 전에 졸피조허(卒被朝許)를 당했다. 관원의 신분으로, 더욱이 부임하는 관원이 한낱 기녀의 무덤을 찾아 수작을 했다는 게 파직의 이유였다. 백호는 껄껄 웃었다.

"차라리 잘 됐다. 이 기회에 풍표표설분분(風飄飄雪紛紛)으로 천지간을 뇌락무애(磊落無碍)하리라"

백호는 "네 성정이 분방자재해 호방불기하니 풍표표설분분으로 뇌락무애하라"던 스승 대곡 성운(大谷 成運)의 말이 떠올랐다. 백호는 폐포파관 차림으로 평양의 풍류 명기(名妓) 한우(寒雨)를 찾았다. 한우는 찰한자에 비우자여서 의역하면 "찬비"였다. 한우는 백호가 폐포파관 차림으로 천하제일의 명기를 찾았음에도 융숭히 모셨다. 비록 남루한 도포에 찌그러진 갓을 쓴 몰골이었지만 범상 찮은 풍류객임을 안 때문이었다. 백호는 한우가 거문고를 타자

"좋도다. 과시 절조로다. 저 왕산악이 이 음률을 들었다면 울고 갔으리라. 백결선생이 이 가락을 들었다면 응당 대악(碓樂)을 새로 고쳤으리라"

백호는 홍이 도도해 즉홍시를 읊조렸다.

"북천이 맑다커늘 우장 없이 길을 나니
산에는 눈이요 들에는 찬비로다
오늘은 찬비 맞았으니 얼어잘가 하노라"

한우를 찬비에 견줘 읊은 절창이었다. 그러자 한우가 즉각 화답을 보냈다.

"어이 얼어자리 무슨 일 얼어자리
원앙침 비취금을 어디 두고 얼어자리
오늘은 찬비 맞았으니 녹여잘까 하노라"

백호는 한우의 시재(詩才)에 경탄해 마지않았다. 들던대로 한우는 과시 절륜한 가인(佳人)에 절등한 재녀(才女)였다. 이날 밤 두 사람은 구름밭에 집을 짓고 석밀(石蜜)처럼 농익은 운우지정(雲雨之情)을 나눴다.

조선왕조 전기소설사에 큰 획을 그은 백호 임제. 그는 수성지(愁城誌), 화사(花史), 원생몽유록(元生夢遊錄) 등의 걸출한 작품을 남겼고, 율곡 이이(栗谷 李珥), 우계 성혼(牛溪 成渾), 송강 정철(松江 鄭澈), 서산대사 휴정(西山大師 休靜) 백사 이항복(白沙 李恒福) 등 당대의 기라성 같은 대현, 거유, 문장, 선사들과 교유했다. 그러나 한 편에서는 백호를 법도지외인(法度之外人)이라고 해 문사(文詞)는 취하되 인간으로는 가까이 하기를 꺼려하는 이도 많았다. 일체 무애(一切無碍)하고 분방자재(奔放自在)한 직선적 즉흥적 성격과 겸손 예절 같은 거추장스러운 너울을 벗고 가식 없는 솔직한 행동과 해학(諧謔), 골계(滑稽), 기지(機智), 호방(豪放)으로 세상에 두려울 게 없는 오연(傲然)한 행적이 형식과 예절을 생명시 하던 당시의 위선적 유생들에게 외면당했기 때문이다. 그런 그가 임종 때 자식들에게 마지막으로 한 말은 "울지들 마라. 천하의 나라가 중국에가 천자를 일컫지 아니한 나라가 없었다. 한데도 우리 조선만이 중국에서 천자 한 번 못했느니라. 그런데 그런 못난 나라의 못난 애비가 죽는데 무에 그리 슬퍼 우느냐. 울지들 마라!"고 한 것은 너무나 유명한 일화일 뿐 아니라 우리에게 시사하는 바가 참으로 크다.

생각느니 이 땅에 백호 임제 같은 이는 한 사람도 없단 말인가!

2000. 4. 12.

호통 치는 어른이 없다

지난 6일 밤 방송된 모 TV방송은 우리에게 커다란 충격을 안겨 주었다. 충격뿐만 아니라 많은 것을 일깨워 준 방송이었다. 왜냐하면 그날의 방송은 날이 다르게 무너져가는 전통 윤리를 고발한 것으로 세상 참 큰 일 났구나 함을 깨닫게 한 방송이었기 때문이다. 그날 방송사는 고등학교 2학년 남학생에게 교복을 입히고 배지를 달게 한 후 길거리에 내보내 불특정 다수의 성인들에게 무작위로 담뱃불을 빌리게 하고 그 성인들의 반응이 어떻게 나오는가를 살피는 것이었는데 놀랍게도 대부분의 사람들은 이 어린 학생아이한테 담뱃불을 주거나 라이터를 건네주었다는 사실이었다. 아니다. 어떤 이들은 라이터를 직접 켜주는 친절(?)까지 베풀기도 하고 어떤 이들은 또 담뱃불을 주고도 황송(?)해 비굴하게 허리를 굽신거리기도 했다. 그런가 하면 담배 안 피워 불이 없다며 손사래를 쳐 못마땅한 표정을 짓는 할아버지도 있고, 라이터 없는 게 무슨 죄나 되듯 학생한테 되레 미안해하며 주위를 배도는 아저씨도 있었다. 그래도 누구 하나 이 무람하고 발칙한 어린 학생아이를 나무라거나 야단치는 이가 없었다. 주위에 나잇살이나 자신 머리 허연 어른들이 건성드뭇 있었음에도 불구하고…

이런 시간이 얼마나 흘렀을까. 버릇없고 방자한 천둥벌거숭이 학생은 살판난 듯 돌아치며 닥치는 대로 담뱃불을 빌렸다. 한 시간 두 시간 세 시간. 그래도 누구 한마디 제지하거나 야단치거나 문제삼는 이가 없었다. 그러자 학생아이는 이제 거칠 것 없는 서 발 막대였다. 수없이 많은 이에게 담뱃불을 빌려도 뭐라 하는 사람 하나 없으니 이 얼마나 신나는 일인가. 학생아이는 여봐란 듯 교복자락을 휘날리며 담뱃불 빌리기에 열성이었다.

이러기를 몇 시간 째였을까. 종횡무진 잡답을 누비며 골목 가두할 것 없이 돌아치던 학생이 드디어 제동이 걸렸다. 여섯 시간 째로 접어들 시각이었다. 학생이 곁의 중년한테 담뱃불 좀 빌려 달라 하자 이를 보고 있던 웬 중년 여인이

"아버지 같은 분에게 담뱃불을 빌려달라니, 학생은 그만한 예의도 몰라?"

하고 핀잔을 주자 학생은 그제서야 "죄송합니다"하며 허리 굽혀 사죄했다. 방송국에서 짜고 내보냈으니 사죄할 수밖에 없었다. 이때가 오후 6시 십 분인가 이십 분인가 그랬다. 그러니까 이 학생아이는 그 긴 시간 동안 횡행천지를 한 셈이다. 너무도 기가 막혀 하늘을 우러르지 않을 수가 없다. 세상이 이대로 가다가는 어떤 지경

에 이를지 알 수가 없다.

3년 전인 94년만 해도 아이들의 윤리의식이 지금보다는 훨씬 나았다. 3년 전인 94년에도 이 방송사는 올해와 똑같은 방법으로 아이들을 거리로 내보냈으니까. 그러나 그때는 꼭 세 시간 만에 50대 한 분이

"뭐? 담뱃불을 좀 달라고?"

하면서 선글라스를 벗더니 큰소리로

"너는 아버지한테도 담뱃불을 빌려달라고 하냐?"

했다. 이때도 물론 방송국 측에서 내보냈기 때문에 사과를 했지만 그 50대의 시민은 참 용기 있는(어쩌면 훌륭한) 사람이었다.

그렇다면 지금은 왜 그런 용기 있고 훌륭한(?) 어른이 없는가. 어째서 "네 이놈!"하고 호통 치는 그런 당당한 어른이 없는가. 비겁해졌기 때문이다. 용렬해졌기 때문이다. 그리고 무엇보다 당하지 않을까 무서워하고 피해를 보지 않을까 두려워하고 있기 때문이다. 세상이 하도 험악하고 인심이 하도 흉악해져 어떤 봉변을 당할지 모르기 때문이다. 그저 있느니 눈치요 요령뿐인데 어찌 이런 풍토에서 호연(浩然)이 있고 의협(義俠)이 생기겠는가. 호연이 없고 의협이 없으니 호통 칠 어른도 없다. 호통 칠 어른이 없으니 버르장머리 없는 아이들이 나올 수밖에 없다. 버르장머리 없는 아이들이 나올 수밖에 없으니 머리에 쇠똥도 채 안 벗겨진 귀때기 새파란 것들이 제 할아버지뻘 되는 어른한테 반지빠르게 담뱃불 빌려달라고 하지.

아이들이 어른을 무서워는 하지 않아도 어렵고 두려워는 해야
한다. 세상이 갑자기 전통의 농경사회에서 산업사회로 옮겨 앉는
바람에 젊은이란 젊은이는 모두 농촌을 떠나 이촌향도(離村向都)
하는 바람에 농촌은 공동화(空洞化) 현상으로 노인들만 남다 보니
흔히 말하는 핵가족화가 되고 말았다. 이 바람에 젊은이들은 집안
어른의 가정교육은 전혀 받지 못한 채 아이를 낳아 본데없는 아이
들로 성장시키고 말았다. 이러니 이 아이들이 무엇을 배웠겠는가.
옛 말에 왕대밭에 왕대 나고 똘배 밭에 똘배난다 했듯 인간에 대해
도의 예절에 대해 보고 들은 게 없으니 아이들이야 보나마나지. 그
래서 예부터 격대교육(隔代敎育)이 필요했다. 격대교육이란 할아
버지 아버지 아들 손자 순으로 내려가면서 배우는 가정교육을 말
함인데 이런 격대교육이 지금 하나도 이뤄지지 않고 있질 않은가.
한 집에 아이 하나가 아니면 둘만 낳아 오냐오냐 하고 기르니 자기
밖에 몰라 버르장머리는 물론 사람으로 해야 할 도리마저 모르고
있다. 손자를 귀여워하면 할애비 상투를 꺼든다는 말은 이래서 생
겼다.

우리는 본데없고 배운 것 없어 제멋대로 자라 버릇없는 만무방
을 가리켜 후레아들 또는 후레자식이라 한다. 지금 우리 주위엔 이
후레자식이 너무도 많다. 이 또한 어른들이 그렇게 만들었다. 보라
지금 우리는 인간이야 되든 말든 예절이야 있든 없든 공부만 잘해
소위 말하는 일류대학을 나와 돈 벌어 출세하거나 권력 잡아 떵떵
거리는 것을 인생의 목표로 삼는 권력 또는 금력지상주의를 제일

로 삼는 일이다. 이러니 어찌 인간이 될 수 있고 사람노릇을 할 수
있는가. 두말 할 나위 없이 우리에게 가장 급한 것은 인간부터 만드
는 일이다. 그러므로 인간이 된 이후에 무엇을 경영하든 경영해야
한다. 이것이 남북통일보다 훨씬 더 급한 일이다. 암, 급한 일이고
말고…

1997. 4. 11.

정언적 명령(定言的 命令)

아니 이게 무슨 소린가.

세상을 어지럽히고 나라를 망가뜨리다시피 한 난적죄인(亂賊罪人) 열한 명을 특사(特赦) 이름을 붙여 이리 쉬 풀어주다니. 이게 대체 무슨 소린가. 우물에 가 숭늉 달라는 식으로 성급히 묻거니와 이는 관용인가 화합인가.

정부가 13일 발표해 15일 단행한 이 열한 명의 8.15 특사는 한 마디로 말도 안 되는 「비리 특사」여서 우리를 화나게 하고 있다. 왜냐하면 이번에 특별 사면 및 복권된 열 한명의 면면들을 보면 부정비리의 죄목이 너무도 커 메가톤급인데다 이름과 직위 또한 대단한 거물급들이어서 날아가는 새도 능히 떨어뜨리던 사람들이었다. 이 땅 대한민국에서는 한 때 내로라 자세부리며 에헴하고 큰 소리치던 이들이었으니까. 그렇다면 이들 열 한 명은 대체 누구누구인가. K 전 청와대 외교안보 수석을 비롯해 O 전 병무청장, L 전 재무

부장관, A 전 동화은행장, J 희전호텔 사장, J 뉴스타호텔사장, L 전 노동부장관, A 전 한전사장, K 전 해군참모총장, J 전 청우종합건설 대표, M 전 축협회장 등 제씨들이다. 그리고 이들이 저지른 죄과는 율곡비리, 동화은행 비리, 슬롯머신 비리, 산업은행 대출 비리, 원전(原電)공사 수주 비리, 축협 비리 등등 아주 크고 엄청난 것들이었다. 그런데 여기서 우리가 도무지 이해부득인 것은 이들을 잡아넣을 때의 톤과 풀어줄 때의 뉘앙스가 너무도 판이하다는 점이다. 무슨 말이냐 하면 잡아넣을 때는 그렇게도 서슬이 퍼래 당장 요절이라도 낼 듯 기세등등해 그 기개가 하늘을 찌를 듯 드높더니 내놓을 때는 무슨 연유로 태산명동서일필(泰山鳴動鼠一匹)처럼 용두사미가 돼 잡아넣을 때의 그 서슬은 어디에서도 찾아볼 수 없다는 점이다. 정직하게 말해 우리는 정부가 처음 개혁을 들고 나와 사정(司正)의 칼을 휘둘러 공직자의 부정 비리는 물론 그 어떤 사회적 부조리도 용서치 않고 단칼에 척결 단죄해 부정 비리 없는 세상을 만들겠다 할 때 이를 전폭적으로 지지해 열렬한 박수를 보냈다. 이번에야말로 뿌리 깊이 박힌 비리의 한국병을 치유해 발본색원할 것으로 믿었기 때문이다. 그래서 우리는 「아하, 이제 나라꼴이 좀 되려나보다」하고 무척 좋아했다.

그러나 우리는 이번에 풀려난 열 한명의 특사를 보고 손뼉 치며 좋아했던 게 얼마나 부질없는 짓이었나를 통감하며 사정 의지가 퇴색된 현 정부에 말 할 수 없는 실망을 느끼고 있다.

그들은 대체 누구인가? 그리고 그들이 저지른 죄과는 대관절 어떤 것인가?

그들의 부정 비리는 그 액수가 하도 엄청나 수치 개념에 어두운 우리로서는 도저히 땅뜀조차 할 수 없는 거액이다. 그런데 이런 자들을 정부에서는 「화합을 위한 포용」이니 뭐니 하면서 8.15 광복절을 기해 사면해 주었고 공민권까지 회복시켜 세상에 내놓았다. 국책사업 등과 관련해 거액의 뇌물을 받아먹어 국민적 저주와 증오 속에 형사처벌까지 받은 자들을…

모든 일에는 그렇게 할 수 밖에 없는 합당한 이유와 명분이 있어야 한다. 나랏돈을, 아니 국민이 낸 피 같은 세금을 막강한 자리를 이용, 힘 하나 안 들인 채 소화제 한 알 안 먹고 몇십억 몇 백 억씩 꿀꺽꿀꺽 삼킨 죄로 옭아 넣었으면 이에 상응하는 값을 치러 개과천선한 후에 내보내야지 뭐가 그리 급하다고 참회도 하기 전에 서둘러 면죄부를 준단 말인가. 이럴 바에야 처음부터 돈이나 뺏고 나무랄 일이지 무엇 때문에 벼락치듯 잡아가두는가.

우리는 이번 특사가 김영삼 정부의 개혁 드라이브와 관련, 여타의 공직 비리도 묵인하는 빌미가 되지 않을까 저어하며 어떤 큰 부정 비리도 몇 달 혹은 몇 년만 지나면 된다는 인식이 공직사회에 퍼지지 않을까 염려된다. 그리고 우리는 무엇보다 이번 사면이 내년에 있을 대선을 의식한 것이 아닌가 하는 의구심을 솔직히 지울 길 없다. 이는 물론 우연의 일치일 수 있겠으나 까마귀 날자 배 떨어지는 오비이락(烏飛梨落)이 우리 정치에는 너무도 많았다.

그럴 리야 없겠지만 만의 하나 불순한 저의가 이번 특사에 조금이라도 깔렸다면 개혁과 사정은 하나마나한 것이어서 송아지 물 건너간 꼴이 되고 만다. 그러므로 이번 조치는「통치권자의 고유권한인데 뭐라고 할 수 있겠느냐. 사면 복권 조치의 배경에 대해서도 언급할 입장이 아니다」라고 말한 법무부 당국자가 아닌 정부적 차원과 통치자 입장에서 대국민 성명으로서의 특사 이유와 그 배경을 천명해야 옳다고 본다. 그리고 덧붙여 하고 싶은 말은 지금 개혁과 사정이 아주 느슨해지고 있다는 점이다. 아니 개혁과 사정이 전혀 안 되고 있다는 점이다. 말로 잔치를 하면 동네가 먹어도 남고, 입으로 정치를 하면 천하를 다스리고도 남는다. 정부는 당장 출범 초로 돌아가 개혁과 사정을 제대로 하라. 이는 국민이 내리는 정언적 명령(定言的 命令)이다.

1996. 8. 20.

선비가 없다

선비!

선비가 없다. 저 대쪽 같고 칼날 같던 선비, 그 선비가 없다. 주리면서도 당당하고 굶으면서도 결백하던 선비, 그 선비가 없다. 죽음을 눈앞에 두고도 추상같은 기개와 송죽 같은 지조로 훼절 않던 선비, 그 선비가 없다. 대쪽 같던 기강, 칼날 같던 법도(法度), 그 서슬 푸른 선비는 다 어디로 갔는가. 의(義)를 위해 죽을 줄 알고 불의를 보고 분연히 일어서던 선비는 다 어디로 갔는가.

선비!

선비가 없다. 조대(措大)하고 경개(耿介)하고 강항령(强項令) 같던 선비, 그 선비가 없다.

어째설까?

지난날의 선비들은 집은 비나 가리면 족한 당족이비우(堂足以庇雨)였고, 밥은 창자나 채우면 족한 식족이충장(食足以充腸)이었으며, 옷은 몸이나 가리면 족하다는 의족이폐신(衣足以蔽身)이었다. 그러자니 선비는 자연 속기(俗氣)를 벗어나 이재(理財)에 어두워야 했고 물욕에 초연해 탐(貪)함을 몰라야 했다. 그러나 그렇다고 다 선비일 수 있을까? 선비의 가장 중요한 덕목은 자세와 행동이다. 다시 말하면 선비정신이랄 수 있는 행동 실천과 사상성이다.

무릇 선비란 글(학문)만을 숭상하는 학문적 선비가 있는가 하면 학문은 부족하되 행동으로 보여주는 실천적 선비가 있고 학문과 행동을 겸비한 지사적(志士的) 선비가 있다. 그러므로 선비란 시비(是非)정신(비판정신)을 철칙으로 알아 살 줄 알고 죽을 줄 아는 사람이어야 한다. 이것이 선비의 길이요 선비의 모랄이요, 선비의 바이털리티이다. 그래서 지난 날의 참선비들은 군주가 불의로 나라를 다스리면 여러 가지 저항으로 그 불의와 맞섰다. 그 대표적인 것이 거짓 장님 행세의 청맹(靑盲)과 거짓 벙어리 행세의 청롱(靑聾)과 거짓 미치광이 행세의 청광(淸狂)이었다. 그런가 하면 또 거짓 곱추 행세의 청척이(靑戚施)가 있었고, 거짓 앉은뱅이 행세의 청거저(靑蘧篨)가 있었다. 그리고 성균관의 유생들이 시위 항거하는 권당(捲堂)이 있었고 깊은 산에 숨어 들어 세상에 나타나지 않은 자회(自晦)도 있었으며 나무나 돌에 시를 써서 불의의 세상을 풍자 개탄한 야시(野詩)라는 것도 있었다. 이는 하나 같이 불의에 대한 저항이요 비정(秕政)에 대한 항거였다.

참선비들은 세상이 태평해 강구연월(康衢煙月)의 격양가(擊壤歌) 소리 드높으면 벼슬에 나아가지 않고 초야에 묻혀 글만 읽었고, 나라가 위태로워 백척간두에 서고 세상이 타락해 요계지세(堯季之世)가 되면 읽던 책 덮어두고 모수자천(毛遂自薦) 해서라도 벼슬길에 나아갔다. 궁행실천으로 구국을 하기 위해서였다. 그들은 선비가 나라의 위태로움을 보면 목숨을 내놓으라던 논어의 사견위치명(士見危致命)을 행동에 옮겼다. 이는 플라톤이 '이상국(理想國)'에서 비인(非人) 소배(小輩)가 나라를 망칠 때는 군자(선비)가 국정에 뛰어들어 나라를 바로 잡아야 한다는 말과 같은 맥락으로 볼 수가 있다. 그리고 또 선비가 편안히 살기만을 생각한다면 선비라 할 가치가 없다는 사이회거 부족이위사의(士而懷居不足以爲士矣)라는 논리와도 같은 맥락으로 해석할 수 있다.

나라가 위태로우면 선비가 목숨을 내놓으라는 논어적 요구나, 비인 소배가 나라를 망칠 때는 선비가 국정에 뛰어들어 나라를 바로 잡아야 한다는 플라톤적 요구는 크게 음미해 볼만한 말이다. 왜냐하면 나라가 어지러우면 간웅(奸雄)이 활개를 쳐서 능신(能臣)을 몰아내고, 나라가 태평하면 간웅이 능신 앞에 부접지를 못해 기를 못 펴기 때문이다. 우리는 난세지 간웅하고 치세지 능신하던 역사를 참으로 많이 보아왔다. 이성계 일파를 제거하려다 실패해 선죽교에서 이방원의 일당 조영규(趙英珪)에게 척살당한 포은 정몽주(圃隱 鄭夢周)며, 역시 이성계의 세력에 항거하다 강약이 부동으로 유배당한 목은 이색(牧隱 李穡)이며, 조선이 건국되자 이방원에 의해 태상박사(太常博士)가 되었으나 두 왕조를 섬길 수 없다 하고 거절한 야은 길재(冶隱 吉再)며는 다 난세지간웅하던 시대의 능신들이었다.

어린 조카 단종을 밀어내고 왕위를 찬탈한 세조에 반항하다 포락지형(炮烙之刑)의 극형으로 장렬하게 숨진 사육신(死六臣)이 그랬고, 병자호란 때 청나라에 항복을 죽음으로 반대하다 척화신(斥和臣)으로 몰려 청나라에 끌려가 살해 당한 홍익한(洪翼漢) 윤집(尹集) 오달제(吳達濟)의 삼학사(三學士)가 또한 그랬다.

여말의 삼은과 조선의 사육신, 그리고 병란의 삼학사. 더욱이 사육신들은 자기 일신은 물론 삼족(三族...본가, 처가, 외가)까지 씨도 없이 멸함을 번연히 알면서도 죽음을 택했다.

무엇 때문인가?

나라의 위태로움을 보면 목숨을 내놓으라던 지사적 정신과, 의를 위해 목숨을 바칠 줄 알았던 시퍼런 선비정신 때문이었다.

그런데 그 대단하던 선비정신은 다 어디로 가고 있느니 훼절이요 실절이요 변절인가. 찾아야 한다. 하루 속히 그 시퍼런 선비정신을 찾아야 한다. 그래서 다시 한민족정신(韓民族精神)으로 만들어야 한다. 한국정신으로 만들어야 한다. 이것만이 우리 한국이 한국다울 수 있고 한국인다울 수 있는 길이다.

아, 선비정신!

1983. 3. 16

오, 도림(桃林)이여, 도림처사(桃林處士)여!

중국의 세계적인 석학 임어당(林語堂)은 그의 글(중국의 유머)에서 다음과 같이 말한 바 있다.

"중국인들은 유럽 사람과 반대로 개를 사랑하지 않는다. 우리들(중국인)은 개를 목욕시키고, 입을 맞추고, 시중에 끌고 돌아다니지 않는다. 우리들은 어디까지나 개의 주인이지 친구는 아니다. 우리가 참으로 애정을 가지고 있는 동물이 있다면 그것은 토지를 가는 저 소인 것이다."라고.

그런가 하면 춘원 이광수(春園 李光洙)는 소에 대해 이렇게 말한 바 있다.

"나는 소를 좋아합니다. 그의 질소(質素)하고도 침중(沈重)한 생김생김, 그의 느리고 부지런함, 그의 유순함, 그러면서도 일생에 한

두 번 노할 때에는 그 우렁찬 영각, 횃불 같은 눈으로 뿔이 꺾어지
도록 맥진(驀進)함, 그의 인내성은 많고 일모일골(一毛一骨)이 다
유용함, 그의 고기와 젖이 맛나고 자양 있음… 이런 것을 다 좋아합
니다. 말은 잔소리가 많고 까불고 사치하고 나귀는 모양이 방정맞
고 성미가 패려하고 소리와 생식기만 큽니다."라고.

이는 소에 대한 칭송으로 소의 덕을 기린 일종의 우덕송(牛德頌)
이다. 그러나 춘원은 실제로 소의 덕을 기린 '우덕송'을 쓴 바 있는
데 거두절미 소개하면 다음과 같다.

…중략. "소! 소는 동물 중에 인도주의자다. 동물 중에 부처요 성
자다. 아리스토텔레스의 말마따나 만물이 점점 고등하게 진화되어
가다가 소가 된 것이니 소 위에 사람이 있는지 없는지는 모르거니
와, 아마 소는 사람이 동물성을 잃어버리고 신성에 달하기 위해 가
장 본받을 선생이다"하략.

이렇듯 춘원은 소를 높이 칭송한 바 있는데 이는 매천 황현(梅泉
黃玹)도 크게 다르지 않아 소를 높이 대하였다. 매천이 누구던가.
한반도가 왜국에 먹히자(한일합방) 그 통분을 못 이겨 '가을 등불에
읽던 책 덮어두고 천고의 옛일 생각하니, 인간으로 태어나 식자인
(선비) 노릇하기 어렵다'는 절명사를 남기고 자결한 기개 있는 선비
가 아닌가. 이런 매천이 어느 날 소를 크게 꾸짖는 사람을 보고 그
사람을 외진 곳으로 데리고 가 낮은 소리로 "이 사람아, 소도 지각
이 있으니 임자의 꾸짖는 소리를 들으면 그 마음이 얼마나 아플 것
인가. 조용조용히 타이르게"한 일화는 너무도 유명하다.

작금 경북 상주에서는 정의(情誼) 있고 의리 있는 암소의 의행(義行)이 화제가 돼 많은 사람의 관심이 집중되고 있다.

얘기인 즉슨 경북 상주시 사벌면 묵상리 임봉선 할머니(67)의 13년생 암소가 오랫동안 먹이를 주며 자신을 사랑으로 보살펴 준 이웃집 김보배 할머니(당시 83세)에게 의행을 보여줬다는 사실이다. 이를 좀 더 구체적으로 부연하면 94년 5월 김보배 할머니가 돌아가시자 암소는 망자의 삼우제 날 외양간을 뛰쳐 나가 한 번도 가본 적이 없는 6km 밖 김보배 할머니 산소를 찾아가 눈물을 흘렸다 한다. 의행은 그러나 이것으로 끝나지 않고 장례가 끝나자 주인과 함께 김 할머니의 산소를 떠난 암소는 외양간으로 가지 않고 이웃의 김 할머니 빈소를 찾아가 "음머어, 음머어"하며 하염없이 눈물을 흘렸다 한다. 김 할머니의 유족은 너무도 감동해 이 암소에게 조문객과 똑같이 상에 장례 음식을 차려 융숭히 대접했는데도 이 암소는 먹지 않고 계속 울기만 했다 한다.

이후 김 할머니의 유족과 마을 사람들은 이 암소의 의행에 너무도 감격해 이 소의 의행을 기리는 '의로운 소'의 비석을 해 세웠다. 그리고 소의 도축이나 매매를 막기 위해 김 할머니의 손자 서동영(47)씨와 동물관련 민속연구가 우영부(55) 씨가 소 값 2백만 원을 소유주인 임 할머니에게 주고 소유권을 아예 공동명의로 했다 한다.

자, 이야기가 이쯤 되면 아무리 포악한 인간일지라도 감동하지 않을 수가 없다. 미련하고 고집 세며 굼뜨기까지 한 말 못하는 축생 소. 배신하기를 밥 먹듯 하고 거짓말도 밥 먹듯 하면서 독판 의리

찾고 정직 찾는 인간들. 세상에 말 못하는 미물 축생이 저를 사랑해 준 이의 무덤을 찾아 조상하고 그 빈소까지 찾아가 조문하며 슬피 울었다는 것은 무엇으로도 설명할 수 없는 불립문자(不立文字)다. 그리고 심심상인(心心相印)이다.

오, 도림이여! 도림처사여!

인간이 너에게 배울 바가 하도 많구나!

2001. 7. 13.

네 이노옴! 네 죄를 네가 알렸다!

청백리에 녹선된 정갑손(鄭甲孫)은 강직하기로 유명해 '대쪽 대
감'이란 소리를 들었다. 그는 조선조 태종 때 식년문과(式年文科)에
급제, 감찰(監察), 병조좌랑(兵曹佐郞), 지평(地平)을 거쳐 지승문원
사(知承文院事)에 올랐다. 그는 강직한 성격으로 세종에게 인정받
아 좌승지(左承旨)로 발탁된 뒤 지형조사(知刑曹事), 예조참판을 역
임하고 그 얼마 후 대사헌(大司憲)이 돼 대강(臺綱)을 바로잡아 세
종의 신임을 두텁게 받았다.

이런 정갑손은 경기도와 함길도의 도관찰사(都觀察使), 중추원
사(中樞院使), 판한성부사(判漢城府使), 예조판서, 우참찬(右參贊)
을 거쳐 이조판서에 이르렀다. 요즘으로 말하면 행정자치부장관이
된 것이다.

이런 장갑손이 함경 감사로 있을 때의 일이다. 정갑손이 임금(세
종)의 부름을 받고 대궐을 다녀오느라 두어 파수 관아를 비운 일이

있었다. 그런데 그 사이 향시(鄕試)가 있었고, 이 향시에서 정갑손의 아들 정 오(鄭 烏)가 여봐란 듯 급제를 했다. 아들은 물론 시험관들은 희희낙락이었다. 정갑손에게 잘 보여 영화 영달은 떼어 놓은 당상으로 여겼기 때문이다. 그런데 이 어찌된 일인가. 좋아할 줄 알았던 정갑손이 크게 노해 아들 정 오와 시험관들을 잡아다 계하에 꿇려 놓고 대갈일성 호통 쳤다.

"뭐가 어쩌고 어째? 내 아들 놈이 향시에 급제했다고? 내가 놈의 실력 없음을 알고 있거늘 뭐, 그런 놈을 급제시켜?"

정갑손은 크게 꾸짖어 시관들을 호통치고 아들 정 오에게

"네 이노옴! 네 죄를 네가 알렸다? 시관들이 내가 없는 틈을 타 벼락치기로 향시를 봐 네 놈을 장원시킨다고 그걸 받아? 이 천하에 용렬 비루한 놈아! 네 놈의 급제는 무효다. 무효!"

정갑손은 서슬이 퍼렇게 소리치며 아들의 급제를 취소하고 시험관들을 파직시켰다. 아부에 능소능대한 시험관들이 실력 위주로 사람을 뽑지 않고 실력 없는 놈을 감사의 아들이라 하여 급제시켰으니 이를 엄하게 다스려 감계로 삼고자 해서였다.

듣자 하니 이 준 국방장관이 장관 취임 후 월여 동안에 10여 건의 인사청탁이 있었다며, 앞으로 인사를 청탁할 경우 아무리 우수한 인재라도 진급 명단에서 지울 것이라고 해 듣는 이로 하여금 신선한 충격을 던져주고 있다. 이 장관은 인사를 잘못되게 하는 요소는 학연과 지연과 혈연 등을 이용한 청탁과 이런 청탁을 공정한 것으로 포장하기 위한 안배라 지적하고 "군의 인사는 군의 인력운용을

바탕으로 기능별, 분야별로 국방의 원동력이 되는 사람에게 진급이 돌아가야 한다"고 강조했다. 이 장관은 또 장관이 초청한 경우를 제외하곤 장관 공관을 출입하지 못하도록 하겠다 했으며, 잘 된 인사의 생명은 투명성과 공정성이며 그 결과에 공감을 얻는 인사가 돼야 할 것이라고 덧붙이기도 했다. 국방장관이 진급 심사를 앞두고 군 간부들을 상대로 청탁 사실을 공개한 것은 이번이 처음이다. 그런 만큼 이 장관의 발언은 신선한 충격과 함께 비상한 관심으로 다가오고 있다.

말이 났으니 말이지만 사실 그동안 군 장성의 진급에 대해 이러쿵 저러쿵 말들이 많았다. 별 하나 다는데 얼마의 돈을 바쳐야 한다느니, 장군이 되려면 공식적으로 얼마가 들어야 한다느니 하는 따위의 거액 진상설이 공공연한 비밀로 무성히 회자됐다. 그리고 그 회자는 아직도 유효(?)해 저자 여항(閻巷)에 돌아다니고 있다. 그러므로 우리가 바라는 것은 참으로 멋진 이가 있어, 참으로 멋진 인사권자가 있어 자기 임무에 충실, 맡은 바 직분에 열과 성을 다하면서도 초연한 자세로 복무하는 자를 찾아 진급시키고 진급을 하기 위해 온갖 수단을 다 부려 로비하는 자는 따로 골라 불이익을 주는 그런 인사권자가 있다면 얼마나 근사할까 하는 점이다.

묻노니 이 땅엔 정녕 정갑손 같은 이는 없을까? 어쩌면 있을 수도 있다. 아니 있을 것이다. 우선 지금의 초심 그대로를 지켜 변함없이 잘 유지한다면 이 준 국방장관도 제2의 정갑손이 되지 말란 법이 없다. 그러나 인사에 대한 공정성과 투명성은 모든 직장과 직종에 두루 해당된다. 때문에 금품을 싸가지고 몰래 다니며 뒷구멍으로 진급운동을 하거나 진급 로비를 하는 자는 상사나 단체장이 호통쳐 불이익을 줘야 한다. 우리는 이런 상사 이런 소속장이 보고 싶은 것이다. 아주 많이, 그리고 아주 크게.

이 땅에 정녕 제2의 정갑손은 없는가? 있다면 오늘이라도 당장 나타나 "네 이노옴! 네 죄를 네가 알렸다"하고 호통 치는 소리가 듣고 싶다.

2002. 8. 23.

‖ 평설 ‖

작가 강준희를 말한다

이 명 재
(문학평론가, 중앙대 명예교수)

미리 말해두거니와 한국 문단에서 소설가 강준희를 웬만큼 아는 사람은 그를 가리켜 '한국판 막심 고리키'니 '현대판 최학송'이니 한다. 이는 강준희가 러시아 작가 막심 고리키(1868~1936)처럼 어려운 역경에서 간난신고 끝에 소설가가 돼 일가를 이루었다는 점이요, 뒤의 것 현대판 최학송이라 함은 천구백이삼십년대 서해(曙海) 최학송(崔鶴松)이 숱한 어려움과 배고픔의 천신만고로 빈궁문학을 한데서 강준희를 현대판 최학송이라 부르고 있다. 그러나 기실 강준희는 막심 고리키나 최학송 보다 훨씬 더 많은 난관과 역경 속에서 안 해본 일 없이 숱한 밑바닥 생활을 했다. 그러면서도 그는 단 한 번 타락하거나 좌절하거나 굴절하거나 실의에 빠지지 않고 세상과 타협하거나 영합하지도 않은 채 꼿꼿이 그리고 똑바로 한 길만을 걸어 막심 고리키나 최학송보다 훨씬 힘든 돌닛길을 걷고

가시밭길을 헤쳐 왔다. 이럼에도 강준희는 막심 고리키나 최학송보다 더 많은 작품을 썼다. 러시아어로 막심 고리키를 '최대의 고난' 또는 '최대의 고통'이라 한다니 그럼 강준희는 도대체 어떤 닉네임을 붙여야 할까?

이런 강준희가 이번에 소설 아닌 산문집 '강준희 인생수첩 <꿈>'을 펴냈다. 그는 열정적으로 소설을 써 해마다 한 권씩 소설집을 펴내더니 이번엔 생게망게 하게도 소설 아닌 산문집을 펴냈다. (소설도 산문이긴 하지만) 이번 산문집엔 수필과 칼럼이 실렸는데 칼럼은 그가 8~90년대에 몇 군데의 일간지 논설위원으로 있으면서 매주 한 번 나가는 고정 칼럼(강준희 칼럼) 난에 실은 것들 중에서 독자들이 뽑은 칼럼이며, 수필 역시 문예지나 기관지 또는 동인지 등에 발표한 것들을 독자들이 추천해 실은 것이다. 그가 이 책에 실은 글, 수필과 칼럼은 우선 박람강기한 해박한 지식에 놀라고, 다음으로 시퍼런 선비정신에 놀라지 않을 수 없다. 그리고 이 책은 희로애락애오욕(喜怒哀樂愛惡欲)의 칠정(七情)은 물론 의(義), 불의(不義), 정(正), 부정(不正)과 옳고(是), 그르고(非), 굽고(曲), 곧은(直) 시비곡직(是非曲直)을 동호직필과 춘추필법 정신으로 써내려 시(時)의 고금(古今) 양(洋)의 동서(東西)를 넘나들며 추상열일 같은 논조로 논고하듯 써내려가 읽는 이로 하여금 가슴 시원함은 물론 통쾌무비를 느끼게 하고 있다. 이 책 <인생수첩(꿈)>에는 정치, 경제, 사회, 문화는 물론 예술, 교육, 국방, 종교, 윤리, 낭만, 지조, 절개, 충절, 선비, 청렴, 부패, 절의, 애국, 풍류, 감동, 당당함, 떳떳함, 호통, 질타, 의연함, 비겁함, 애젖함, 거룩함 등이 그의 사상과 철학과 정신과 함께 도저하게 관류하며 대쪽 같은 기개로 나타나 있다.

그렇다면 강준희는 대저 어떤 사람이기에 이렇듯 요란 법석을 떠는가. 나는 지금부터 내가 아는 강준희를 가감 없이 말해볼까 한다.

일찍이 강준희는 산자수명한 충북 단양에서 부잣집의 귀한 외아들로 태어나 유년시절을 선망과 동경 속에서 유복하게 보냈다. 그러던 것이 갑작스런 가세의 몰락(집의 화재, 아버지의 빚 보증으로 전답 수십 두락 무리꾸럭, 대홍수로 전답 수십 두락 유실, 경자유전(耕者有田) 원칙에 따라 실시된 토지개혁으로 수십 마지기의 땅 내놓음)과 부친의 별세로 십대 중반부터 시련을 겪기 시작했다. 그래 외국유학까지 보내준다던 아버지의 약속은 아버지의 별세와 함께 허무하게 무너졌다. 늠늠하고 헙헙한 아버지는 돈 잘 쓰고 술 잘 하는 한량으로 일찍이 약관에 도일(渡日), 많은 돈을 벌어와 산수 풍광 빼어난 단양에 정착했다.

가세의 몰락과 부친의 별세로 가당찮게도 초등학교만 졸업한 강준희는 편모 슬하에서 애면글면 주경야독을 하다 고향을 떠나 객지를 전전하면서 모진 시련 다 겪으며 풍진 세상과 맞섰다. 농사, 땔나무장수, 놉, 막노동 엿장수, 연탄배달, 인분수거부, 스케이트날갈이, 풀빵장수, 포장마차, 경비원, 자조근로사업, 필경사, 월부책장수, 대입학원 강사(현대문, 고문 한문 강의), 대학 강의(문학을 주제로 한 인문학) 등을 곤이지지로 해냈다.

　이런 역경과 고난 속에서도 그는 굴하거나 절하지 않고 문학수업에 정진, 마침내 형설의 금자탑을 쌓았다. 이십 수년의 장구한 세월 동안 읽고 쓰고 읽고 쓰기를 몇 백 번. 치열하기 비길 데 없는 형설지공의 문학수업은 앞에서 말한 대로 애오라지 곤이지지였다. 이 곤이지지는 삼지(三知)의 하나로 생이지지, 학이지지, 곤이지지로서 문자 그대로 혼자 고생하며 공부한 끝에 지식을 얻거나 도를 깨달음을 말한다.

　이는 그가 이십 수년의 긴 세월 동안 미치지 않고는 미칠 수 없다는 불광불급(不狂不及) 정신 하나로 매진해 온 결과다.

　1950년대 중반, 그는 땔나무장수 소년의 눈물겨운 이야기를 쓴 자전소설 '인정(人情)'을 서울의 '농토(農土)'라는 잡지에 발표하고부터는 지방과 중앙의 일간지에 수필 콩트 등을 발표, 문재(文才)를 인정받았다. 그는 이에 힘입어 본격적인 소설 공부에 전념, 천신만고 피나는 노력 끝에 수백 대 일의 경쟁을 뚫고 중앙지 신문에 글이 당선되었다. 논픽션 '나는 엿장수외다'가 신동아에 당선되고(1966) 다시 자전적 팩션 소설 '하 오랜 이 아픔을'이 서울신문 신춘문예에 당선되었다(1974). 그리고 이어서 오영수 선생의 추천으로 최고 권위 문예지인 현대문학에 단편 '하느님 전 상서'가 발표돼 화려하게 데뷔했다.

　이런 고난과 역경을 이기고 최종 학력 국졸로 작가가 돼서인지 그는 자신에 걸맞는 별칭도 갖고 있다. 그게 무엇이냐 하면 앞에서도 말했듯 최대의 고통이라는 뜻의 러시아 작가 막심 고리키와 한국 빈궁문학의 대명사로 일컬어지는 서해 최학송으로 지칭되는 '한국판 막심 고리키'와 '현대판 최학송'이라는 호칭이다. 그러나 기실 강준희는 막심 고리키나 최학송보다 훨씬 더한 고생과 배고픔을 겪었으면서도 그들보다 훨씬 많은 작품을 써 2008년에는 30권이 넘는 저서 중에 26권의 저서만 한데 묶어 강준희 문학전집 전 10권을 내놓았다. 그래서 나는 그의 성을 따서 합성한 '강 고리끼'와 1920~30년대에 활동한 최학송보다 새롭고 젊은 '새 서해'라 명명해 '강 고리끼와 새 서해의 만남'이라 명명해 보았다. 왜냐하면 강준희는 우리가 상상할 수 없는 기막힌 역경 속에서 소설보다 더 소설 같은 삶을 산 입지전적 인물이어서이다. 그런가 하면 그는 또 소설 창작 밖의 문화 활동에도 나선 바 있는데 박람강기한 그의 실력이 낭중지추로 회자돼 고입과 대입학원에서 강의했고 여러 대학에서 문학 특강을 하기도 했다. 이런 그는 또 십 수 년 동안 몇 군데의 신문에 논설위원으로 위촉돼 추상같은 동호직필과 대쪽 같은 정론 정필로 통쾌한 필봉을 휘둘러 분통터지고 억장 무너지는 민초들로부터 열화와 같은 박수갈채를 받았다.

강준희는 신언서판이 출중한 헌거로운 쾌남아로 꾀가 없고 약지도 못해 산골소년 같은 사람이다. 성질이 올곧은 그는 인내심 많고 약속을 칼처럼 지키는 사람이다. 순진한 그는 그렇게 배 주리고 고생했으면서도 어찌 된 영문인지 돈에 대한 애착도 돈 벌 재주도 없는 사람으로 알려져 있다. 그리고 보면 그는 안 굶어죽은 게 참 용해 천생 선비로 어렵게 살 사람이다. 그는 또 강직하기가 이를 데 없어 지난 날 어느 대단한 실력자가 그의 학력 없음을 안타깝게 여겨 대학졸업장을 공짜로 얻어주겠다 하자 일언지하에 거절, 그와 분연히 의절했다고 한다. 만일 그때 그가 "아이구 고맙습니다!" 하고 대학졸업장을 받았다면, 아니 그런 식으로 세상을 살았다면 강준희는 운명이 달라져 출세가도를 달렸거나 대단한 사람이 되었을지도 모른다. 이렇듯 세상 사람 사는 식대로 살지 못하고 올연하고 청청히 산 그는 어쩌면 '온 세상이 다 흐려 있는데 나만이 홀로 맑고(擧世皆濁我獨淸) 뭇사람이 다 취해 있는데 나만이 홀로 깨어 있다(衆人皆醉我獨醒)는 저 초(楚)나라 시인 굴원 같은 사람일지도 모른다.

그럴 것이다. 그러기에 그는 언젠가 문학상을 주겠다는 것도 당당하고 떳떳하지 못하다면서 그 자리서 거절, 문학상을 타지 않았다.

그는 또 어휘 실력도 대단해 그의 고장에서는 걸어다니는 국어사전이라는 소리를 듣는다. 그는 토박이말은 물론 한자어와 고사, 사자성어에 이르기까지 많이 알아 해박한 실력을 두루 갖춘 사람이다. 나도 그 자신으로부터 국어사전 여러 권이 낙장돼 버릴 정도로 공부했다는 소리를 들은 바 있고 또 실제로 그의 서재 한 편에 낙장이 된 국어사전 몇 권을 본 일이 있다. 근년에 펴낸 그의 장편 '누가 하늘이 있다하는가'에는 물경 560개의 신선하고 낯선 어휘를 적재적소에 구사해 권말에 그 뜻풀이까지 해놓고 있다. 작가는 짧은 문장 속에서도 무려 열네 개의 토박이 낱말을 구사하고 있는데 예를 들면 '남색, 계간, 단수, 면수, 육허기, 자녀, 논다니, 계명워리, 상노, 요강담살이, 책비, 는실난실, 밴대질, 망문과부'등 무려 열 네 개의 순 우리 토박이말을 구사한 게 그것이다. 서두와 끝부분의 경우만 봐도 자못 흥미롭다. '쩨마리, 요동시, 열쭝이, 부등깃, 자닝스러워, 백두한사, 중다버지, 가죽절구질, 설원지추, 염알이' 등.

그가 이렇듯 자주 그리고 많은 토박이말과 고사를 즐겨 쓰는 데는 요즘 들어 안타깝게도 아름다운 우리 말과 우리 글이 자꾸 사어화 내지 폐어화 돼 이를 살리고자 하는 충정에서 비롯됨을 알 수 있어 본연의 언어를 지키던 고 이문구 작가 못지않은 문화운동이라 할 수 있다.

그러나 우리가 강준희를 좀 더 알려면 그의 내면을 들여다 봐야 한다. 그는 한 마디로 말해 백락(伯樂)과 손양(孫陽)이 없어 천리마를 못 알아보고, 종자기(鍾子期)가 없어 백아(伯牙)의 절륜한 거문고 소리를 못 알아들어 낙척해 버린 산장(山長) 일민(逸民)이다. 그는 십리지재는 말할 것도 없고 백리지재는 훨씬 넘어 천리지재(千里之才)쯤 되는 사람이다. 하루 천 리를 달리는 천리마도 백락이나 손양 같은 사람을 못 만나면 한낱 소금수레나 끄는 말에 불과해 이를 안타까이 여겨 나온 말이 염거지감(鹽車之憾)이다. 이는 재주 있는 사람이 때를 못 만나 아까운 재주를 썩이며 고생하는 것에 비유한 말이다. 그는 또 어휘면 어휘 고사면 고사 글씨면 글씨 노래면 노래에 뛰어난 사람이다. 그는 노래도 대단히 많이 알아 7~8백 곡은 능히 부른다. 그가 만일 풍류나 문장을 알아주던 조선시대에 태어났다면 일세를 풍미할 사람이었을 것이다. 그의 거실에는 '나는 超人인가 癡人인가 아니면 下愚不移인가'하는 달필의 글씨와 '不在 不在 아무도 없는 텅 빈 世上'이란 글씨가 역시 달필의 만년필 글씨로 씌어져 걸려있다. 어떻게 보면 그 뜻을 알 것 같고 어떻게 보면 뜻을 모를 것 같은 두 문장. 그런데 얼핏 평균적으로, 아니 상식적으로 보면 도무지 이해부득인 것이 이런 헌헌장부가 어째서 남들이 상상도 못하는 어려운 환경 속에서 혼자 밥해 먹고 설거지 하고 빨래하고 그리고 글 쓰고 혼자 천장 쳐다보며 끙끙 앓고 그러면서도 아무 일 없었다는 듯 사는 걸 보면 아, 저이가 도대체 초인인가 치인인가 아니면 하우불이인가를 생각하게 되고 부재 부재 아무도 없는 텅 빈 세상을 생각하게 된다.

그런데 여기서 더욱 놀라운 것은 강준희는 이렇게 혼자 장장 40수년을 살았다는 사실이다. 그러면서도 그는 궁기(窮氣)라곤 전혀 없고 꾀죄죄하지도 않아 언제 어디서 봐도 댄디한 스타일리스트다. 그가 속된 말로 팔자가 좋고 돈푼이라도 있었다면 한다한 베스트 드레서가 되었을 것이다. 이런 그는 또 단 한 번 외박하거나 타락하거나 주정하거나 누구와 싸우지도 않으며 금여시(今如時) 고여시(古如時)로 옛날이 지금 같고 지금이 옛날 같은 사람이다.

그런데 이런 강준희 앞에 청천벽력 같은 일이 생겼으니 이는 눈에 녹내장이 생겨 수술했으나 실패해 왼쪽 눈이 완전 실명, 작품 활동은 물론 사회생활도 할 수 없다는 점이다. 이럼에도 그는 커다란 확대경 두 개를 구해다 책상 위에 놓고 글을 쓰는데도 글씨가 안 보여 원고지에 감각적으로 글을 쓴다. 그러며 그는 헬렌켈러를 생각하고 실낙원(失樂園)과 복락원(復樂園)을 쓴 17세기 영국의 장님 시인 존 밀턴을 생각한다. 어찌 헬렌켈러와 존 밀턴 뿐이겠는가. 그는 보헤미아의 현군 존 왕을 생각했고 시성 호머와 밀튼도 생각했다. 천문학자 제랄드 크라며 역사학자 프랑시스 파크만도 생각했다. 왜냐하면 이들은 다 앞 못 보는 맹인들이었지만 그 실명을 의지로 극복한 위인들이었기 때문이다.

내가 이 지경이면 그들은 얼마나 고통스러웠으랴. 나는 그래도 한쪽 눈(오른쪽)은 흐린대로 보질 않는가. 그는 자위하며 운명으로 받아들였다. 그래, 그렇다. 강준희는 지금 인내의 한계가 어디까지인지를 시험하고 있다. 그는 2백자 원고지에 커다랗게 글씨를 쓴다. 그래도 글씨가 잘 안 보인다. 이럼에도 그는 컴퓨터를 안 친다. 안 치는 게 아니라 못 친다. 십여 년 전 시청에서 컴퓨터를 무료로 가르쳐준다기에 두 달 동안 배웠으나 도저히 안 되던 것이다. 완전한 기계치였다. 곁에서 지켜보던 짝이 "선생님, 농담 한 마디 할까요?" 하더니 "소설은 머리가 좋고 아는 게 많은 분들이 쓴다는데, 실례지만 선생님은 아시는 게 많으시잖아요. 헌데 어떻게 그런 머리로 소설을 쓰십니까?" 했다. "소설? 그렇지. 나 같은 머리로 소설을 쓰니 그 소설이 오죽하겠나!" 강준희는 껄껄 웃었고 그날부터 다시 원고지에 육필로 글을 쓰고 있다. 그래 천 장이고 만 장이고 육필로 글을 쓰는데 제발 죽을 노릇이 한참만 원고지를 들여다보면 아무것도 안 보여 쓸 수가 없다 한다. 이러면 그는 또 눈을 감고 얼마 동안 있다가 다시 또 쓴다. 완전히 감각으로 쓴다. 이런 그의 고통을 아는 우인들이 안타까워 제발 좀 쉬어라, 글도 쓸 만큼 썼고 책도 낼만큼 냈으니 건강을 생각하라는데도 그는 초인의 의지로 글을 쓴다. 그러며 이렇게 대답한다. "나는 글 쓰는 게 치유요 건강을 다스리는 처방이다. 쇠털 같이 수 많은 날 글을 안 쓴다면 무엇으로 그 많은 나날을 보내는가. 남들처럼 골프를 치나, 술을 마시나, 눈이 밝아 여행을 다니나, 시시덕거리며 춤을 추나. 무엇으로 그 많은 날들을 보내는가. 가능하다면, 아니 그럴 수만 있다면 나는 글을 쓰다 그 글을 탈고하는 날 원고지 위에 얼굴을 묻고 눈을 감는 게 소원이다."라고 그는 말한다. 이런 그는 아직도 휴대전화가 여닫는 구닥다리 폴더 폰이다. 그는 이 구닥다리도 사용할 줄 몰라 걸고 받는 것밖에 못한다. 전화에 상대방의 이름과 전화번호를 입력할 줄 몰라 열 번이면 열 번 전화번호를 보고 건다. 이래서 문자를 보낼 줄도 모르고 문자를 열어볼 줄도 모른다. 까짓것 소설 공부하듯 한다면 못할 것도 없으련만 도무지 배우려 들질 않는다. 지금 가지고 있는 구닥다리 핸드폰도 어느 독자가 사준 것이지 스스로 산 게 아니다. 어떻게 보면 이런 강준희가 공해라고는 하나도 없는 심심산골의 산나물 같아 문화재 같기도 하고, 또 어떻게 보면 답답하기 이를 데 없는 안동(按棟) 답답이 같아 시대의 첨단을 걷는다는 소설가가 어찌 저럴까 싶기도 하다. 사세가 이럼에도 강준희는 산진 거북이요 돌 진 가제다. 도대체 뭘 믿고 이러는지 알 수가 없다.

각설하고, 언제 형편이 되면 뜻 맞는 사람 몇몇이 강준희를 초청해 노래판이라도 한 판 벌였으면 싶다. 7~800곡이나 부른다는 그의 노래니 민요도 듣고 동요도 듣고 가요도 듣고 군가도 듣고 그러다 신명나면 쾌지나칭칭나네도 듣고 한 많고 설움 많은 각설이타령도 한 번 듣고…

아 참 잊을 뻔 했다. 작가 강준희의 어머니 악이(朴岳伊) 씨! 그 어머니를 나는 말하지 않을 수 없다. 왜냐하면 오늘의 강준희를 있게 한 절대적인 인물이 바로 그의 어머니이기 때문이다.

그의 어머니 박악이 씨는 손이 귀한 강 씨 집안에 아들 하나 점지해 주십사고 작가가 태어나기 3년 전 칠월칠석날 밤부터 앞내에 나가 목욕재계 하고 뒤란의 칠성단에 정화수 떠놓고 석 달 열흘의 백일치성을 드리기 시작했다.

이렇게 시작한 어머니의 치성은 3년 만에 효험(?)이 있어 태몽을 꾸었는데 태몽은 학이 해를 향해 날아오르는 꿈이었다. 그리고 열 달 만에 낳은 아이가 외아들 강준희였다. 어머니는 이 아이는 필시 학자가 아니면 선비가 되리라 확신하며 치성에 더욱 정성을 드렸다. 왜냐하면 학은 고고하니 학자나 선비를 뜻하고 해는 온 세상을 밝게 비칠 뿐만 아니라 예부터 큰 인물을 상징하니 어찌 큰 학자나 선비가 안 될 수 있으랴 했다.

이렇게 시작한 어머니의 치성은 강준희가 스물 일곱 살 되던 해 돌아가실 때까지 장장 30년을 한 해도 거르지 않고 이어왔다.

"비나이다. 비나이다. 칠성님께 비나이다. 해동 조선 충청도 단

양의 강 씨 집안에 부디 아들 하나 점지해주옵소서. 간절히 빌고 또 비나이다…"

칠성단 양쪽에 켜놓은 대초가 사위어들 때까지 어머니는 정화수에 천 번이고 만 번이고 이령수를 외며 비손을 했다. 어머니의 이령수와 비손은 강준희가 세상에 태어난 그해부터는 "칠성님 고맙습니다. 칠성님의 태산 같고 하해 같은 은혜 어찌 다 갚사오리까. 칠성님의 크신 은혜 죽는 날까지 한 시 반시도 잊지 않겠습니다."

어머니는 30년 동안 치성을 올리면서도 단 한 번 거르는 일이 없어 몸살이 나 몸져누웠다가도 밤이 되면 일어나 앞개울까지 엉금엉금 기어가다시피 해 목욕재계하고 뒤란의 칠성단 앞에 정좌했다. 이를 어려서부터 보아온 강준희는 어머니가 아무 말씀 안 하셔도 많은 것을 배우고 익히고 느끼고 깨달았다. 그러니까 강준희에게 있어 어머니는 신불의 권화요 불립문자였다. 그리고 심심상인이었다. 그러다 강준희가 좀 더 자라 호패 찰 나이 16세가 되자 어머니의 이령수는 폭이 커져 대 사회적이 되었다.

"칠성님! 우리 준희 부디 사해팔방 명성 높아 나가면 칙사런듯 들어오면 공자(公子)런 듯 무병에 장수하고 사람에 칭송 받아 나라에 쓸모 있는 재목이 되게 해 주옵소서…"

이런 어머니는 아들이 태어난 것을 전적으로 칠성님의 영험으로 알았다. 그래서 아들도 어머니의 말씀이라면 "예예" 순종했다. 남편의 사업이 잘 되게 해달라고 절에 가 백일기도를 하고, 아들 딸이 목표한 대학에 붙게 해 달라며 절에 가 부처님께 백일불공 드렸다는 말은 들었어도 한 아들 잘되게 해달라며 일 년에 백일씩 30년을 치성드렸다는 말을 나는 강준희에게서 처음 들었다.

30년! 30년이면 도대체 얼마만한 시간인가. 일 년에 백일 씩 30년이면 3천일이 아닌가.

강준희는 책이 나올 때마다 반드시 먼저 어머니 산소부터 찾아가 책 나온 것을 아뢰고 인사 드린 다음에라야 누구한테든 서명해 책을 주지, 그 전엔 아무에게도 책을 주지 않는다. 이런 그는 문단의 모모제인처럼 양명의식이 있거나 자기 PR도 못한 채 긴 세월 동안 서재(꿈을 먹고 사는 방 몽함실)에 파묻혀 집필이 아니면 수불석권 하고 있으니 강준희야 말로 보기 드문 산장(山長)이요 일민(逸民)이 아닌가 싶다. 그가 자연목에다 좌우명 '깨끗한 이름 '청명(淸名)'과 사훈(私訓) '하늘 무서운 줄 알자'를 음각으로 새겨 소파 맞은 편 벽에 걸어놓고 하루에도 수십 번씩 쳐다보며 인생훈으로 삼고 있는 것만 봐도 우리는 그가 어떤 사람이며 어떻게 살고 있나를 알 수 있다. 그는 어머니의 바람대로 문사(文士)로서의 선비가 돼 2009년에 창립한 '한국선비정신계승회'의 회장으로 피선, 선비에 대한 강의만 백여 차례 했고 선비에 대한 저서도 '강준희 선비론－지식인들이여 잠을 깨라' '상놈열전' '지조여 절개여' '절사열전(節死列傳)' '선비의 나라' '선비를 찾아서' '왜 선비정신인가?' 등 일곱 권이나 냈으니 그 곤고 낙척한 환경에서 얼마나 어려움이 많았겠는가. 그래서 예부터 문장출어곤궁(文章出於困窮)이라 하여 글(문장)은 곤고할 때 씌어진다 했을지도 모른다. 그의 거실 벽에 쌓여 있는 새카맣게 퇴색된 습작 원고는 170cm의 높이로 무려 여섯 줄이나 쌓여 있다. 이 엄청난 습작 원고 속엔 강준희의 피와 땀과 눈물과 한숨이 응축돼 있어 이를 바라보는 내 마음을 숙연하게 했다. 그리고 나도 몰래 "아!"하는 감탄사가 튀어나왔다.

강준희!

그의 문학에 일관되게 관류하는 것은 도저한 선비정신과 타협 않는 지조, 그리고 청렴정신이다.

작가 약력

강 준 희

충북 단양에서 태어남

신동아에 '나는 엿장수외다' 당선

서울신문에 '하 오랜 이 아픔을' 당선

현대문학에 '하느님 전 상서' 추천받고 문단에 나옴

중부매일, 충청매일, 충청일보 논설위원 역임

한국선비정신계승회 회장(현)

한국문인협회 자문위원(현)

작품집

<하느님 전 상서>, <신 굿>, <하늘이여 하늘이여>, <미구꾼>, <개개비들의 사계>, <강준희 선비론 지식인들이여 잠을 깨라>, <염라대왕 사표 쓰다>, <아, 어머니>, <쌍놈열전>, <바람이 분다. 이젠 떠나야지>, <베로니카의 수건>, <지조여 절개여>, <절사열전>, <그리운 보릿고개(상,하)>, <껍데기>, <이카로스의 날개는 녹지 않았다(상,중,하)>, <그리운 날의 삽화>, <사람 된 것이 부끄럽다>, <오늘의 신화, 흙의 아들들을 위하여>, <길>, <너무도 아름다워 눈물이 난다>, <아, 이제는 어쩔꼬?>, <누가 하늘이 있다 하는가>, <강준희 문학전집 10권>, <땔나무꾼 이야기>, <선비를 찾아서>, <강준희 메시지 이 땅의 청소년에게>, <선비의 나라>, <희언만필(戲言漫筆)>, <이 작가를 한 번 보라>, <서당 개 풍월 읊다>, <우리 할머니>, <강준희 문학상 수상 작품집>, <상준희 인생수첩(꿈)>

수상 기타

충청북도문화상 수상

제7회 농민문학 작가상 수상

강준희 문학전집 전10권 미국 하버드대학 도서관 소장

제1회 전영택문학상 수상

제10회 세계문학상 대상 수상

2015 명작선 '한국을 빛낸 문인'에 선정, 앤솔러지에 대상 수상작 '고향역' 수록

강준희 인생수첩 〈꿈〉

초판 1쇄 인쇄일	2017년 10월 24일
초판 1쇄 발행일	2017년 10월 31일

엮은이	강준희
펴낸이	정진이
편집장	김효은
편집/디자인	우정민 박재원
마케팅	정찬용 정구형
영업관리	한선희
책임편집	정구형
인쇄처	으뜸사
펴낸곳	국학자료원 새미(주)
	등록일 2005 03 15 제25100−2005−000008호
	서울특별시 강동구 성안로 13 (성내동, 현영빌딩 2층)
	Tel 442−4623 Fax 6499−3082
	www.kookhak.co.kr
	kookhak2001@hanmail.net

ISBN	979-11-88499-20-5 *03800
가격	14,000원